世界三大短篇小说集

莫 泊 桑
短 篇 小 说 选

Selected stories of Maupassant

[法] 莫泊桑 著　博雅 译注

哈尔滨出版社
HARBIN PUBLISHING HOUSE

图书在版编目(CIP)数据

莫泊桑短篇小说选 / (法) 莫泊桑著 ; 博雅译注 . -- 哈尔滨 : 哈尔滨出版社 , 2025.1. -- (世界三大短篇小说集). -- ISBN 978-7-5484-8203-1

Ⅰ . I565.44

中国国家版本馆 CIP 数据核字第 20240BG499 号

书　　名：**莫泊桑短篇小说选**
MOBOSANG DUANPIAN XIAOSHUO XUAN

作　　者：[法] 莫泊桑　著
译　　者：博　雅　译注
责任编辑：李维娜
封面设计：仙　境
内文排版：张艳中

出版发行：哈尔滨出版社（Harbin Publishing House）
社　　址：哈尔滨市香坊区泰山路 82-9 号　　邮编：150090
经　　销：全国新华书店
印　　刷：三河市刚利印务有限公司
网　　址：www.hrbcbs.com
E-mail：hrbcbs@yeah.net
编辑版权热线：（0451）87900271　87900272
销售热线：（0451）87900202　87900203

开　　本：880mm×1230mm　1/32　　印张：19　　字数：440 千字
版　　次：2025 年 1 月第 1 版
印　　次：2025 年 1 月第 1 次印刷
书　　号：ISBN 978-7-5484-8203-1
定　　价：118.00 元（全 3 册）

凡购本社图书发现印装错误，请与本社印制部联系调换。
服务热线：（0451）87900279

目 录
Contents

羊脂球 // 001
我的叔叔于勒 // 044
项　链 // 051
小罗克 // 064
一根细绳 // 101
修软椅的女人 // 110
奥尔拉 // 121
公猪莫兰——写给伍迪诺先生 // 154
一家人 // 172
菲菲小姐 // 201
附录　莫泊桑大事年表 // 219

羊脂球

　　《羊脂球》是莫泊桑的成名作、代表作，讲述了1870年普法战争期间，一辆法国马车在离开敌占区时被普鲁士军官扣留。军官一定要车上的一个绰号叫羊脂球的妓女陪他过夜，否则不予放行。羊脂球出于爱国心断然拒绝，但和她同车的有身份的乘客为了各自的利益，逼她牺牲自己，羊脂球最后做出让步。第二天早上马车出发时，那些昨天还哀求的乘客突然换了一副嘴脸，个个疏远她，不再与她讲话这样一个故事。

　　这个故事通过羊脂球的悲惨遭遇反衬出资产阶段的丑恶肮脏的灵魂，他们虚伪的面具下藏的都是腐朽的内脏和污秽的思想。

接连好几天，在鲁昂①的市区里，都有七零八落的败兵穿城而过。那简直不能称之为队伍了，只能算得上是乱哄哄的乌合之众。这些败兵垂头丧气地走着，脸上是又长又脏的胡子，军服也是破烂不堪。既没有军旗，也不分队列。反正是，人人神情沮丧，就像耗尽了这些人的多余精气一样。他们不想再动脑筋，无法再动脑筋，只是机械地迈着步子，拖拖拉拉地往前走，只要一停下来，便会散了架子一般，累得马上倒在地上。

在这些人当中，最为显眼的是那些被动员入伍的人，他们本来在自己的家乡过着太平日子，安安稳稳地靠年金度日，没想到被动员入伍，结果被枪支压得弯腰曲背。当然，国民别动队的士兵还是十分机灵的，时而惊慌失措，时而激昂慷慨，随时准备进攻或逃跑的样子。除此之外，他们当中还有一些穿红裤子的人，他们是一个师在大战役中被歼灭之后的幸存者。另外，和这些颜色杂乱的步兵排在一起的，还有穿着深色军服的炮兵。不时也有一个步履沉重的骑兵，戴着闪亮的头盔，但是吃力地跟在走得比较轻松的步兵后面。

接下来穿过的，是一群一群的游击队员。他们的名字极为英勇悲壮，如"坟墓公民队""战败复仇队""视死如归队"，但是现在看起来，却像一帮一帮的土匪一样。

游击队的头头儿们从前是商人。他们曾买卖呢绒种子、油脂或肥皂，战事发生后，顺应时势参军当了军人。由于这些人家底殷实，而且都留着小胡子，看上去就不同于他人，而被任命为游击队的头头儿。他们身穿法兰绒制服，身上挂满武器和饰带。只要开口说话，准

---

① 鲁昂，法国西北部城市，在塞纳河北岸。

是声大气粗。他们时常在一起讨论作战计划,一个比一个声高。不管别人怎么认为,反正他们自己以为只有他们的肩膀在支撑着垂危的法兰西。不过,他们盲目自大的另一面也有着一些担忧,就是他们带的这些"游击队员"。这些人多数十恶不赦,经常无法无天,奸淫掳掠,无恶不作。

听说普鲁士人马上就要进入鲁昂了。

近两个月以来,国民自卫军在附近的树林里十分小心地侦察着。即使一只小野兔从荆棘丛里跑过,他们都会被吓一跳,时刻准备战斗,有时失手会把自己的哨兵打死,打死也就打死了。但是现在,他们都回了家。器械和服装,以及从前一切被他们拿着在市外周围三法里[①]一带的国道边上去吓唬人的凶器,现在都忽然通通不见了。

最后一批法国兵终于渡过了塞纳河,要经过圣塞韦尔和阿夏尔镇到奥德梅尔桥[②]去。一个具有传奇般的勇气,习惯于胜利的民族,竟然会一败涂地。将军绝望地走在队伍的后面,他对这些七零八落的残兵无能为力。其实,将军本人在这场大溃退中也惊慌失措了,他夹在两个副官之间,心灰意冷地向前走着。

整个市区笼罩着一种深沉的宁静气氛和一种使人恐怖的寂寞等候氛围。很多被盈利思想弄昏了头脑的大腹便便的富翁都在愁闷地等候着战胜者,唯恐自己厨房里的烤肉铁扦和砍肉大刀被人当作武器看待。

一切就像停止了一样,店铺都关了门,街道也静得吓人,偶尔有居民外出也是贴着墙边匆匆走过。

与其这样焦虑不安地等待着,倒不如就让敌人快些来吧。

---

① 法国古里,1法里大约相当于4公里。
② 奥德梅尔桥,法国城市,在鲁昂西部,塞纳河南岸,此处指法军向南溃退。

该来的终于来了，就在法军走了之后的第二天下午，不知从什么地方冒出来一些枪骑兵①，迅速地穿过了鲁昂城。不一会儿，黑压压的一大群人从圣凯瑟琳的山坡上下来，同时，在通向达纳塔尔和布瓦吉尧姆的大路上，也涌现了另外两股普鲁士兵。这三支部队的前卫正好同时到达市政厅广场，德军从附近的所有街道上一批批地拥了过来，路面在他们沉重而整齐的步伐共振下喀喀作响。

有人用陌生的喉音发出口令传进家家户户，这些房子就像无人居住一样，没有丝毫的回应。其实在关闭着的百叶窗后面，一双双眼睛正在窥视着这些获胜的人。这些人根据"战争法"，成了这个城市及其生命财产的主人。

在这些看似安静，遮得黑乎乎的房间里，其实居民们惊恐万分，就像碰上了洪水和强烈的地震一样。面对这种毁灭性的灾难，人的智慧和勇气都毫无用处。因为每当事物的既定秩序被颠倒过来，由人类的法律或自然的法则所保护的一切，就会被一种是非不分、残酷野蛮的行为所摆布。人们不再有安全感的时候，就会产生这样的感觉。就像地震会把整个民族压倒在坍塌的房屋之下，泛滥的江河会卷走农民、家畜的尸体和大大小小的屋梁一样。因胜利而自豪的军队就会屠杀自卫者，而把其他人作为战俘带走，以军刀的名义进行抢劫，用炮声来感谢上苍。这些灾祸，与永恒正义的一切信仰都大相径庭，使人们无法按照既定的教育来信赖人类的理性和上天的保佑。

每家每户门口都有小分队在敲门，只要门开了，进去就不再出来了。这就是入侵之后最为具体的占领。被征服者对于征服者应当表示的优待义务从此开始了。

没过多久，最初的恐怖消失了，出现了一种新的宁静。在许多家

---

① 枪骑兵，旧时普鲁士、奥地利等国的一个兵种。

庭里面，普鲁士军官都会和房子的主人同桌吃饭。其中不乏一些有教养的军官，他们会礼貌地对法国表示怜悯，声称讨厌这场战争，但是置身其中，又毫无办法。房子的主人自然是感谢他有这种看法，因为说不定哪一天就会需要他的庇佑。把这些军官孝敬好了，自己负责提供给养的人数也有希望减少一些。既然他们已经占领了这里，又何必还拿自己当作主人呢？那样做不是勇敢，而是极度的蠢笨和鲁莽。鲁昂的市民曾以英勇的保卫战使这座城市威名远扬，现在却不再这样了，他们惧怕自己的鲁莽和冒失。他们认为，从法国式的礼节中可以得出这样的理由，对于外国士兵，只要不公开表示亲近，在家里待之以礼则是完全没有问题的。白天在外面装作互不相识，晚上在家里一起聊天喝酒，因此，德国人每天晚上在每个家庭壁炉边取暖的时间也就越拉越长了。

苦难总不会太久，城市逐渐恢复了常态。法国人还是不大出门，但是普鲁士的士兵却挤满了街道。轻骑兵军官们身穿蓝色制服，在大街上挎着军刀耀武扬威，尽管如此，与去年在这些咖啡店里喝酒的法国轻骑兵军官相比，他们对普通市民的蔑视似乎没有什么不同。

然而，看似和谐的空气里却弥漫着一种说不出来的味道，是那样的难以捉摸，又是那样真实地存在着。那是一种不可容忍的异国气氛，到处散发着的气味，带着侵略的气味。这种气味飘进了家家户户和一切公共场所，它们改变了食物的味道，使当地人感到自己正在非常遥远的地方，在野蛮而危险的部落里旅行一般。

这些入侵者经常会要钱，要很多很多的钱。居民们总是照付，反正他们现在还很富裕。不过，即使对富有的诺曼底的商人来说，眼看自己的财富一点一滴地流到别人手中，心难免也会痛起来。

在离城两三法里通向克罗瓦塞、迪埃普达勒或比埃萨尔的河流的下游，时常有船员和渔夫从水底捞上来某个德国人的尸体。这些包在军服里都已发胀的尸体，有的是被一刀砍死的，有的是被拳打脚踢折磨死的，有的是脑袋被石块砸碎而死的，也有的是被从桥上扔进了水里直接淹死的。河里的淤泥埋没了这些默默无闻、野蛮而又合法的复仇行为。隐名的英雄，悄然无声的袭击，比大白天的战斗更加危险，却没有引起轰动的光荣。

因为对入侵者的仇恨总能激起三五个胆大的人勇敢起来，使他们为了一个信念而不顾性命。

这些入侵者虽然用一种严酷的纪律控制市区，不过他们那些沿着整个胜利路线所干的骇人听闻的行为虽然早已造成了盛名，但在城里却从未干过这类可怕的事情。渐渐地，人们的胆子大了起来，当地的商人心里又痒痒了起来，又盘算着去做生意了。其中有几个商人在法军占据的勒阿弗尔拥有一些股份，他们试图从陆路到迪埃普，再坐船到那个港口去。

于是，有人利用相识的德国军官的影响，获得了一张由总司令签发的离境许可证。

他们为这次旅行预订了一辆由四匹马拉的大马车，算起来总共有10个旅客，为了避人耳目，他们决定星期二早晨天不亮就动身。

这几天天比较冷，地面都冻硬了，而且星期一下午大约3点钟的时候，从北方吹来的大块儿乌云使天上下起雪来，这雪整整下了一天一宿。

早晨4点半的时候，旅行者们聚集在诺曼底旅店的院子里，准备上车了。

这些人身上都穿着厚厚的冬装，活像一些穿着长袍的肥胖的神父。他们还困得要命，有的身上裹着毛毯还冷得直打哆嗦。黑暗中，彼此看不清谁是谁。不过有两个人倒是互相认了出来，另一个人也走了过去，他们聊起了天。

"我把妻子也带去。"一个人说。

"我也带了。"

"我也一样。"第一个人接着说："我们不打算回到鲁昂了，要是德国人接近勒阿弗尔，我们就到英国去。"

其实，人人都有同样的打算，因为他们的骨子里是极其相似的。

可是一直没有人套车。只见一个马夫提着一盏小灯，一会儿从一扇黑暗的门里出来，一会儿又消失在另一扇门里。马蹄踢打着地面，但声音不大，因为地上的厩草减轻了马蹄的声音。听得见房子里面有个男人的声音，边指挥着畜生边骂个不停。不久，响起了一阵轻微的铃铛声，表示有人在给马上鞍子。这种轻微的声音马上就变成了清脆而连续的声音。这声音随着牲口的动作而上下起伏，有时毫无声息，有时又会因为猛然一动又响了起来，与此同时，钉了掌的马蹄踢在地面上，发出沉闷的声音。

人们在焦急地等待着，门忽然又关上了。一切声音都随之消失了。这些冻得要命的市民不说话了。他们就在那里一动不动地站着，虽然冻得发僵。

大片大片的雪花飘飘洒洒地落到地面上，从上到下组成了一幅接连不断的帷幕。它隐没着种种物体的外表，为万物蒙上了一层镜子般的外衣。冬夜里的城市是如此的万籁俱寂，只听得见雪花飘落时沙沙的声音。与其说是声音，不如说是一种感觉，微尘的交错活动仿佛充塞了天空，又遮盖了大地。

那个提灯的人又出现了，手里拉着一匹马的缰绳，但是马不想出来，看上去一副可怜巴巴的样子。提灯人把马拉到车辕面前，准备把马套好。因为他一只手提着灯，所以只能用一只手干活。他就这样转来转去，好半天才把马套好。他正要去牵第二匹马的时候，发现这些旅行者全都一动不动地站在那里看他忙活，该死的天气几乎让他们成了雪人，于是便问他们："你们为什么不到车里去呀？那里至少可以躲一躲雪吧。"

这些人之前都没有想到这一点，经提灯人一提醒，急急忙忙往马车走去。三个男人先把他们的妻子在里面安顿好，接着陆续上了车。然后，其他几个模糊不清的人影也钻进了车，在剩下的几个座位坐下，相互之间没有什么语言交流。

车厢的地板上铺着一些稻草，为了能够暖和一些，大家的脚都伸进稻草里。车厢里的太太们带着几个烧化学炭的小铜炉，坐定之后，她们就点燃了，随后交谈了起来，说着这种炉子的好处，说着她们早就熟知的一些事情。

经过一番等待，马车终于套好了，但是由于下雪路滑的原因，所以套的马不是四匹而是六匹。只听车厢外面有个声音向车里问道："人到齐了吗？"车里面马上有个声音答道："到齐了。"于是这辆马车就这样出发了。

天气太恶劣了，马车只能慢慢地，慢慢地走着，简直可以说是一步一步地往前挪。陷在雪里的车轮使整个车厢呻吟般地发出沉闷的咯咯声。马儿走得也非常费劲，脚下打滑，嘴上冒着"热气"。车夫的鞭子像条细蛇一样卷起又抻开，响个不停，四处飞舞，时不时地抽打着圆鼓鼓的马屁股。每打一次，就会发现那匹被打的马绷紧肌肉，用力拉上一阵。

在不知不觉中天就亮了起来。旅行者中，有一位是纯粹的鲁昂血统，他把轻柔的雪花比作一场美丽的棉花雨。渐渐地，雪停了，一线阳光透过大块的、乌黑的、厚厚的云层射了出来，一片雪白的田野在阳光的照耀下显得非常耀眼。白色的田野上时而出现一排排挂着白霜的大树，时而露出一间间被白雪覆盖着的房屋。

在车厢里，大家借着黎明时暗淡的光线，互相好奇地打量着。

靠里面最好的位置上，卢瓦佐①先生和他的太太面对面地坐着打盹儿，他们是大桥街的葡萄酒批发商，比较富有。

卢瓦佐是一个诡计多端而又快快活活的人。最初他在一个卖葡萄酒的老板手下当店员，老板做生意破了产，他就把店铺买了下来，并且发了财。他以非常便宜的价格向乡下的零售商出售劣质葡萄酒，熟悉他的人都认为他是一个狡猾的骗子，是一个真正的诺曼底人。

卢瓦佐是个骗子的名声众所周知，所以本地的善于写寓言和谣曲，文笔辛辣讽刺的图奈尔先生，曾在省政府的一次晚会上对他进行过小小的讽刺，当他看到太太们有点精神不振的时候，便建议她们玩"鸟飞"②的游戏。这个词很快飞遍了整个晚会，接着传到了全城的客厅里，使全省的人在一个月的日子里，谈起这件事情都笑得合不拢嘴。

卢瓦佐是位"名人"，还因为他本身就爱开各种各样的玩笑，他经常会说善意的或恶意的笑话，所以谁提起他来都会加上这样的一句话："卢瓦佐？那简直是个活宝。"

卢瓦佐身材矮小，其貌不扬，挺着一个大肚子，脸色潮红，留着花白的颊髯。

相反，他的妻子高大健壮，说话声音响亮，办事干脆利索，坚定果断。这夫妻俩形成了鲜明的对比。卢瓦佐用快活的说笑活跃着店铺的气氛，他的妻子则以一脸的严肃控制着店铺的秩序。

坐在这对夫妻旁边的是极为可敬的卡雷—拉马东先生。他属于一个高尚的阶级，在棉纺织业里他是个重要人物，不仅拥有三个纺织厂，而且还是四级"荣誉勋位"获得者和省议会议员。在整个帝国时

---

① 卢瓦佐，法语中这个名字的发音和"鸟"相同。
② 法语里的"飞翔"和"偷窃"是同一个词，所以"鸟飞"也可以理解为"卢瓦佐偷窃"，是双关语。

期①，他都是善意的反对派的领袖。根据他本人的说法，他只用无刃的礼剑作战，先攻击对方，再附和几声，以便索取高价的酬报。卡雷—拉马东太太比卡雷—拉马东年轻得多，对派驻鲁昂的出身名门的军官们来说一向是个安慰。

卡雷—拉马东太太坐在丈夫对面，她看上去是那么可爱，美丽，娇小的身躯蜷缩在皮大衣里，用略带忧伤的目光注视着车厢里的一切。

卡雷—拉马东太太的旁边是于贝尔·德·布雷维尔伯爵夫妇，他们的姓是诺曼底最古老的姓氏，也是最高贵的姓氏之一。于贝尔伯爵是位身材高大的老绅士。他总是尽力用穿着打扮来突出他与国王亨利四世的相似之处。有一个传说曾使他们的家族感到光荣，据说国王曾使布雷维尔家的一位太太怀了孕，于是她的丈夫因此成了伯爵和省长。

布雷维尔伯爵是卡雷—拉马东先生在省议会里的同僚，但是他代表省里的奥尔良派。于贝尔伯爵和南特一个小船主的女儿的婚姻故事充满了神秘感。不过，由于伯爵夫人举手投足都很有气派，待人接物也总是恰到好处。有人传言她被路易—菲力普②的一个儿子爱过，因此整个贵族阶层对她都极为热情。她的沙龙在本地也首屈一指，只有她主持的沙龙依然保持着往昔的文雅，但是要想进入其中也不是件容易的事情。

布雷维尔夫妇相当富有，但是都是一些不动产，据说这些不动产年收入可达50万法郎，这可是一个诱人的数字。

以上这六位是车里面的主要人物，他们有一个共同点就是比较富裕。他们来自泰然和强大的社会阶层，属于上流社会中信仰宗教和有

---

① 指法兰西第二帝国（1852—1870）。
② 1830—1848年的法国国王。

道德与教养的人。当然，他们也是有权力的阶层。

十分凑巧，这三位太太坐在一条长凳上。伯爵夫人的另一边还有两个修女。她们正数着长长的念珠，喃喃地念着。年老的那个脸上布满了麻子，就像迎面挨了一片霰弹①。年纪稍微轻的那一个，看上去瘦弱不堪，有一张俊俏但满是病态的脸，她看起来像是患了肺痨。那正是使她毁坏肉体而成圣徒的吃人的信仰侵蚀了它。

在两个修女的对面，一个男人和一个女人吸引着大家的视线。

男人是人所共知的民主主义者——科尔尼德，对体面的人来说，他可是个危险的人物。20年来，他那红棕色的胡子碰过所有民主派的咖啡店里的啤酒杯。他的父亲以前是糖果商，所以给他留了一笔非常可观的遗产。但是他和他的兄弟及朋友们很快把所得的这份遗产吃光了，于是心急火燎地等待着共和国的到来，以便最终获得与他为民主革命喝掉的那么多啤酒相称的地位。在9月4日那天，可能是有人和他开了个玩笑，说他被任命为了省长，他也真信了，就以为自己被任命当了省长。于是他从上到下，好好打理了一番就去上任了。结果办公室的工作人员却不承认他，他只得灰溜溜地退了出来。尽管闹了这样的笑话，但是不影响他是个善良热情的小伙子，并且他始终是热情的，乐于助人的。因此他总是以最大的热情组织着本地的防务。他组织人们在平地上挖了一些坑，把附近树林里的小树全部砍倒，在各条大路上布满了陷阱。他对自己所做的准备工作非常满意。在敌人临近时，就怀着兴奋的心情立刻回到了城里。现在他认为到勒阿弗尔去更加能够发挥自己的能力，因为那里需要新的防御工事。

女人也是一个众所周知的人物——一名妓女。她是因为过早发

---

① 子弹的一种。弹壁薄，内装黑色炸药和小铅球或钢球，弹头装有定时的引信，能在预定的目标上空及其附近爆炸，杀伤敌军的密集人马。

胖而出了名，得了个和实际相符的"羊脂球"的外号。羊脂球个子不高，到处都圆乎乎的，胖得不行，连手指都非常有肉，但是被指节勒得很紧，富于光泽的皮肤紧绷绷的，于是看起来像一串串短香肠。上衣里面高耸着两个硕大的胸脯。然而她始终被人垂涎又被人追逐，因为她是那样的鲜艳悦目。她的脸蛋看上去像一个红红的苹果，又像一朵含苞待放的牡丹花。她的一双极美的黑眼睛忽闪忽闪的，又长又密的睫毛为它们蒙上了一层阴影。她的小嘴仿佛是为亲吻而生的，迷人而又湿润，她的牙齿光亮而又细小。

此外，有人还说她是具备种种无从评价的品质的。

她刚被人认出来的时候，那些所谓的正派女人便交头接耳起来，"娼妓""社会的耻辱"之类的词语，时不时地从她们的嘴里冒出来。这样的谈论使她抬起了头。她用充满挑衅和无所畏惧的目光扫视着车里的人，于是，车里立刻鸦雀无声，长舌妇们都垂下了眼睛，低下了头。只有卢瓦佐例外，他一直处于神色亢奋之中，色眯眯地窥视着羊脂球。

可是没过多久，三位太太就又交谈了起来，有羊脂球这个妓女在场，她们三个立刻就成了朋友，而且是亲密无间的朋友。在她们看来，在这个无耻地以出卖肉体为生的女人面前，她们应该摆出良家妇女的尊严，摆出为人妻的优越感，因为法律约束下合法的爱情对发乎人性的自由的爱情总是嗤之以鼻的。

三个男人也是，有科尔尼德在场，一种保守者的本能就使他们互相接近，并且以极为优越的口气谈论着有关金钱的话题。于贝尔伯爵侃侃而谈普鲁士人使他遭受的损害，无法收获和牲畜被盗给他造成的巨大损失，他以拥有千百万财产的大领主的口气说得毫不在意，因为他认为这些灾难对他的影响不过是一年半载的事。卡雷—拉马东先生显然警觉性比较高，因为在棉纺织业里受过严重打击，所以，他这次有所提防,已把六万法郎汇到了英国,以备不时之需。卢瓦佐下手比较快,已经把地窖里剩余的劣质葡萄酒都设法卖给了法国军需处,这样国家就欠了他一大笔的钱,如今他一门心思指望在勒阿弗尔把这笔钱弄到手。

尽管三个人身份不同,但是由于金钱的关系,互相交换着迅速而友好的目光。他们感到彼此之间已经可以称兄道弟了,由于他们有一个共同点,都属有钱人,都属于把手伸进裤袋就能弄得金币叮当作响的人,也都属于大共济会[①]里的一员。

由于路况的原因,车子走得很慢,到上午十点钟的时候,才走了不足四法里。为了减轻车子的负担,男人们三次下车步行上坡。渐渐大家开始担心起来,因为原定在托特吃午饭,现在看来半夜之前不可能到达托特了。每个人都在留意着,看路边有没有家小酒馆什么的,在焦急之际,马车却陷进一个雪坑里,费了两个钟头才把车子拉出来。

大家感觉到越来越饿,饥饿感弄得大家心烦意乱,可是却看不到一家小饭店或一个小酒馆。普鲁士人的临近以及饥饿的法军从这里经过,早已经把各行各业的生意人都吓跑了。

男人们下车跑到路边的农庄里去找可以充饥的食物,却连半片面包都找不到,因为士兵们没什么吃的就会到农庄里去抢,所以心存疑虑的农民早就把储备的食品都藏起来了。

下午1点钟左右,卢瓦佐嚷嚷着他胃实在饿得受不了。其实大家都像他一样,早就饿得不行了,对食物的渴望越来越强烈,以致饿得连谈话的兴致都没有了。

在这沉寂的气氛中,只要有个人打呵欠,其他人立刻就会受到传

---

① 共济会是从前某些国家里宣传博爱的秘密团体。

染，于是每个人都轮流打起呵欠来。看他们打呵欠也是一件非常有意思的事情，每个人的性格、教养和社会地位不同，打呵欠的方式也不同，有人张大嘴巴打着，有人打得比较斯文，张开嘴巴的同时马上用手遮住。

羊脂球几次弯下腰去，似乎在裙摆下面寻找什么东西。她犹豫着看了看两旁的人，那些人面色苍白，一脸苦相，于是她又若无其事地直起腰来。卢瓦佐表示愿意掏出一千法郎买一只肘子。但是他的妻子马上做了一个表示反对的手势，卢瓦佐就不再说什么了。卢瓦佐的妻子听到浪费金钱的主意总是要心痛的，以至于连与钱有关的笑话也不愿意听了。伯爵说："我感觉有些不大舒服，怎么就没想到要带些食物呢？"每个人都这样责备自己，后悔不已。

正在大家愁眉不展之际，科尔尼德掏出满满一葫芦朗姆酒。他热情地请大家喝，除了卢瓦佐喝了两口，别人都冷冰冰地拒绝了。在送还葫芦的时候，卢瓦佐表达了自己的谢意："这酒喝起来真不错，喝了暖和多了，还能聊以充饥。"卢瓦佐喝酒之后心情显然好了很多，开起玩笑来，提议像民谣里所唱的小船上那样，吃掉最肥胖的游客。这显然是暗指羊脂球，这些所谓的有教养的人听了很不舒服。大家都不接话茬，只有科尔尼德双手称赞。两个修女也不再念经了，双手笼在宽大的衣袖里，坐在那里一动不动，垂着眼睛不声不响，大概正在把上天降给她们的痛苦作为对上天的奉献进行祈祷吧。

大约3点钟的时候，车子走到一片望不见尽头的平原上，那里连一个村庄都看不见。羊脂球终于再次弯下腰去，迅速从长凳下面拉出了一只大篮子，上面盖着一块洁白的餐巾。

只见她从篮子里取出一个陶瓷小碟子，一只精致的小银杯，然后拿出一个很大的罐子，里面有两只切好的烧鸡，烧鸡上有一层冻汁。大家看见餐巾下面还有不少好东西，有肉糜，有水果，还有一些甜点,足够旅行三天用的了,根本用不着去找饭菜。同时,四个瓶颈从食品包中露了出来。她撕了一个鸡翅膀,就着一个在诺曼底被称为"摄政时期"的小面包,一口一口地吃了起来。

所有人的目光都被吸引过去了。弥漫的香气使人馋涎欲滴,耳朵下面的颌骨在痛苦地痉挛着。这个时候,太太们对羊脂球的蔑视达到了极点,恨不得杀了她,或者把她以及她的酒杯、篮子和食品从车上扔到下面的雪地里。

卢瓦佐的眼睛始终贪婪地盯着装小鸡的罐子。口里喃喃地说道:"太棒了,有些人考虑问题总是十分周到。这位太太就比我们有先见之明。"羊脂球听了,抬起头来对他说:"先生,您想来点吗?从早晨饿到现在真不好受。"卢瓦佐点了点头,他向周围瞟了一眼说:"的确如此,我饿得吃不消了,就不客气了。战争时期嘛,顾不得那么多了,对吧,太太们?"又接着说:"像现在这种情况,能碰到肯帮忙的人,真是太幸运了。"于是,卢瓦佐把手头的一张报纸摊开,用随身带着的一把小折刀的刀尖戳起一只涂满冻汁的鸡腿,慢慢咀嚼起来。伴随着车厢里响起的一片无可奈何的叹息,他吃得那样津津有味。

接着,羊脂球又以温柔的声调请两位修女分享她的食物。她们立即就接受了,含糊不清地说了两句谢谢之后,连眼皮也不抬,便迅速地吃了起来。坐在她旁边的科尔尼德也没有拒绝羊脂球的邀请,和两个修女一起把报纸摊在膝盖上,形成了一张餐桌,马上吃了起来。

得到食物的几张嘴,不断地一张一合。卢瓦佐在角落里狼吞虎咽,悄悄地让妻子也学他一样。他的妻子犹豫了一会儿,最终在饥饿的折磨下同意了。卢瓦佐委婉地问他们这位"可爱的女伴"——羊脂球,能否拿出一小块鸡给他的妻子。羊脂球亲切地微笑着,说:"当然可以。"把罐子递了过去。

第一瓶波尔多葡萄酒被打开了，令人遗憾的是，只有一只酒杯。于是大家只好把杯子传来传去，大家极为文雅，喝的时候只是擦一下杯口。只有科尔尼德不拘小节，喝的时候故意用嘴去碰杯口上被羊脂球的嘴唇湿润过的地方，他大概是风流成性惯了。

大家都在忙着往嘴里送东西，空气中弥漫着食物的香味和酒的诱惑。只有布雷维尔伯爵夫妇和卡雷—拉马东夫妇还始终不肯放下自己的架子，一面故作高贵地矜持着，一面忍受着难以抗拒的食物诱惑。大家正在忙活之际，纺织厂厂主的年轻美丽的妻子忽然"唉——"了一声，所有的人停止了动作，都向她望去：只见她的脸色和外面的雪一样白，双眼一合，头往旁边一歪，晕过去了。她的丈夫顿时惊慌失措了起来，恳求大家赶快帮帮忙。但是人们不知道怎么办才好。危急之中，年老的修女迅速托起美丽的小女人的头，把羊脂球那只仅有的盛满葡萄酒的酒杯放到了她的唇边，让她喝了一点点酒。效果很明显，漂亮的女人慢慢睁开了眼睛微笑着，用虚弱的声音说她"感觉好多了"。为了让这位美丽的女人不再晕倒，老修女给她喝了满满一杯波尔多葡萄酒。并且肯定地说道："准是饿的，没什么事。"

听了老修女的话，羊脂球顿时满脸通红，十分尴尬和内疚，看着饿肚子的两对夫妇嗫嚅着说："上帝啊，如果我冒昧地请这几位先生和太太……不知……"她的话没有说完，一定是怕因此反受侮辱吧。但是，此时卢瓦佐说话了："啊哈，当然没问题了，在这种情况下，大家都是兄弟，应该互相帮助才好。好了，好了，先生们，太太们，别客气了，快拿着吃吧，真见鬼！也不知道我们能不能找到一间过夜的房子呢？但是照现在的速度推测的话，明天中午之前也未必到得了托特。"即使这样，这两对夫妇还是犹豫不决，谁也不肯先点头说"好吧"这个词，他们怕说了这个词会有失身份。最后，还是布雷维尔伯爵先出头解决了这个问题。只见他向惶恐不安的胖姑娘——羊脂球转过身去,摆着十足的绅士架子,带着极度的优越感对她说:"我们接受,并感谢您的邀请,太太。"

既然问题已经解决,跨出了最为艰难的第一步,大家就痛快地享受起来了。篮子里的东西都被拿了出来,除了之前提到的食物,还有肥鹅肝糜,肥云雀糜,熏口条,克拉萨纳的梨,主教桥[①]的干酪块,各种小蛋糕,以及满满一杯醋渍小黄瓜和洋葱。和其他的女人没有什么两样,羊脂球最爱吃的也是蔬菜瓜果。

既然吃了这个妓女的东西,大家就不能不和她说话。于是大家有一句没一句地聊了起来,起初还有所克制和保留,后来大家见她举止得体,说话温和,也就随便了起来。布雷维尔太太和卡雷—拉马东太太都是深谙世故的人,顿时显得既亲切又高尚起来。伯爵夫人尤其特别,浑身上下都透着尊贵的太太们那种和蔼可亲的优越感,无论与什么人接触,仿佛都不可能玷污她们的高贵。而健壮的卢瓦佐太太则有一种与生俱来的宪兵精神,始终带着盛气凌人的那股劲儿,她是说得少吃得多的人的代表。

在这样的情境下,大家自然而然地谈到了战争。大家充满感慨地讲述着普鲁士人的暴行和法兰西人的壮举,这些正在逃跑的人,都在向别人的勇气表达着敬意。每个人都谈着自己的经历,羊脂球也不例外,在讲述她是如何离开鲁昂时滔滔不绝起来,她显然动情了,妓女们真正动情的时候往往就是这样。她回忆着说:"起初我以为我可以留下来。家里准备了许多食品,所以我宁愿让一些士兵在我的家里大吃大喝,也不想到处流浪逃避。可是当我看到这些普鲁士人,我就无法控制自己了!他们的到来使我火冒三丈,我感到了从未有过的耻辱,为此我甚至痛哭了一整天。哎,我要是个男人就好了!我从窗户

[①] 法国北部卡尔瓦多斯省省会,是诺曼底的一部分,以产干酪著称。

里看着他们，那些戴尖顶钢盔的肥猪，若不是女仆抓着我的手，我肯定会把家里的家具砸到他们身上去。后来有普鲁士人要住到我家来，我扑上去就掐住了第一个人的脖子。其实，掐死他们并不比掐死别人更难！如果不是有人拉住我的头发，我就可以把那个家伙给解决了。事后我不得不躲起来，瞅准一个机会跑掉了，所以就上了这辆车。"

众人对她的行为大加赞扬。在座的其他人都不如她有这么大的胆量，所以对她的评价都很高。特别是科尔尼德，在听羊脂球讲述的时候，始终保持着信徒式的赞许和亲切的微笑，就像一位神父在听一个信徒赞美上帝，留着长胡子的民主主义者们垄断了爱国主义，正如教士们垄断着宗教一样。接着他以教训人的口吻，用上了从每天贴在墙上的公告中学来的浮夸腔调，一展口才，慷慨激昂地斥责了那个"恶棍巴丹盖①"。

羊脂球听后马上发火了，因为她是波拿巴主义者②。只见她的脸涨得比樱桃还红，气得结结巴巴地说："我倒要看看，你们这些人，处在他的位置上会怎么做。真是太卑鄙，对，就是这样！是你们背叛了他，还在这里振振有词！要是让你们这样胡作非为的人来治理的话，法国早也就不存在了！"科尔尼德对羊脂球的话无动于衷，始终保持着一种轻蔑而高傲的微笑，但是大家觉得他要破口大骂了，于是伯爵赶紧出来调停，宣称一切真诚的意见都应该受到尊重，这样才使怒气冲天的姑娘平静下来。在这场并不友好的冲突中，伯爵夫人和纺织厂厂主的妻子都不约而同地站到了这个羊脂球的一边，她们觉得这个时候必须大义凛然，她的看法和她们十分相像，所有的女人对威武而专制的政府都抱有着本能的柔情，内心始终怀着有教养的人对共和国具

---

① 巴丹盖是拿破仑三世的绰号。
② 指拥护拿破仑王朝的人。

有的与生俱来的仇恨。

篮子很快就空了。十个人毫不费力就把能吃的全吃光了，与此同时，还连连惋惜篮子没有更大一些。他们又开始谈论起来，不过东西吃完之后谈得就不像吃东西时那么热烈了。

夜幕慢慢降临，天色越来越黑了。食物在慢慢消化的时候，对寒冷最为敏感，尽管羊脂球比较丰腴，但是也禁不住哆嗦起来。布雷维尔太太主动把自己的小炉子借给她，火炉里的炭从早晨到现在已换过几次了。羊脂球没有客气，马上接了过来，她感觉自己的两只脚都快被冻僵了。卢瓦佐太太和卡雷—拉马东太太也把自己的炉子借给了两个修女。

天黑了，马夫点亮了车灯。强烈的灯光照亮了辕马冒汗的屁股，只见上方的一团热气和路两旁的白雪，都在变化不定的光影中变幻着。

车里很黑，什么都看不清了，但是在科尔尼德和羊脂球之间好像有了一些小动作，卢瓦佐的目光在阴影中努力搜索着，他确信看到科尔尼德被人不出声地猛揍了一下，迅速地闪开了。

前方的路上出现了光亮，托特终于到了。路上走了十一个小时，加上四次让马吃燕麦和喘息的两个小时，一共花了十四个小时[①]。马车进镇后，在商务旅馆的门口停了下来。

车门打开了，但是一阵熟悉的声响——刀鞘碰撞地面的声音使全体旅客都为之战栗。随即响起了一个德国人的喊叫声。

马车停在那里一动不动，没有人下来，好像一出来就会被杀死一样。车夫提着的一盏灯忽然照亮了整个车厢里的两排惊慌失措的十个面孔，这些人由于吃惊和恐惧而张大了嘴巴，睁大了眼睛。

[①] 原文如此，疑为作者笔误，应为十三小时。

在车夫旁边，站着一个德国军官。是位瘦高的年轻人，头发金黄，整个身体紧裹在军服里，犹如一个裹着胸衣的姑娘。他歪戴着漆布的平顶大盖帽，活像英国旅馆里的侍者。他的小胡子长得很有意思，胡须又长又直，向两边越来越细地扩散下去，最后只剩下一根金黄色的胡须，细得让人看不出它的尽头。他的小胡子就像压在嘴角上一样，向下扯着面颊，在嘴唇上印出一道下坠的折纹。

他用阿尔萨斯①法语生硬地说着："先生们和太太们，请你们下车。"

修女们习惯了服从，首先温顺地下了车。接着是伯爵和伯爵夫人，后面跟着纺织厂主和他的妻子，以及把高大的妻子推在自己前面的卢瓦佐。他脚刚落地，便对这名德国军官说："您好，先生。"与其说是出于礼貌，不如说是出于谨慎。对方看了他一眼却不予理睬，像一切大权在握的人一样。

羊脂球和科尔尼德虽然就坐在车门口，但是最后才下车，他们显得庄重和高傲。胖姑娘尽力克制情绪，让自己保持镇静，那位民主主义者则用一只有点哆嗦的手像演悲剧一样，不停地捻着他那红棕色的长胡子。他们认为在这种场合，每个人都代表着自己的国家，所以要有尊严。他们对同行者的顺从很反感。羊脂球尽量显得比身旁的正派女人们更有自尊，而科尔尼德则感到自己应该成为榜样，一言一行都要继续完成那种在大路上挖坑抗敌的使命。

一行人都走到旅馆的宽大的厨房里，德国人要他们出示总司令签发的离境许可证，那上面写着每位旅客的姓名、体貌特征和职业。他久久地审视着这些人，把每个人和证件上的内容进行对照。

---

① 法国旧时东北部地区的省份，隔莱茵河与德国交界，普法战争后曾与洛林一起割让给德国，第一次世界大战后由法国收回。

最后他突然说道："没错。"接着便走开了。

大家总算松了一口气，因为肚子又饿了，便叫人准备晚饭。由于做饭至少要半个小时的时间，所以在两个女佣忙于饭菜的时候，他们就各自去看自己的房间。房间都在一条长长的走廊里，走廊的尽头有一扇标着一个人人皆知的号码[①]的上面装有玻璃的门。

大家坐下吃饭的时候，旅馆老板亲自来了。他以前当过马贩子，是个患哮喘的大胖子，喉咙里总是呼呼响，嗓音嘶哑，痰声不断。他的父亲把弗朗维这个姓传给了他。

他开口问道："谁是伊丽莎白·鲁塞小姐？"

只见羊脂球战栗了一下，转过身来答道："我就是。"

"小姐，普鲁士军官想马上和您谈一谈。"

"和我吗？"

"如果您就是伊丽莎白·鲁塞小姐的话那就没错。"

她摸不着头脑了，思索了一下，随后明确表示："可能他是找我，但是我不想去。"

她的周围发生一阵骚动，每个人都发表意见，探究这道命令的来由，伯爵走近她跟前说："您错了，太太，因为您的拒绝可能不仅给您，而且给所有的同伴都会带来严重的后果。对最强大的人永远不要反抗。他要您去肯定不会有任何危险，可能是为了补办什么手续。"

大家央求她，催促她，重复地劝告她，终于说服了她，因为他们都怕她的拒绝会造成麻烦。最后羊脂球说道："我是为了你们才去的，就是这样！"

伯爵夫人握住她的手："为此我们都会感谢你。"

她就这样走了。大家等着她回来再吃饭。每个人都觉得有些遗

---

① 指100号，代表厕所。

憾，召见的为什么不是自己，而是这个毫无廉耻的妓女，大家都在默默地准备着一些阿谀奉承的话，以便轮到自己被召见时说错话。

过了十分钟，羊脂球气喘吁吁，气得满脸通红地回来了。她翻来覆去地说道："真是混蛋！流氓！"

大家都急于想知道究竟是怎么回事，可是她始终一言不发。在伯爵的再三追问之下，她才极为庄重地答道："没什么，跟你们无关，不说为好。"

大家围着一个有盖的大汤碗坐了下来，碗里的白菜透出了的香气。尽管刚才出现了一个小插曲，但晚饭还是吃得很愉快。卢瓦佐夫妇和两个修女为了省钱要了苹果酒。除了科尔尼德，其他人都要了些葡萄酒。科尔尼德要的是啤酒。他以一种独特的方式打开瓶盖，让啤酒迅速起沫，他把杯子侧着放在灯前仔细鉴赏酒的颜色。他的大胡子与他所选择的饮料色调相同，他喝酒的时候，胡子温柔地颤动着。他的眼睛一眨不眨地盯着大啤酒杯，好像在履行他生来要完成的唯一的职责一样。他毕生有两大嗜好：淡色啤酒和革命。在精神上两者接近得不可分割，因此在品味一种嗜好时肯定不会忘了另一种嗜好。

在桌子的那一头弗朗维夫妇正在吃饭。男的像个破火车头那样喘个不停，如果边吃饭边说话，胸腔就会因为不及时通气使呼吸更加困难了。可是那个女人却说个没完，她不断讲着普鲁士人给她的印象，以及这些人所做的事情和所说的话。她憎恨普鲁士人，一是因为他们糟蹋她的钱，二是她有两个儿子在军队里。她和伯爵夫人说得最多，她为自己能和一位有身份的贵妇交谈而感到欣慰。

她甚至降低声音，谈些比较敏感的问题。她的丈夫不时地打断她的话："你最好闭嘴，弗朗维太太。"可是她只当没听见，自顾自地说下去："你知道吗，太太，这些人只会吃马铃薯和猪肉，要不就是猪肉和马铃薯。千万不要以为他们讲卫生。才不是呢！我跟你说，他们随地大小便。不过你要是见过他们操练就好了,他们一练就是好几个钟头。这几天,他们在一块空地上,不断地向前走,向后走,向左转,向右转。其实他们完全可以在自己的国家里种种地,或者修修路呀!但是并没有,太太,这些军人毫无用处。只能靠老百姓养活着,他们什么都不学,只会专门杀人!不错,我只是个没有见识的老太婆,可是我看见他们从早到晚地踏步,踏得浑身筋疲力尽,我就想,有些人发明了那么多东西,是为了做有用的人,难道需要另外一些人来吃这么多苦,就是为了杀人!不管是杀普鲁士人,英国人,波兰人,还是法国人,杀人确实是一件可怕的事,是吧?有人伤害了你,你为此报仇,这样不行,要判刑的。可是人家像打猎一样,用机枪扫射我们的小伙子,这倒行了,要不为什么要给杀人最多的人发勋章呢?天呢,您看这是怎么回事,我简直弄不懂!"

科尔尼德提高了嗓门:"如果进攻一个和平的邻国,战争就是一种野蛮行为;如果是为了国家的和平而战斗,那就是一种神圣的责任。"

弗朗维的妻子低下了头,说道:"不错,自卫是另一回事。不过,难道不应当杀绝那些用打仗来寻乐的统治者吗?"

科尔尼德眼睛一亮,说:"好样的,女公民。"

卡雷—拉马东一直在思索。他虽然狂热地崇拜一切杰出的统帅,但是这个老太婆的见识却使他想到,这么多的人手空着不做事自然就会坐吃山空的,若是用这些人手在一个国家做事可以造成何等的繁荣,将会带来多少财富。

卢瓦佐离开了自己的座位,走到旅馆老板身边,低声交谈着。大胖子不停地发笑,咳嗽,吐痰,卢瓦佐的笑话使他巨大的肚子上下抖动着。很快,就向卢瓦佐订购了六大桶波尔多葡萄酒,约定到春天普鲁士人走了就交货。

023

吃完晚饭，大家因为累得要命，就都去睡觉了。

不过卢瓦佐却没有倒头就睡。他安顿好妻子上床睡觉以后，一会儿把耳朵贴在门上，一会儿把眼睛贴在锁孔上，去发现他所说的"走廊里的奥秘"。

过了一个小时左右，果然听到一阵衣裙的声音，他立刻用眼往外看，他看见了羊脂球。她身穿一件绣着白色花边的开司米①便袍，显得她更加的肥胖了。她手里拿着一个蜡烛盘，向走廊尽头那个谁都知道的号码房间(指厕所)走去。不过旁边又有一扇门也轻轻地开了，等她过了几分钟往回走的时候，科尔尼德穿着背带裤在后面跟着她。他们低声地说着话，然后站住了。似乎羊脂球坚决禁止科尔尼德进入她的房间。可惜卢瓦佐听不清他们具体谈什么，不过到最后他们提高了嗓门，才听清了几句。科尔尼德激烈地坚持着，说道："你看看你，何必呢，这种事情对你来说能算什么？"

羊脂球好像生气了，回答说："不，亲爱的，这种事情是不能在这个时候做的，要是在这儿做就会是一种耻辱。"

科尔尼德觉得莫名其妙，追问着为什么。

最后羊脂球发火了，嗓门提得更高了："为什么？您真的不明白为什么？不知道屋子里有普鲁士人，也许就在隔壁房间里吗？"

科尔尼德不作声了。有敌人在旁边，妓女都能随便碰，这种爱国的廉耻心唤醒了他心中正在减弱的自尊心，他只和她拥抱了一下，便悄悄地回到他的房间里去了。

卢瓦佐看得浑身燥热，离开锁孔后，在房间里跳了个击脚跳②。他戴上色彩鲜艳的棉睡帽，掀起盖在骨头发硬的妻子身上的被单，一边

---

① 指山羊绒。
② 人跳起后双脚互击数次的舞蹈动作。

用一个亲吻把她弄醒,低声问道:"爱我吗,亲爱的?"

整幢房子都沉寂了下来。可是没多久,就在某个方向不明的地方,可能是地窖,也可能是顶楼,响起了响亮的,单调的,有规律的鼾声,就像汽锅在蒸气压力下抖动——沉闷而悠长,那是旅店老板弗朗维先生进入了梦乡。

第二天早晨8点钟,是预定的出发时间。时间一到,大家来到厨房集合,准备出发。可是那辆车子却孤零零地停在院子中,篷布顶上积了一层雪,既没有马也没有马夫。大家到马厩里,草料房里,车库里去找马夫,却白费力气。于是男人们决定出去找找,就出了门。他们来到广场上,对面有一座教堂,两旁是一些低矮的房屋,里面有些普鲁士士兵。他们看见一个士兵在削马铃薯皮,另一个士兵稍远一点,正在冲洗理发店。还有一个满脸都是胡子的士兵,把一个哭闹的孩子放在膝盖上摇晃着,亲吻着,尽量使孩子安静下来。那些肥胖的农妇,丈夫都在军队里打仗,她们正在用手势向战胜者指明该做的事情,士兵顺从地劈柴,把汤浇在面包片上,磨咖啡,其中有个士兵甚至替他的女房东——一个残废的老婆子在洗衣服。

这场景让伯爵大为惊讶,便询问从本堂神父住宅里出来的教堂执事。这位极其虔诚的老教徒答道:"哎!这些人并非坏人,据说他们不是普鲁士人,他们来自更远的地方,不清楚是什么地方。他们不是自愿出来打仗的,家里都有老婆孩子。我相信他们的老婆孩子也在为这些男人哭泣,打仗会使他们和我们一样痛苦。我们这里眼下还不算太难过,因为这些人不做坏事,他们就像在自己家里一样干活。您看,先生,穷人之间应该互相帮助……只有大人物才热衷于打仗。"

征服者和被征服者之间能够和谐相处,这使科尔尼德极为不满,于是很快走开了,宁可独自待在旅馆里。卢瓦佐笑着说道:"他们在做着增加人口的工作。"卡雷—拉马东先生却一脸严肃地说:"他们在弥补自己的罪过。"可是他们找不到马夫。最后，在镇上的咖啡馆找见了他，他正和军官的传令兵坐在一起。伯爵喊道："我们不是让你在8点把车套好吗？"

"不错，但是别人又吩咐我了。"

"吩咐你什么？"

"不要套车。"

"谁吩咐的你？"

"普鲁士指挥官。"

"为什么啊？"

"我什么也不清楚。你去问他吧。他不许我套车，我就不套，就这么简单。"

"是他亲口跟你说的吗？"

"不，先生，是旅馆老板转告给我的。"

"什么时候转告的？"

"昨天晚上，在我要睡觉的时候。"

三个男人非常焦急，回到旅馆后，他们要见旅店老板，女仆却回答说先生因患哮喘，10点钟之前从不起床的。甚至明确规定，除非着火了，否则不得提前叫醒他。

他们很想见普鲁士指挥军官，虽然此人就在旅馆里，但却不是轻易能见到的。只有弗朗维先生才被允许有民事纠纷时去找他。没办法，只好等。女人们回到各自的房间里，去忙一些无关紧要的事情。

科尔尼德坐在厨房高大的壁炉下面，炉火很旺。他叫人拿来一张咖啡桌。摆上一小瓶啤酒，掏出了烟斗。在这位民主主义者眼中，这只烟斗所受到的尊重绝不亚于烟斗的主人，好似它为科尔尼德服务也就是为祖国服务一般。那是一只极其漂亮的海泡石①烟斗，上面结了一层令人起敬的烟垢，黑得和他的主人的牙齿一样，烟味很浓，顶端弯曲，油光可鉴。他的主人驾轻就熟地拿在手中，这成了他外貌的组成部分。科尔尼德一动不动地坐着，眼睛时而盯着炉子里的火焰，时而盯着啤酒杯里的泡沫。每喝一口，都带着满足的神情，用瘦长的指头掠一下油腻的长发，用鼻子嗅着沾有泡沫的小胡子。

卢瓦佐借口出去活动一下，其实是向本地的酒店老板们推销他的葡萄酒。伯爵和纺织厂主开始谈论政治，预测法国的未来。一个人相信奥尔良党人，另一个相信会有一位现在还不知其名的救星出现，他将在国家面临绝境时露面，他或许是一个杜·盖克兰②，或许是一个圣女贞德③，或许是另一个拿破仑一世。唉！要是皇太子能够再大一点就好了！科尔尼德听着他们的谈论，始终像个知天命的人那样微笑着，他的烟斗使厨房充满了烟味。

大约 10 点钟的时候，弗朗维先生来了。大家问他为什么不许套车，他重复了两三遍："军官是这样对我说的，'弗朗维先生，明天你不要让马夫给这些旅客套车。我不想让他们没有我的命令就起身。听清楚了吧，就这样。'"

于是大家要求面见军官。伯爵让人把自己的名片递上去，卡雷—拉马东先生在名片上添上了自己的名字和一些头衔。普鲁士军官派人回复说，这两个人可以在他吃完午饭的时间见他，也就是将近 1 点钟的时候。

说话间，太太们也都来了。尽管大家有些担心，但是还是吃了些

---

① 是一种纤维状的含水硅酸镁，通常呈白、浅灰、浅黄等颜色，不透明也没有光泽。
② 法国陆军统帅（1315—1380）。
③ 法国女英雄（1412—1431）。

东西。羊脂球就像病了，看上去惊恐不安的样子。

咖啡快喝完的时候，普鲁士副官来找这两位先生了。

卢瓦佐也跟他们一起去。为了显示他们对此事的重视，想让科尔尼德也跟着去，但是他却高傲地说不想和德国人有任何联系，说完便重新坐在了壁炉下面，要了一小瓶啤酒独饮。

于是，三个男人上了楼，进入旅馆中最漂亮的房间，军官在那里等他们。军官躺在一张安乐椅里，双脚搁在壁炉上，吸着一只长长的瓷烟斗。他身上裹着一件闪光的便袍，大概是从某个趣味不高的资产者丢下的房子里拿过来的吧。他们进来后，他没有站起来，也没有打招呼，连眼皮都没抬。战胜者身上的粗鲁无礼，在他身上得到了印证。

过了一会儿，开口了："你们想说什么？"

伯爵说："先生，我们想动身。"

"不行！"

"我是否可以冒昧地问一下原因？"

"我不想让你们走！"

"您检查过我们的证件，先生，您的总司令给我们发了到迪埃普去的离境许可证，并且我不认为我们做了什么让您必须这么做的事情。"

"我不想……就这样……请下去吧！"

三个人只好弯着腰退了出来。

整个下午太难过了。大家对德国人的做法感到莫名其妙，于是胡思乱想起来。所有的人都待在厨房里，没完没了地讨论着，猜想着各种理由。要把他们作为人质扣押？为什么要这样做呢？把他们当战俘带走？难道他们想向他们勒索一笔数目巨大的赎金？一想到这一点，他们就惊恐万状。即使最富裕的人也恐惧啊，他们仿佛看到自己为了赎身，不得不把一袋袋金币倒进这个狮子大开口的大兵手里。他们绞尽脑汁想着怎样编好谎话，以便隐瞒自己的财富，把他们当成穷得要命的穷鬼。卢瓦佐很快把表链取下来藏在口袋里。

黑夜降临的时候，更加使人心神不安了。点上灯后，离吃晚饭还有两个钟头，卢瓦佐太太提议玩一局三十一点。这样可以消磨一下时间，大家同意了。连科尔尼德也熄灭了他的烟斗，一起玩了起来。

伯爵洗牌发牌，羊脂球首先得了三十一点。玩牌的兴致很快就平息了每个人心中的忧虑。不过，科尔尼德发现卢瓦佐夫妇在串通作弊。

在大家坐到桌旁要吃饭的时候，弗朗维先生出现了，用带痰的声音问道："普鲁士军官让我问问伊丽莎白·鲁塞小姐，她是否改变了主意。"

羊脂球站着一动不动，脸色惨白，又变得通红。她气得连话都说不出来了，喘息着。最后她勃然大怒："您去告诉这个混蛋，这个卑鄙的流氓，这具普鲁士的死尸，我永远不会答应！您听清楚了，永远不，永远不，永远不！"

胖老板挪着身子出去了。大家围着羊脂球，让她说说军官为什么要见她。她起初不说，但马上就愤怒得控制不住自己了："他要干什么……他要干什么……他让我陪他睡觉！"谁也不感到这句粗话刺耳，大家都在义愤填膺。科尔尼德把酒杯使劲儿往桌上一顿，连酒杯都弄碎了。大家痛骂这个粗野的无耻的军官，个个怒气冲天，难得的团结，似乎是要求他们每个人都做出牺牲一样。伯爵带着厌恶的口气说，这些人的行为就像古代的野蛮人。太太们对羊脂球更是百般安慰和同情。两个修女只有吃饭时才露面，她们始终低着头，很少说话。

在第一阵狂怒之后，大家开始吃晚饭，很少说话，仿佛若有所思。太太们早早地就回到房间休息去了，男人们则抽着烟打起纸牌。

他们请弗朗维先生过来一起玩，是想问问他，有什么办法可以使军官不再阻挠他们。可是这个家伙只想着他的牌，对他们的话不闻不问，而且不断地催促："出牌，先生们，出牌。"他玩得专心极了，连吐痰都忘了，因此胸腔里的声音往往拖得很长。他的肺叶是呼啸的，发得出全部音阶，从那些低而深的音节到小雄鸡试着打鸣而发出的嘶哑的尖叫声无一不备。

当他的妻子困得不行而来找他的时候，他拒绝上楼。他的妻子独自走了，因为她一向"值早班"，天一亮就得起床；而她的男人"值晚班"，常常是通宵不眠。胖老板向他的背影喊了一句："把我的牛奶鸡汤放在炉子前面。"便又继续打牌了。大家明白，从他嘴里什么都问不出来，便表示该休息了，于是都回房间了。

第二天大家起得很早，依然怀着一种愿望，一种更加强烈的想动身的愿望，一种早点逃离这个可怕的小旅馆的愿望。

但是马依然在马厩里，马夫还是不见踪影。大家没有办法，就在马车周围转悠着。

午饭吃得很沉闷，大家对羊脂球的态度很冷淡，他们的看法经过一晚上的思考已有所改变。他们现在甚至有点怨恨这个妓女，为什么没有偷偷地去找那个普鲁士军官，好让旅伴们醒来时都喜出望外。其实这是多么简单的事呢？再说又有谁会知道？她可以对军官说，她是看到大家处于困境才动了恻隐之心，这样就不失体面了。对她来说这种事情算得了什么！

不过，这种话还没有谁说出口。

下午的时候，大家闷得要命，伯爵提议到镇上逛逛。科尔尼德依然宁愿待在壁炉旁边，两个修女白天不是在教堂里，就是神父家里，除此以外，这几个人都穿戴整齐走出旅馆。

鬼天气一天比一天冷，鼻子和耳朵都冻得发痒，两只脚好像也要冻僵了,每走一步都艰辛异常。当田野出现在眼前的时候,到处是白茫茫的一片,像死亡一样吓人,不禁使人从头凉到脚,于是赶紧往回走。

四个女人在前面走,三个男人跟在后面,相距不是很远。

卢瓦佐很清楚目前的处境,他忽然问道,那个"婊子"是否会让咱们在这么一个鬼地方再待很久。伯爵始终彬彬有礼,认为不能强求一个女人做出如此痛苦的牺牲,应该由她自己决定。卡雷—拉马东先生说,如果像大家所说的那样,法国人从迪埃普发动反攻,那么只能在托特发生战斗。这个想法使另外两个人忧心忡忡。卢瓦佐问:"我们能不能步行动身?"伯爵耸了耸肩道:"在这种雪地里,带着我们的妻子,您打算步行?就是走了也会马上被人追上,十分钟之内准被抓住,并且当成俘虏带回去任凭士兵们摆布。"这话说得没错,大家不再言语。

太太们谈论着穿着打扮,不过有点话不投机,都很拘束。

军官突然出现在街的尽头。在那种一望无际的雪地上面,映出身着军服的高个儿蜂腰的侧影,他叉开双膝向前走,这种动作是军人们所独有的,他们极力防护那双仔细上了蜡的马靴不被染上一点恶浊。

他在经过太太们身旁时欠了欠身,对男人们轻蔑地看了一眼。这些男人还算有自尊心,没有脱帽,虽然卢瓦佐已经做出了要取下帽子的姿势。

羊脂球满脸通红,连耳朵都是绯红的了,三个太太则感到十分丢脸,因为被这个军官碰见的时候,她们正和这个被他粗暴对待的妓女在一起。

女人们谈起军官,议论起他的身材和相貌。卡雷—拉马东夫人认识很多军官,评价他们自然是个行家。她认为这个军官很好,甚至惋惜他不是法国人,否则他将成为一个极其英俊的轻骑兵,所有的女人都会为之着迷的。

大家回去后,都不知道该干些什么好,为了一些鸡毛蒜皮的事彼此冷嘲热讽着。大家一声不响地匆匆吃完饭,都上楼睡觉去了,觉得在睡梦中时间会过得快一点。

第二天早上下楼的时候,大家都懒散着,心情糟糕极了,太太们几乎不和羊脂球说话了。

一阵钟声传过来了,那是洗礼的钟声。原来羊脂球有一个孩子,寄养在伊弗托①的农民家里,一年也见不上一次,平时也不想着要去看看他。可是想到这个就要受洗的孩子,心里突然产生了一种强烈想念,使她一定要去参加这个仪式。

她刚走出去,大家就互相望着,接着把椅子拉近了,觉得应该做出个决定了。卢瓦佐提议:可以向军官建议把羊脂球自己留下,让其他人动身。

弗朗维先生又承担起了传话的工作,可是没多久他就被赶了下来。因为这个德国人了解人的本性。他说只要他的欲望得不到满足,所有的人就要扣留在这里。

这时卢瓦佐太太大发雷霆:"我们总不能老死在这里吧。跟所有的男人干这种事情,既然妓女就是干这个的,我认为她就无权拒绝这个或那个男人。你们也清楚吧,她在鲁昂是不是只要是男人就可以上?哪怕是马夫!不错,太太,省政府的马夫!我知道底细,因为他曾在我的店里买过葡萄酒。今天需要她来帮我们摆脱困境了,她倒装腔作势起来,这个自以为了不起的丫头!……依我看,我认为这个军官人不错。他也许很久没碰过女人了,当然他宁愿要我们三个,可是他没有,他只要这个被大家上过的女人。他尊重有夫之妇。你们想想

---

① 法国塞纳滨海省城市。

看，他是这里的主人。他只要说，'我要'，就能带着他的士兵糟蹋我们。"

另外两个女人打了一个颤。漂亮的卡雷—拉马东太太眼睛放光，脸色苍白，似乎自己已经被那个军官强奸了一般。

一直在旁边商议的男人们走了过来。卢瓦佐怒气冲冲，建议把这个"可耻的女人"捆起来交给敌人。然而，伯爵不认同，他出身于三代人都当过大使的外交世家，长得也像外交官。他主张应该使用策略，"应该让她下决心"，他这样说道。

于是这些人密谋起来。

太太们紧挨在一起，压低了声音，各抒己见，但是话说得非常得体。这些太太善于找到委婉的表示方式和微妙而迷人的词句，来说那种最淫秽下流的事。由于她们说话谨慎，局外人即使听见也不知道内情。其实一切上流社会的女性，都只是在表面上披着一层薄薄的廉耻心。她们碰上这种下流事时都精神焕发。简直可以用心花怒放来形容，都怀着淫荡的心情策划别人的性事，就像一个贪吃的厨师在为另一个人准备晚餐一样。

这件事情原来是那么有趣，所以自然而然地都兴奋起来了。伯爵说了一些近乎淫秽的笑话，然而说得极为巧妙，大家听了都很满意。卢瓦佐也说了些不堪入耳的下流话，但谁也没觉得刺耳。他的妻子爽快地说出了大家心里的想法："既然这种事情是这个妓女的职业，为什么她非要拒绝这个人而选择那个人呢？"亲爱的卡雷—拉马东太太甚至想，如果换了她的话，就会宁可拒绝别人也不拒绝这个人。

这些人就这样准备着，就像要对付一个被围困的堡垒一样。每个人都确定了自己要扮演的角色。要引用的证据，应该采取的手段，将要进攻的计划，如何运用诡计，怎么突然袭击，等等，都布置妥当，去强迫这座有生命的堡垒在固有的阵地接待敌人。

羊脂球

科尔尼德始终待在一边,对这件事情不发表意见。

这些人是如此全神贯注,因此羊脂球回来了他们也没有觉察。直到伯爵轻轻地嘘了一声,大家才抬起了眼睛。发现她回来了,大家都住了嘴,场面尴尬,都不知对她说什么好。伯爵夫人比其他人更熟谙沙龙里的口是心非,问道:"洗礼有意思吗?"

胖姑娘依旧激动不已,滔滔不绝起来,有哪些人,是什么姿态,甚至连教堂的样子都描述了一遍。最后她还加了一句:"有时做做祈祷也不错。"

一直到午饭为止,几位太太对她显出和蔼可亲的样子,以便增加她的信任,为了使她能够听从他们的劝告。

一到餐桌上,他们就开始进攻。首先是话里话外从献身精神谈起。大家列举了一些古代的例子,接着无缘无故地提起了卢克莱丝和塞克斯,她们都是古罗马贵妇,被古罗马第七王塔克文·苏佩布[①]之子塞克斯都奸污后自杀,据说这一事件导致了罗马君主制的崩溃。以及先后和所有敌军将领睡觉,使他们变得像奴隶般顺从的克娄巴特拉[②]古埃及托勒密王朝的末代女王,有绝代佳人之称,曾以美貌征服罗马统帅恺撒和大将安东尼。于是就展现了一段异想天开的,由这些无知的百万富翁想象出来的历史:罗马的女公民们都跑到卡普亚去,把汉尼拔和他的副将们,以及雇佣军的官兵都搂在怀里睡觉。大家列举了所有曾把自己的肉体作为武器,作为控制手段来挡住征服者的女人,她们都是以悲壮的爱抚打败或丑恶或可恨的家伙,为了复仇和忠诚而牺牲自己的贞洁。

他们甚至用隐晦的词句谈起一位英国的上流社会的女性,如何让

---

① 约公元前534年至前509年在位。
② 指克娄巴特拉七世(公元前69年至前30年)。

自己染上一种可怕的传染病，准备传给波拿巴。在可能致命的时候，与波拿巴约会。波拿巴忽然虚弱无力，但也许他有神助居然没有死。

这一切都是用一种适当的和蕴藉的方式叙述的，不时还发出阵阵赞叹，旨在鼓励学习她们的精神。

归根结底，所有人都相信妇女们在人间的唯一任务，就是关键的时候献出自己的身体，不断地让大兵们任意玩弄。

羊脂球则始终一言不发。两个修女似乎充耳不闻，陷入了深深的沉思。

整个下午，大家都在向她灌输这种思想，而且不再像迄今为止那样称她"太太"，而只是称她为"小姐"了。谁也不清楚这是为什么，似乎是要把她好不容易获得的尊重降一个等级，让她感觉到自己所处的可耻的地位。

吃晚饭的时候，弗朗维先生又来了，重复着昨天晚上的话："普鲁士军官让我问问伊丽莎白·鲁塞小姐，她是否改变主意了。"

羊脂球冷冷地回答道："没有，先生。"

他们的阴谋在吃晚饭时并没有达到默契。卢瓦佐说了几句很不妥当的话。每个人都想找一些新的例子，却是白费力气，始终找不见合适的。伯爵夫人事先也许没有深思熟虑，模糊地感到需要向修会求助，便问年长的修女，圣徒们一生中有什么丰功伟绩。其实有好多个圣徒做过的事，在我们看来都可以算是犯了重罪的行为，不过只要那都是为了上帝的光荣或者为了人类的幸福，天主教会并不处罚而都赦免了这类的罪恶。这是一种很有力的论据，伯爵夫人利用了它。这样一来，不管是出于任何一个出家人都擅长的默契和不露声色的讨好，或者只是由于她正巧脑子不够灵活，或有一种乐于助人的愚蠢，老修女的行为都极为有力地支持了这伙人的阴谋。人们一直以为她胆小怕事，她却显得果敢顽强，说起话振振有词。她没有任何事情干扰，她的教义坚定不移，她的信仰从不动摇，她的良心没有顾虑。在她看来，只要目的是好的，无论做什么事都不会使天主生气。这个意外的同谋披着神圣的权威，伯爵夫人夸大了这一点，在"只要目的是好的，可以不计过程"这个道德准则上尽情发挥。

她问老修女："嬷嬷，您认为只要有纯洁的动机，无论走什么道路。有什么行为，天主都是赞同的了？"

"太太，谁会怀疑这一点？一种本应该受到责备的行为，常常由于它的动机是好的而受到称赞。"

她们就这样一问一答地探讨着天主的真意，预料他的种种决策，替他和好些真的不大和他有关的事拉上了关系。

她们的对话不露痕迹，既巧妙又谨慎。但是这个戴着帽子的圣洁的修女的每一句话，都在突破羊脂球的愤怒抵抗。接下去的谈话有点儿离题，这个挂着念珠的修女谈起了她那个修会里的各个修道院，她所在的修道院的院长，她自己和她那娇小可爱的同伴——圣尼塞福尔。她们是奉命到勒阿弗尔的医院里去，照顾几百个染上了天花的士兵。她描述了那些可怜的人，描述他们的病情。但是普鲁士人为所欲为，致使她们停留在这里，而可怜的法国人可能就在这段时间里死去了，她们本来也许是可以救活他们的。照料军人是她的专长，她到过克里米亚，意大利和奥地利。在讲述参加过的战役时，她就像那些大张旗鼓的修女一样，似乎生来就是为了追随兵营，在战火的硝烟中救起伤员，而且只需用一句话，就能比长官更有效地驯服那些不守纪律的、高大没文化的士兵。她是一个在战鼓声中成长起来的好修女，她那张有着无数疤点的麻脸，似乎是一幅展现战争蹂躏的画像。

她说完之后，没有人再说什么，效果看起来不错。

吃完饭，大家就马上回到各自的房间里。

第二天早晨，很晚大家才下来。

午饭吃得出奇的平静。他们等待着昨晚播下的种子发芽、开花、结果。

伯爵夫人提议下午出去逛逛。伯爵便按照事先商定好的,挽着羊脂球的手臂,和她一起落在其他人的后面。

像一切庄重的男人对待风尘女子一样,伯爵用慈祥亲热,略带轻蔑的声调和她说着话,称她为"我亲爱的孩子",以自己崇高的社会地位和无可置疑的声望来对待这个可怜的姑娘。他一针见血扎到问题本身,说道:"您宁愿让我们都留在这里陪您,面临普鲁士军队失败后会干出来的种种暴行,而不肯通融一下,做一件您一生中有过无数次的事情吗?"

羊脂球只是一言不发。

伯爵用雍容的气概,用理论上的推敲,用情感上的攻势劝说着羊脂球。他善于保持"伯爵"的身份,但必要时也会向女人大献殷勤,奉承恭维。他说他觉得她会帮他们的忙,说他们将非常感激,接着忽然有点放荡地以"你"相称起来:"你知道,亲爱的,他将来可以这样吹嘘,他尝过一个漂亮姑娘的滋味,你这样的美女,在他的国家里可不多见呢。"

羊脂球没有回答,快步追上了走在前面的那些人。

回到旅馆后,她就走进自己的房间,再也没有出来。大家极为焦虑。她会怎么做呢?如果她抗拒的话,那可真不知道该怎么做了!

吃晚饭的钟声响了,大家都坐着不动,等着羊脂球。这时弗朗维先生进来宣布,鲁塞小姐感到不大舒服,让他们先吃。每个人都仔细听着他的话。伯爵靠近胖老板,声音很低地问道:"行了?"

"行了!"

伯爵得体地保持着沉默,只是向同伴们轻轻地点了点头。每个人立刻发出一阵如释重负的叹息,脸上掩饰不住的兴高采烈。卢瓦佐喊道："妈的！这家旅馆里要是有香槟酒，我就请大家。"等胖老板真的拿着四瓶酒过来的时候，卢瓦佐太太吓了一跳。人人都变得感情外露，喜欢吵闹，原来心里的兴奋藏不住啊。伯爵发现卡雷—拉马东太太非常让人着迷，纺织厂主则对伯爵夫人大献殷勤。谈话热烈极了，洋溢着喜气。

忽然，卢瓦佐满脸焦虑，举起双臂吼道："肃静！"大家都吃惊地住了嘴，不知道出了什么事。

只见他支棱着耳朵，用双手示意别出声，向天花板上看着，听着，然后用平静的声音说："放心，保准顺利。"

大家不明白他葫芦里卖的什么药，但立刻就会意了，暗暗地笑了起来。

一刻钟之后，他又把这出恶作剧重新演了一遍，在整个晚上一再重演。他装作在询问楼上的某个人，向这个人提供一些从他这个旅行推销员的头脑里蹦出来的，一语双关的建议。他有时装作愁眉苦脸地叹息："可怜的女人哪！"有时气得要命地嘀咕："混蛋的普鲁士人！"有几次大家甚至忘了这件事，他却用激动的声音嚷着："够了！够了！"然后又像是在自言自语："但愿我们还能再见到她，他可别把她给干死了，这个流氓！"

这些笑话尽管低级，却让人觉得兴奋，而且对谁都没有伤害，因为愤怒素来倚赖环境为转移，而在他们周围逐渐形成的气氛已充满了淫荡的味道。

在吃餐后点心时，女人们也说了一些具有暗示性的话，既谨慎又风趣。大家都眼放亮光，喝了很多酒。伯爵即使在吃喝玩乐的时候，也始终保持着他那高贵庄重的外表。他打了一个很受大家欣赏的比喻：结束北极的冬季停航期，遇难者们兴奋地看到一条通向南方的航道。

受到启发的卢瓦佐站了起来，手里端着一杯香槟："来，为我们的自由干杯！"所有的人都站了起来，欢呼着。就连两个修女，也在太太们的怂恿下，在她们从未尝过的冒泡沫的酒里抿了抿嘴唇。她们觉得这种酒很像柠檬汽水，味道相当不错。

卢瓦佐用一句话总结了大家的心情："遗憾的是没有钢琴，否则就能弹一支四对舞的舞曲了。"

科尔尼德始终没说过一句话，动都没动，像是陷入了极其严肃的思考。有时猛扯着他的大胡子，像要把它拉得更长一些。最后快到半夜的时候，大家要分手了。走路摇摇晃晃的卢瓦佐忽然拍了拍科尔尼德的肚子，含糊不清地问："您不觉得有趣吗，您今晚什么都不说，公民？"科尔尼德猛然抬起头，用炯炯有神，但恶狠狠的目光扫视了一圈这群人，说道："我告诉你们，你们所有的人，干的是卑鄙无耻的勾当！"他站起身来，走到门口，又重复了一遍，"卑鄙无耻的勾当！"说完便走了。

突然泼来的一盆冷水，让卢瓦佐狼狈不堪，呆呆地站着。但是很快他就恢复了平静，突然又笑得直不起腰来，不住地说着："吃不着葡萄说葡萄酸，老兄，太酸了吧。"大家摸不着头脑，他便讲了"走廊里的奥秘"。这一下大家都明白了，太太们兴奋得发疯。伯爵和卡雷一拉马东先生笑得眼泪直流。他们简直不相信有这样一件事。

"什么？你确信？他想……"

"告诉你们，这是我亲眼看见的。"

"而她拒绝了……"

"是的，因为那个普鲁士人就在隔壁。"

"是真的吗？"

"我向你们担保，千真万确。"

伯爵笑得透不过气来。纺织厂主也一直用两只手按着肚子笑。卢瓦佐接着说:"你们明白了吧,今天晚上,他不觉得有趣了,一点都不觉得。"

三个人又大笑起来,像疯了一样,笑得直咳嗽。

大家就是这样分手了。卢瓦佐太太具有荨麻①般的性格,上床睡觉的时候对她的丈夫说,卡雷—拉马东太太这个骚货,整个晚上都在强颜欢笑,说道:"你知道,女人要是看上了穿军服的人,不管是法国人还是普鲁士人,对她们来说,都是一样的。你说这是不是很讽刺呢?天哪!"

整整的一夜,在过道的黑暗中间,如同战栗似的传出一阵阵的轻微声息,那是仅仅教人察觉得到的,像是一阵阵的呼吸声,一阵阵赤脚的触地声,一阵阵无从捉摸的摩擦声。大家都是很晚才睡,因为房门下面久久地透出灯光。香槟酒就有这种效果,据说它能让人在兴奋中难以入睡。

第二天,明亮的冬日阳光照得白雪格外耀眼。马车终于套好了,在门口等着大家。一队白鸽裹着厚厚的羽毛,粉红色的眼睛,黑色的瞳孔,昂首挺胸,在六匹马的腿脚之间来回跳动着,啄开冒着热气的马粪,寻找着能吃的东西。

马夫裹着羊皮袄,在车座上抽着烟斗。旅客们喜气洋洋,很快就吩咐人把旅途中要吃的食物包好了。

大家只等着羊脂球出现。

她来了,她有点局促不安,感到惭愧,怯生生地向旅伴们走去。他们却像没看见一样,一起把脸扭了过去。伯爵庄重地挽着妻子的手臂,让她避开与不干净的人接触。

胖"姑娘"觉得很茫然,停步不前,随后集中了全部勇气,走近

---

① 多年生草本植物,茎和叶子上的细毛能引起皮肤刺痛。

纺织厂厂主的妻子，谦卑地低声说道："早安，太太。"对方只是稍微点了点头，同时却像看一个被侮辱的贞洁妇女那样看了她一眼。每个人好像都很忙，都远远地躲着她，似乎她在裙子里装着一种传染病。大家匆匆忙忙地上车，她最后一个上去，默默地坐到她之前坐过的位子上。

大家就好像没看见她，不认识她一样，卢瓦佐太太更是出于义愤，远远地打量着她，低声对丈夫说："幸亏我不坐在她身边。"

沉重的马车动了起来，他们旅行又开始了。

起初，大家一言不发。羊脂球不敢抬起头看大家。她既对旅伴们的所作所为感到愤怒，又因为自己做了让步而被他们伪善地推到那个普鲁士人的怀里，被肆意地玷污而感到羞耻。

伯爵夫人很快就打破了这令人尴尬的沉默，她向卡雷—拉马东太太转过身去："我想，您认识埃特莱尔太太吧？"

"不错，她是我的朋友。"

"非常有魅力的女人啊！"

"出色极了！真是才貌双全啊，也很有学问，完全是个艺术家，唱得令人陶醉，画得也尽善尽美。"

纺织厂厂主在和伯爵不断交谈，这样的词不时从车窗玻璃的震动声中冒出来：息票……付款期限……手续补贴费……期货……

卢瓦佐和他的妻子玩起纸牌，这副牌是他从旅馆里偷来的。旅馆的桌子都擦得不太干净，所以这副已经玩了五年的纸牌上积满了污垢。

两个修女取下挂在腰带上的一长串念珠，一起画了个十字，她们的嘴唇忽然迅速地翕动起来，越来越快，像比赛念"祈祷文"一样，嘴里念念有词。她们不时地吻着一块圣牌，再画十字，然后又叽里咕噜念个不停。

科尔尼德一直在一动不动地沉思着。

大约过了三个小时,卢瓦佐收起纸牌,说:"我饿了。"

他的妻子赶紧取出一个用绳捆扎的盒子,从里面拿出一块冷冻的小牛肉。她利落地把牛肉切成整齐的薄片,两个人吃了起来。

伯爵夫人说:"那我们也吃吧。"大家表示同意。于是她打开早就准备好的食品。那是一个长形的盆子,盆盖上装饰着一只陶瓷野兔,里面装着的是一只野兔,上面涂着由鲜美的猪肉制成的肉糜,褐色的野兔肉和其他碎肉掺在一起,像是许多纵横的溪涧。一大块瑞士产的干酪包在一张报纸里,油乎乎的,使报上的"社会新闻"几个字印在了上面。

两个修女也拿出一根蒜味香肠。科尔尼德也把双手伸进外套两边的大口袋,从一边拿出四个煮鸡蛋,从另一边拿出一块面包。他三两下把蛋壳剥下来扔在脚下的稻草里,吃了起来,浅色的蛋黄末落在他的大胡子上,星星点点。

羊脂球起床时,由于匆忙慌张,什么都没来得及带。看到这些人若无其事地吃起来,她气得说不出话来。她先是张了张嘴,要用涌到嘴边的一大堆话痛骂他们,可是她却气得一句话也说不出来。

谁都不看她,当她不存在一般。这些人先是拿她当牺牲品,然后把她像垃圾一样抛弃,她感到自尊已经被这些正派的无耻之徒的蔑视淹没了。这时她想起了她的大篮子,里面曾装满了好吃的东西,是被他们贪婪地狼吞虎咽光了。她想起了那两只有一层冻汁的小鸡,她的肉糜,她的梨,以及四瓶波尔多葡萄酒。她的怒火熄灭了,就像一根拉得太紧的绳子突然断了一样,她觉得自己快要哭出来了。她憋足了劲,像孩子似的忍住呜咽,但是泪水很快涌了上来,眼眶很快湿润了,大滴大滴的泪珠缓缓地流到脸颊上。接连不断的泪珠像岩石里渗出的水珠,扑簌扑簌地落在她丰满高耸的胸脯上。她挺着身子,两眼发直，面色苍白，希望不要被别人注意。

然而伯爵夫人却明察秋毫，向她的丈夫使了个眼色。伯爵耸了耸肩膀，似乎是说："那能怎么办呢？又不是我的错。"卢瓦佐太太却暗自笑了一下，小声地说："她在哭自己的耻辱。"

这时，两个修女把吃剩的香肠用纸包好，又开始祈祷了。

科尔尼德也已经吃完了鸡蛋和面包，把长腿伸到对面的长凳下面，身子往后一靠，两臂交叉在胸前，像发现了一个有意思的事情那样微笑着，用口哨吹起了《马赛曲》①。

其余的人面色严肃，显然根本不喜欢这支歌曲。他们变得心烦气躁，极为恼火，并且如同猎犬听见了手摇风琴一般都像是快要狂吠了。

科尔尼德看出了这一点，便吹个不停，甚至连歌词也哼了出来：

> 对祖国的神圣的爱，
>
> 指引和支持我们复仇的手，
>
> 自由，宝贵的自由，
>
> 你带着你的防护者来战斗！

雪地变得坚硬了，车子走得更快了。在到达迪埃普之前，沉闷漫长的旅途中，随着路上的颠簸，无论是夜幕降临，还是车内一片漆黑，他都以一种残忍的固执，吹着那支复仇的、单调的口哨，迫使那些疲惫而又烦躁的人从头至尾都得听着他的曲调，并且按照他吹的每个节拍想起对应的歌词。

那个妓女羊脂球一直在呜呜地哭泣着，并且不时有一两声忍不住的呜咽，在两段歌词的间歇中从黑暗世界里传出来。

---

① 法国大革命时期的歌曲，1795 年定为法国国歌。

我的叔叔于勒

　　《我的叔叔于勒》主要通过"我"们一家人去哲赛尔岛途中巧遇叔叔于勒的经过,刻画了菲利普夫妇在发现富于勒变成穷于勒的时候不同的表现和心理,揭示并讽刺了阶级社会中人与人之间关系的变态情形。

小时候，我家在哈佛尔，我们并不是有钱的人家，也就是刚刚能够维持生活罢了。我父亲在外面做事，总是很晚才从外面回来，虽然如此辛苦，但是挣的钱不多。除了我之外，我上面还有两个姐姐。

我的母亲对这种拮据的生活感到非常痛苦。由于家里穷，处处都要节省，有人请吃饭是从来不敢答应的，以免回请；买日用品也是常常是买减价的，买甩卖的底货；姐姐们的长袍都是自己做的，就是买那种十五个铜子一米的花边布，而且还常常要在价钱上与人讨价还价半天。

日子虽然艰苦，可是每到星期日，我们都要衣冠整齐地到海边栈桥上去散步。那时候，只要一看见海上有船向岸边驶来，父亲总要说他那句永不变更的话："唉！如果于勒在这只船上，那该叫人多么惊喜啊！"

父亲的弟弟，我的于勒叔叔，那时候是全家唯一的希望，在这以前，他却曾经是全家的恐怖的源头。

据说，他当初行为不正，很愿意糟蹋钱。在穷人家，一个人好玩乐是最大的罪过；在有钱人家，一个人好玩乐顶多算糊涂荒唐，大家总是会笑嘻嘻地叫他一声"花花公子"。在生活极其困难的人家，一个人要是逼得父母为其动老本，那就是十恶不赦，那就是地地道道的流氓，那就是无可救药的无赖。于勒叔叔就是这样的人，他把自己应得的部分遗产玩乐得一干二净之后，还大大占用了我父亲应得的那一部分遗产。

于是，人们按照当时的惯例，把他送上了从哈佛尔到纽约的商船，打发他到美洲去生活。

我的叔叔于勒一到那里就做上了什么买卖，具体的也不太清楚了。反正不久就写信来说，他赚了一些钱，并且希望能够赔偿给我父亲。这封信使我们全家人十分感动。于是，大家都认为分文不值的于勒，一下子成了正直有良心的于勒。

不久，有一位船长又告诉我们，说我的叔叔于勒已经租了一个大店铺，做着一桩很大的买卖。

两年后。我们又接到第二封信：

亲爱的菲利普：

我给你写这封信，免得你担心我的健康。我身体很好，买卖也很好。明天我就动身到南美长期旅行。也许要好几年不给你写信了，如果真不给你写信了，你也不必担心我。我发了财就会回哈佛尔的。

我希望这样的日子为期不远，那时我们就可以一起快活地过日子了。

这封信成了我们贫困家庭的福音书，有机会就要被拿出来念一念，有外人来的时候也会拿出来给他们看。

此后，十年之久，于勒叔叔没再来信。可是父亲的希望却与日俱增。母亲也常常说："只要于勒回来，我们的境况就会不同了。他可真算得上是一个有办法的好心人。"

于是，每到星期日，只要看见大轮船喷着黑烟从遥远的海面上驶过来，父亲总是重复他那句永不变更的话："唉！如果于勒在这只船上，那该叫人多么惊喜啊！"

每当这个时候，大家仿佛马上就会看见于勒叔叔挥着手帕喊着："喂！菲利普！我回来了！"

对于勒叔叔回国这桩十拿九稳的事，大家还拟订了不少的计划，甚至具体计划到要用于勒叔叔的钱购置一所别墅。我不敢肯定父亲对于这个计划是不是进行了细节性的商谈。

那时，我大姐已经28岁了，二姐也已经26岁了。可是找不着对象，嫁不掉，这是全家都十分发愁的事情。

终于有一个人看中了二姐，主动上门求婚。他是一名公务员，家境不够殷实，但是看上去诚实可靠。但是我认为，就是这个憨厚的青年，之所以不再迟疑而下决心向二姐求婚，也是因为有一天晚上我们给他看了我的叔叔于勒的信。

这样的事我们已经等了很久了，我们家赶忙答应了他的请求，并且决定在举行婚礼之后，全家到哲尔赛岛去游玩一番。哲尔赛岛是穷人们最理想的游玩胜地。这个小岛是属英国管辖的。去哲尔赛岛的路途并不遥远，乘小轮船渡过海便到了。也就是说，一个法国人只要航行两个小时，就可以到一个邻国，看看这个国家的民族，感受一下这个不列颠国旗覆盖着的岛上的风俗习惯。

去哲尔赛岛旅行的这件事成了我们的心事，成了我们时时刻刻的渴望，成了我们日日念叨的梦想。好在我们终于动身了。我们上了轮船，离开栈桥，在一片平静的好似绿色大理石桌面的海上驶向我们的梦想之地。正如那些不常旅行的人们一样，我们感到空气是那么新鲜，心情是那么舒畅。

忽然，父亲看见两位先生在请两位打扮得非常漂亮的太太吃牡蛎[①]。只见一个衣服褴褛的年老的水手拿着小刀用力撬开牡蛎，然后递给两位先生，再由两位先生递给两位太太。两位太太的吃法很文雅，用一方小巧的手帕托着牡蛎，头稍向前伸，以免弄脏长袍；然后嘴很快地微微一动，就把牡蛎的汁水吸进去，牡蛎壳一挥手就扔到了

---

① 一种软体动物，身体呈卵圆形有两面壳，生活在浅海泥沙，肉味鲜美。

海里。

显然，父亲是被两位太太这种高贵的吃法打动了，于是走到我母亲和两个姐姐身边问道："你们想不想让我请你们吃牡蛎？"

听了父亲的话，母亲有点迟疑不决，我知道她是怕花钱。但是两个姐姐赞成。于是母亲有点面露难色地说："我不想吃，我怕吃了烧心，你只给孩子们买几个好了，可别太多，吃多了对身体不好。"然后转过身对着我，又说道："至于若瑟夫嘛，他用不着吃这种东西，男孩子可不能惯坏了。"

我虽然觉得这种不同的待遇十分不公道，但是只好留在母亲身边。我一直盯着父亲看，希望能有转机，看他郑重其事地带着两个姐姐和新姐夫向那个衣衫褴褛的年老水手走过去。

我发现，我的父亲突然好像不安起来，他向旁边走了几步，瞪着眼看了看卖牡蛎的年老水手，就赶紧向我们走来，他的脸色十分苍白，两只眼也跟寻常不一样。他低声对我母亲说："天哪！这个卖牡蛎的怎么这样像于勒？"

被父亲突然这么一问，母亲有点莫名其妙，就问："哪个于勒呀？"

父亲说："就是……就是我的弟弟呀。……如果我不知道他现在是在美洲，有很好的地位和好的生意，我还真会以为就是他。"

我母亲的脸色也变了，吞吞吐吐地说："你糊涂了吗？既然你知道不会是他，为什么要这样胡说八道？"

显然父亲还是不放心，他垂头丧气地说："克拉丽丝，你还是去看看吧！最好还是把事情弄个清楚，你亲眼去看看吧。"

母亲站了起来，去找她的两个女儿去了。我也仔细端详了一下那个人。他又老又脏，脸上布满了皱纹，眼睛始终不离开他手里干的活儿——扒牡蛎。

很快，母亲回来了。我看得出，她在哆嗦。她很快地说："我看就是他。还是去跟船长打听一下吧。我们要多加小心，别叫这个小子又回来连累咱们！"

听了母亲的话，父亲赶紧走去。我跟在父亲的后面，不知道为什么心里异常紧张。父亲客客气气地和船长搭话，一面恭维，一面打听。先是谈了谈无关紧要的事情，例如哲尔赛是否重要，有何出产，人口多少，风俗习惯怎样，等等。后来他们谈到我们搭乘的这只"特快号"，随即谈到船上的船员。

最后，我父亲看似无意地说："我见您的船上有一个卖牡蛎的，那个人看起来很有意思。您知道点儿这个家伙的具体底细吗？"

船长本已不耐烦我父亲絮絮叨叨的谈话，就冷冷地回答说："他啊，是个法国老流氓，去年我在美洲碰到他，就把他带上了船。据说他在哈佛尔还有亲属，不过他不愿回到他们身边，因为他欠了他们一些钱。他的名字叫于勒……姓达尔芒司，——也不知还是达尔汪司，总之是跟这差不多的一个姓。听说他在美洲那边阔绰过一个时期，可是您看他如今已经落到什么田地！"说完，船长摇了摇头。

船长的一番话使得我父亲脸色煞白起来，只见他两眼呆直，哑着嗓子说："啊！啊！原来如此……原来，如此……我早就看出来这个人不地道！……谢谢您，船长先生。"

父亲回到我母亲身旁，看上去仍旧很慌张。母亲已经知道了事情的答案，赶紧对他说："你先坐下吧！可千万别叫他们看出来。"

父亲坐在长凳上，结结巴巴地说："是他，真的是他！"然后向母亲问道："咱们怎么办呢？"母亲马上回答道："应该赶紧把孩子们领开。既然若瑟夫已经知道了，就让他去把他们找回来。要特别注意的是，别叫咱们女婿起了疑心。"

父亲突然很沮丧，低下头小声嘟哝着："想也想不到的事啊！"

看到父亲如此，母亲突然暴怒起来，生气地说："我就知道这个败家的东西是不会有出息的，早晚会回来重新拖累我们的。你赶紧把钱交给若瑟夫，叫他去把牡蛎钱付清。我们已经够倒霉的了，要是被那个要饭鬼看出来，这可就热闹了。咱们赶紧到船那头去，注意别叫那个要饭鬼接近咱们！"她说完就站起来，给了我一个五法郎的银币，就走开了。

我走向那个卖牡蛎的人，问道："应该付您多少钱，先生？"

他答道："两法郎五十生丁。"

我把五法郎的银币给了他，他把剩下的钱找给了我。

他看上去狼狈极了。我看了看他的手，那是一只满是皱痕的水手的手。我又看了看他的脸，那是一张又老又穷苦的脸。我心里默念道："这就是我的叔叔，我父亲的弟弟，我的亲叔叔啊。"

我又给了他十个铜子的小费。他赶紧感谢我："上帝保佑您，我的年轻的先生！"

我把两法郎交给了父亲，母亲看见后诧异起来，问道："他们吃了三个法郎？这怎么可能呢。"

我说："我给了他十个铜子的小费。"母亲听后，好像吓了一跳，直望着我说："你简直是疯了！拿十个铜子给这个无赖，给这个流氓！"她没再往下说，因为父亲指着女婿对她使了个眼色。

后来大家都不再说话了。在我们面前，天边仿佛有一片紫色的阴影从海里钻出来。那就是哲尔赛岛了。

我们回来的时候，改乘圣玛洛船，以免再遇见我的叔叔于勒。

项　链

———✦———

　　一个女人为了参加舞会,从好友那里借了一条项链,并不慎将项链丢失。她和丈夫吃了十年的苦,才还上这笔债,到最后才知道原来当初借的那条项链是假的。啼笑皆非的结尾是对贪慕虚荣的最大的讽刺。

有些女孩子，长得非常漂亮，风姿绰约、倾国倾城，可是命运却故意捉弄她们，让她们降生到普通的工薪阶层。这样的女孩子有很多，她就是其中的一个。她既不可能获得一笔遗产，也没有阔绰的妆奁，所以与一个有钱有地位的男人结为伉俪无异于痴人说梦。如此一来，当家人让她嫁给一个教育部的小职员时，她只能从命了。

没有钱，也就没法打扮，只能穿朴素的衣服。但是她不甘心，她觉得自己应该过上贵族的生活。因为家族、地位这些东西对女人来说并不重要，她们的姿色、风韵和吸引力才最为重要。天资是否聪慧，风姿是否优雅是评判她们的高低好坏的唯一标准。如果普通百姓家里的女孩子也具备这些优点，即便是在地位尊贵的贵妇面前，也丝毫不会逊色。

她觉得自己具有倾国倾城的美貌，本该头戴珠宝玉石，身穿绫罗绸缎，可现实情况却是，她只能过非常贫苦的日子。理想与现实的差距实在太大，她感到异常痛苦。她家里摆放的全是非常简陋的家具，桌椅板凳已经破旧不堪。她身上穿的衣服没有一件不是皱巴巴的。她觉得这样活着实在太痛苦了。如果是另外一个与她同阶层的女人，一定觉得这一切都很正常，不会感到痛苦。可是她却不会那样认为。她觉得这不是她应该过的生活，因而非常委屈。有一个身材瘦小的布列塔尼女人时常到她家里帮忙干粗活。每次看到那个女人，她就会感慨自己不幸的命运，同时不切实际地幻想荣华富贵的生活。她幻想东方的帷幔挂在家里接待室四周的墙壁上，一个用青铜铸造的大烛台发出耀眼的光芒，整个接待室灯火辉煌。她还幻想家里暖气烧得很足，两个高大的仆人穿着短裤长袜被暖气烘烤得迷迷糊糊，正靠在安乐椅上打瞌睡。她还幻想自己家里有几个摆设着美观大方的家具和珍贵的小物件以及挂着丝绒窗帘的客厅。此外，她还幻想家里有几个内客厅，那里面情调高雅、弥漫着醉人的香气，那是下午 5 点钟与闺中密友说心里话的地方。当然了，那些密友也不是一般的女士，她们都是社会上的名流，声名显赫。

吃饭的时候，她和丈夫坐在圆桌前。那张圆桌的桌布已经有三天没有换过了，她坐在那里，就没有了食欲。可是丈夫却把汤盆盖打开，看着盆里的炖肉，非常开心地说："实在太香了，这一定是人间最好吃的食物了。"这个时候，她就会幻想自己来到一个盛大的宴席上，餐桌上摆放着可以照出人来的银餐具，墙上挂着织有神奇的禽鸟和古代人物的壁毯。她想到价格不菲的餐盘盛着的珍馐佳肴不断地摆上桌，想着自己一边慢慢地品尝着味道鲜美的松鸡翅膀或鲈鱼，一边听着男友在耳边说着甜言蜜语。

珠宝首饰、漂亮衣服这些女人喜欢的东西，她一样也没有，可是她对这些东西却爱到了痴狂的程度。她一直觉得，自己应该拥有那些东西，因为自己有着别人无法相比的美丽容颜。在她的内心深处，她一直渴望着自己的美貌能够吸引别人的注意，成为别人追逐的对象。

她有一位十分富裕的女友，她们以前曾经一起在修道院读过书。现在，她不想再去这位朋友家里做客了，因为每次从朋友家里回来之后，她的内心都会很不平静，她想不出来，为什么她与那位朋友出身相同，可是如今贫富差距竟然这样大。她伤心难过，痛不欲生，整天不停地哭。

可是，一天傍晚，丈夫手里拿着一个很大的信封回到家里。他兴高采烈地说："快看，这是专门给你的，我想你一定会喜欢。"

她急匆匆地将信封打开，看到了一封请柬，只见那上面印着这样几句话：

鲁瓦瑟尔先生及夫人：

教育部部长乔治·朗波诺及夫人将举办一场晚会，时间为1月18日（星期一），地点为本部大楼，希望你们到时能够光临。

教育部部长乔治·朗波诺及夫人

她读过请柬后，脸上没有一丝兴奋的表情，这很出乎丈夫的意料。她火气十足地把请柬扔到旧桌子上，小声说："你把它拿来是什么意思？"

"亲爱的，我原以为你看到它后会非常开心。你整天待在家里，从来也不出门，更不去别人家里做客。这次晚会就为你提供了一个非常好机会。这张请柬，是我好不容易才弄来的。只有很小的一部分发到了本部雇员手里，可是大家都特别想要。所有官方人士都会出席这次晚会，所以到时候你就可以见到他们了。"

怒火已经在她的双眼里燃烧起来。她瞪了丈夫一眼，冲着丈夫大声嚷道："你说说，我该穿什么衣服去呢？你分明是想让我丢人啊！"

丈夫没有想到她会提出这样的问题。他结结巴巴地说："我觉得，去剧院时你身上穿的衣服，就挺好……"

她竟然哭了起来。丈夫着实没有想到会这样。他不再说下去。妻子流出两行眼泪。他问道："亲爱的，你怎么了？"

她极力控制住自己的情绪，又擦去脸上的泪水，非常平静地回答说："没什么。只是这样的晚会并不适合我，因为我连一身像样的衣服都没有。你还是把请柬让给你的同事吧。谁的妻子有漂亮的衣服穿，就让给谁吧！"

他有些不知所措。过了一会儿，他说："玛蒂尔德，你能告诉我，一件既可以穿着去参加这次晚会，又可以在其他场合穿的衣服，大约需要多少钱吗？买一件这样的衣服，也不是什么困难的事情啊！"

她很快就算出了这笔钱的数目。但是她没有立即说出口，因为她知道，这个小科员一向节俭，他可能会因为这笔钱数目太大而立即拒绝。她思考了一下，终于结结巴巴地说："具体需要多少钱，我也不太清楚。但是我觉得，有四百法郎的话，所有的事情都能办好。"

听到这个数目，他的脸色稍微有些发白。因为，最近这段时间，他正好攒了一笔钱，数目与妻子说的完全相同。他攒钱是为了买枪。有了枪，他就可以和几个朋友一起去南泰尔平原打猎了。那几个朋友，几乎每个星期天都会去平原打云雀，都已经成为打猎的行家了。跟他们一起打猎，他能够获得很多的乐趣。

可是，他对妻子说："四百法郎？好，我给你这笔钱。但是我有一个要求，你必须买一身非常好看的衣服。"

日子过得很快。举行晚会的那一天即将来临。鲁瓦瑟尔太太整天愁眉不展。她好像有很多心事，性情也变得烦躁起来。这是为什么呢？她那身好看的衣服不是已经准备好了吗？

一天晚上，她丈夫问她："亲爱的，你怎么了？这几天，你的脾气怎么让我有些摸不透呢？"

她说："参加晚会的时候，我佩戴什么好呢？别人都戴着珠宝首饰，可是我却什么也不戴，那样多丢人啊！一想起这件事，我就心乱如麻。算了，我还是不去了。"

丈夫说："佩戴几朵鲜花多好啊！这样打扮，在这个季节里情调十足。而且鲜花又很便宜，买两三朵非常漂亮的玫瑰，也花不了十个法郎。"

他的话，她并没有听进去。她说："怎么能这样做呢？不行……我觉得，最丢人的事情，就要算在那些富有的女人面前，显露出贫穷的样子。"

突然，她的丈夫大声嚷道："你怎么这么笨呢？福里斯杰太太不是你的朋友吗？你到她那里借几件首饰，不就行了。你们的关系很好，她不会拒绝你的。"

"对啊，这真是一个好办法，我怎么就没有想到呢？"她激动得大声嚷了起来。

第二天，她就去找她的朋友了。她把自己的烦恼全部说了出来。

福里斯杰太太二话不说，立即从带镜子的大衣柜里拿出一个首饰盒放在鲁瓦瑟尔太太面前。她打开首饰盒，对鲁瓦瑟尔太太说："随便挑吧，亲爱的。"

几个手镯、一串珍珠项链和一个威尼斯制造的做工精细的金十字架，先后出现在鲁瓦瑟尔太太眼前。她把这些首饰戴到自己身上，在镜子前照来照去，不知道哪一件更适合自己。她不停地问福里斯杰太太，是否还有别的首饰。

福里斯杰太太回答说："当然有了，我不知道什么首饰合你的胃口，所以还是你自己挑吧！"

突然，一串装在黑绒盒子里，极其漂亮的钻石项链让鲁瓦瑟尔太太眼前一亮。在她的内心深处，一种非常强烈的占有欲油然而生。她的心因此而疯狂地跳动起来。她的手颤抖着，这串项链就捧在她的手里。她把它戴上，把连衣裙的领口压低，来回照着。

尽管她心里特别希望得到这串项链，但是她还是慢悠悠地说："我很喜欢它，能借给我吗？我只借这一件就够了。"

"行啊！没问题！"

鲁瓦瑟尔太太激动极了，先是蹦了起来，然后又搂过女友的脖子吻了一下。之后，她把这件宝贝攥在手心，急匆匆地回家了。

晚会如期而至。在晚会上，鲁瓦瑟尔太太成了众人瞩目的焦点。晚会上最漂亮的女人非她莫属。她那优雅的姿态，得体的谈吐，吸引了所有男人的注意。他们打听她，求人把自己介绍给她。部长办公厅的官员也对她很有好感，想与她一起跳舞。部长也把更多的注意力放到了她的身上。

她陶醉在幸福之中，狂热到了极点，优雅地展现着她的舞姿。她的美貌为她赢得了胜利，她获得了成功。她什么也不想，完全陶醉在这种胜利之中。周围的人赞美她，殷勤地与她打招呼，热烈地追求她。她已经完全取得了女人们内心深处所羡慕的胜利，这种胜利是那样美妙，又是那样彻底。她被包围在这样一种幸福的气氛里，快乐到了极点。

她离开时，已经是第二天早上四点了。从昨天晚上十二点开始，她的丈夫就和其他三位先生在一个非常安静的小客厅里睡着了。那三位先生的妻子也都在舞厅里纵情跳舞、取乐。

丈夫觉得外面凉意袭人，担心她会着凉，就往她的肩上披上一件衣服。那件衣服是他带来的，她在家里经常穿。她觉得这件衣服太寒酸，而自己身上穿的那件漂亮的礼服是那样的高贵，它们完全不搭配，于是她就躲开了，没有接受丈夫的好意。当然，她这样做，还因为她不想让那些身穿豪华皮衣的贵妇们看到。

鲁瓦瑟尔拉住她说："先别出去，外面太冷，你会着凉的。你先在这里等一会儿，我去叫马车。"

但是她仿佛根本没有听到丈夫的话，迅速跑到台阶下面。他们来到街上，一辆马车也没有看到。他们只能四处寻找。一辆辆马车在远处驶过。他们每看到一辆马车，就在后面穷追不舍，大声地喊叫，但是这个办法一点儿用也没有，他们没有叫到一辆马车。

他们唉声叹气、浑身瑟瑟发抖地沿着塞纳河向前走。走了很长一段时间之后，终于在河边找到了一辆马车。那辆马车很旧，好像不想让别人看到它可怜的样子，所以白天从来不会出现在巴黎街头，只等

项链

到晚上才出来做生意。

马车载着他们来到殉道者街,把他们送到家门口。夫妻两个人的情绪都很低落,脸上没有一丝笑容。他们爬上台阶,回到自己家中。他们都在想着自己的事情:丈夫想的是上午10点去上班的事情;而妻子则沉浸在低落的情绪之中。

她把披在肩上的衣服脱下来,走到镜子前,欣赏着自己的花容月貌。突然,惊叫声在屋里响起。戴在她脖子上的那条钻石项链不翼而飞了。

她的丈夫正在脱衣服,刚脱到一半。他问:"怎么了?发生了什么事?"

她转过身来,面对着他,魂不守舍地说:"项链……福里斯杰太太的项链不见了,我把它弄丢了!"

嗖的一下,丈夫站了起来。他被吓得面色苍白。"怎么会这样……这……这不可能!"

他们立即四处寻找。衣服口袋里、大氅的褶皱里、袍子的夹层里,都被他们翻了一遍,但是那条项链并不在那些地方。

丈夫开口问道:"你说从舞会离开的时候项链还在你的脖子上,你能肯定吗?"

"当然了。我记得很清楚,舞会结束后,我在部里的前厅摸过它。"

"不过,如果它丢在街上,一定会发出响声,我们应该听得到才对。这么说,一定是丢在马车里了。肯定是这样。"

"没错。那辆马车的车号,你记住没有?"

"没有。你呢?"

"我也没有注意。"

他们吓得面面相觑。最后,鲁瓦瑟尔把衣服重新穿上,说:"我去沿着我们刚才走过的那段路找找看。"说完后,他就出去了。

她脑子里一片空白,垂头丧气地倒在椅子上,根本没有力气上床睡觉。参加晚会时穿的那件礼服,仍然穿在她的身上。

快到七点钟的时候,丈夫两手空空地回来了。

之后,他立即去警察局报案,到报社请人发布悬赏寻物的消息,又去了出租小马车的各个车行,仔仔细细地找了一遍。总而言之,所有能够找到项链的地方,他一个没落。

妻子一直待在家里,等待着消息。这样一个突如其来的事件,让她深受打击。她整天惶恐不安,不知道该如何是好。

直到晚上,鲁瓦瑟尔才返回家中。他面色铁青,显得十分无奈。他又白忙活一场。"现在对我们来说,最重要的是时间。我们只能写信告诉你的朋友,说那条项链的链条被你弄断了,你深感不安,已经把它送去修理。这样的话,我们就可以从长计议了。"

她按照丈夫的口授,写好了信。

一个星期很快就过去了。他们没有获得任何消息。已经没有希望了。

突然之间,鲁瓦瑟尔就老了五岁。他已经做出了决定。他说:"看来我们只能给人家赔了。虽然这对我们来说相当困难,但是我们必须这样做。"

第二天,他们在装项链的盒子里查到了卖这条项链的珠宝店,便拿着盒子前往。珠宝店老板找出账本,查了一下,然后回答说:"太太,我们店没有出售过那条项链,我们只为那条项链配了这个盒子。"

于是,他们开始到珠宝店里寻找与丢掉的那条项链相似的项链。那条项链已经丢失,所以他们只能凭记忆去寻找。他们一家接一家地找,由于非常着急,再加上丢掉项链带来的忧愁,他们的身体已经有些扛不住了。

终于，王宫街的一家珠宝店让他们看到了希望。店里的一条项链与丢掉的那条非常像。那条项链标价四万法郎，店主只要他们三万六千法郎。

他们告诉珠宝商，三天之内不要把那条项链卖给别人。他们还和珠宝商商量好，如果丢掉的那条项链能够在2月底以前找回，那么这一条店主必须收回，价钱为三万四千法郎。

鲁瓦瑟尔从父亲那里获得了一笔一万八千法郎的遗产，这笔钱是他们的全部家产。只能靠借，才能把其余的钱凑齐。

他们立即行动，向人借钱。他们向这个人借三个金路易，向那个人借五个；向这个人借五百法郎，向那个人借一千。他打了很多借条，虽然有些借条的要求非常苛刻，可能会让他们破产，但是他们已经没有选择的余地。他和放高利贷的人还有其他靠放债谋求利益的人打交道，冒着巨大的风险，不顾自己后半辈子的幸福，签下一些借据。以后能否偿还，是否会因此名誉扫地，这些问题他们已经顾不上了。与此同时，恐惧占据了他的内心。他既担心自己和妻子的前途，又害怕未来会缺衣少食，精神上受着痛苦的折磨。

三万六千法郎终于凑齐。他用这笔钱换来了那串新项链。

当福里斯杰太太收到鲁瓦瑟尔太太还来的项链时，相当气愤："你怎么现在才给我送回来啊？难道你不知道我也要用吗？"

她并没有把项链盒打开。鲁瓦瑟尔太太不再担心了。如果对方发现这不是原来那条项链，而是另外一条，那她会作何感想呢？她又会说什么呢？搞不好，她会把自己当成小偷。

穷人过的那种令人生畏的生活一下子降临到鲁瓦瑟尔太太头上，幸亏她已经做好了充分的准备。一大笔债务摆在他们面前，他们必须偿还，因此，她付出代价也理所当然。他们把房子卖掉，把女用人辞退，租了一间屋顶的阁楼，搬了进去。

无论是厨房里的油污活,还是家里的粗活,都由她一个人来做。她得洗碗,任由沾满油污的锅碗瓢盆磨损她那光滑细腻的手指。她得洗衣服,那些脏了的衬衣、内衣裤和抹布餐巾,都需要她用肥皂搓洗。洗过之后,她还要把它们挂到绳子上。每天早上,她都得把垃圾倒到楼下,把水提到楼上。她累得直喘粗气,每上一层楼都要休息一下。她穿着和普通劳动人家的妇女相同的衣服,她要提着篮子去肉铺、杂货铺、水果店买东西。她要尽可能地节约每一分钱,所以就精打细算,和人家讨价还价。尽管有时候会遭到别人辱骂,但是她仍然要这样做。

每个月都有几笔债等着他们偿还。除此之外,他们还要为延长期限而续订一些借约。

丈夫同时做着几样工作。每天傍晚下班后,他都去一个商人那里,为那个人算账。每天夜里,他还经常忙着抄写文件,尽管每抄一页,只有五个子儿的回报。

整整十年,他们一直过着这样的生活。

十年之后,他们把所有的债务都还清了。不管是利滚利的利息,还是高利贷的利息,他们全都还清了。

鲁瓦瑟尔太太明显老了很多。她完全变了,野蛮、泼辣、霸道,这些穷人妇女身上的特性,在她身上都能够找到。她的头发很乱,两只手特别红,裙子歪歪斜斜地系着,说起话来嗓门相当大,洗地板时大盆大盆地倒水。但有几次,当丈夫去部里上班,家里只剩下她一个人的时候,她就会不自觉地想起那次舞会。当时她是多么迷人,多么具有魅力啊!

如果那串项链没有被她弄丢,她的命运又会如何呢?没人知道!生活充满了变数!你的一生很可能会因为一个微小的东西而断送掉,当然,那个东西有时候也会让你在绝境之中看到希望。

项链

劳累了一个星期之后，星期天她去香榭丽舍大街散步。她意外地看到了福里斯杰太太。福里斯杰太太正带着一个小孩散步，她还是那样年轻，那样风姿绰约。

鲁瓦瑟尔太太的心头洋溢起一股激动之情。要不要走到她的面前，和她说几句话呢？当然了。现在既然已经把所有的债务都还清了，那么，把一切都告诉她也没什么关系。为什么要继续隐瞒下去呢？

她走到福里斯杰太太面前，开口说道："您好，让娜！"

福里斯杰太太根本就没有认出面前的这个人来。她完全没想到，一个普通的女子竟然这样亲切地和自己打招呼，所以相当震惊。她吞吞吐吐地回答说："等等……太太……您认错人了吧？"

"我是玛蒂尔德·鲁瓦瑟尔啊！您不认识我了吗？"

福里斯杰太太惊叫起来："天哪……可怜的玛蒂尔德，真的是你吗？你变得太多了……"

"没错，我一直过着贫穷困苦的生活。自从上次见过你之后，我吃了太多的苦……这完全是因为你……"

"我？……这究竟是怎么回事？"

"我为了参加部里的晚会而向你借项链的事，你还记得吧？"

"记得，可是那又怎么了？"

"怎么了？那条项链被我弄丢了。"

"不会吧？你已经把它还给我了。"

"没错，我是还给你了。但是我还给你的那串项链，并不是我借的那一串，而是样子相仿的另外一串。为了买下那串项链，我们借了很多钱，然后又用十年时间去偿还这笔钱。你知道，对于我们这样本来就没有什么家底的人家来说，这有多么困难……现在，我们终于还清了全部债务，我开心极了。"

听到鲁瓦瑟尔太太这样说，福里斯杰太太停下脚步问："为了赔我那一串项链，你竟然花钱买了一串钻石项链吗？"

"没错！那两串项链实在太像了，你一直没有发现我还给你的不是原来那条吧？"

说着，一种纯真而又骄傲的欢愉之感浮上她的心头，笑容出现在她的脸上。

福里斯杰太太激动地拉过鲁瓦瑟尔太太的手，握了起来。她说："天哪，玛蒂尔德，你实在太可怜了。我那串项链不是真的，它并不值钱，最多也就值五百法郎……"

小罗克

鳏居的村长冲动之下强奸了一个年幼的小姑娘,并最终将她杀死。此后,他的良心一直受到折磨,最后终于忍不住自杀,以此赎罪。

一

梅戴利克·龙佩尔是乡邮递员。当地人都很喜欢他,用"梅戴利"这个名字称呼他。每天,他都会在同一个时刻从卢依勒道尔邮局出发。他像老兵那样,迈着大步,从威尧姆牧场走近道来到勃兰第耶河畔,然后沿着河流一直向前走,抵达卡尔弗兰村。那是他开始分发邮件的地点。

勃兰第耶河很狭窄。他沿着这条河快步向前。柳荫覆盖到河面上。在柳荫下,河水冒着泡,翻滚着,在长满了水草的河床上向前流淌。河床上有一些大石块。流水受到它们的阻挡,在它们周围旋转,如同用泡沫打结的领带。在青藤下,在树叶下,或者在其他地方,会形成一些很矮的瀑布。一般来说,人们看不到它们,但是能够听到它们发出的隆隆巨响。随着水流不断向前,在河面开阔的地方,一个小小的宁静的湖泊便形成了。湖底水流缓慢,长着绿色的水草。它们随着水流漂荡着,成了鳟鱼嬉戏游玩的场所。

梅戴利克没有被路上的风景吸引。他心无旁骛地向前走着,心里只想着这样一件事:"第一封信要送到普瓦弗龙家,还有一封信是勒那尔代先生家的,我也要送过去,因此,穿过这片大树林,是我必须要做的事情。"

一件蓝色的上衣穿在他的身上,一条黑色的皮带紧紧地勒在他的腰间。他迈着沉稳的步伐,迅速地走向用柳树做成的绿篱。他手里拿着一根用坚硬的冬青木棒做成的手杖,走路的时候,让它配合着自己的双腿一起前进。

他走过一座独木桥,渡过勃兰第耶河。这座独木桥横跨整个河面，河两边各有一根小木桩，一根绳子把两根木桩联结起来，成为独木桥唯一的扶手。

勒那尔代先生是大树林的主人。他是当地最大的地主，也是卡尔弗兰村的村长。树林里长着很多笔直、高大的古树。河流左岸半法里的地方，全都被它们占据着。它们的阴影形成拱形，直达河流。在温暖的阳光下，一些高大的灌木丛生长在水边。一层柔软光滑的厚厚的苔藓把大树林的地面覆盖起来。树林里弥漫着微弱的枯枝和发霉的气味。

梅戴利克慢了下来。他把额头上戴着的那顶黑色的大檐帽摘下来，开始擦额头上的汗水。此时牧场上已经相当热了，虽然还不到早上8点。

他刚刚把帽子戴上，大步流星地向前走，这时位于一棵树下的东西引起了他的注意。那是一把儿童用的小刀子。当他来到这把小刀面前，伸手去捡的时候，又发现了一个顶针，之后又看到一个针匣，就在距离顶针只有两步远的地方。

他把这些东西全都捡了起来，打算交给村长先生。之后，他又开始赶路。但是此时他不停地四下张望，总是期待着其他东西闯入他的视线。

突然，他像撞到了一根木桩子上似的停下脚步。他看到苔藓上躺着一个孩子。那个孩子距离他差不多有十步远，赤身裸体地仰面躺着。那是一个小姑娘，差不多十二岁。她的脸上盖着一块手帕，四肢叉开着，大腿上有血迹。

梅戴利克像害怕危险，害怕发出声音那样圆睁着双眼，脚尖点地地往前走。

她为什么会躺在那里？难道是在睡觉吗？他做出了否定的回答，因为现在是早上七点半，到处都是葱茏的树木，这里的气温很低，她不会这样一丝不挂地在那里睡觉。不是睡觉，那就是死了。一桩凶杀案摆在他的面前。他被这个想法吓得浑身颤抖起来。虽然他当过兵，但是当地很少发生凶杀案，杀一个小女孩的事情更是绝对不会发生。虽然事实就摆在他的面前，他还是无法相信。只有凝结的血沾在她的大腿上，除此之外，一个伤口都没有。别人是怎么杀死她的？

他来到她的身前，把手杖撑在地上，开始观察这个小姑娘。这里所有的居民，没有一个是他不认识的。所以，他也一定认识她。但是，她的脸被遮了起来，他猜不出她的名字。他弯下腰，伸手要把那块手帕揭开。可就在这个时候，他停了下来。他头脑中产生出一个念头。

尸体的状态是司法部门查案的依据，在他们没有到来之前，他有权力这样做吗？在他的头脑中，司法部门就如同一个将军。将军的眼睛雪亮，不会放过任何蛛丝马迹。扎在肚子上的一刀，与一颗脱落的纽扣在他眼里是同等重要的。或许一个证据就隐藏在这块手帕下面。总之，这是一件重要的物证，绝不允许一只脏手碰触。

于是，他站起来，打算跑到村长家里报信。但是，他又停了下来，因为他的头脑中又出现了另一个想法，也许这个小女孩还没死。他不能一走了之，把她扔在这里不管。他挪到离她稍微远一些的地方，然后跪到地上，用手去摸她的脚。她的脚特别凉，既让人感到害怕，又打消了他的疑虑。这位邮递员的手触碰到女孩冰冷的脚时，正像他后来所说的那样，有一种想吐的冲动，连口水都干了。他立即站起身，跑向勒那尔代先生家。

他的脑袋向前倾斜，两个拳头握得很紧，将手杖夹在腋下，迈着很小的步伐，向前跑去。他的腰部被装满了报纸和信件的邮包来回敲打着。

村长的家在树林的尽头处。对村长来说，整座树林就是他的大花园。勃兰第耶河从这个地方流过时形成的一个小池塘，与他家围墙的整整一角融为一体。

这是一座古老的用灰石砌成的正方形的大房子，以前曾经被围攻过很多次。一座高达二十米，建造在水中的巨塔位于这座房子的最后面。

以前，这座城堡被人们用来监视整个地区。它被人们称为狐狸塔。至于为什么这样叫，就没有人能够准确地说出答案了。这个称呼，也许就是勒那尔代的名字的来源。据说，这块领地两百多年来一直留在同一个家庭中，这个名字就被他的主人们使用。勒那尔代家庭属于资产阶级，而且还是与贵族很接近的资产阶级。在法国大革命之前，这种人经常在外省活动。

仆人们正在厨房吃饭。邮递员冲了进去，大声叫道："村长大人起床没有？我有一件非常重要的事情要立即向他汇报。"大家都知道，梅戴利克是个重要人物，同时也是权威人士，所以马上就明白了，一定是发生了一件相当严重的事情。

勒那尔代先生知道梅戴利克有事要讲，就让人把他领进来。邮递员手里拿着那顶宽檐帽子，喘着粗气走了进来。他的脸色相当苍白。他看到村长在一张铺满了散乱文件的长桌子前正襟危坐。

村长个头很高，也很胖。他五大三粗，红光满面，身体像一头黄牛那样结实。虽然他性情暴躁，但是仍然获得了当地人们的喜爱。他将近四十岁，失去了妻子，一个人生活了六个月。他是乡绅，有自己的土地，就生活在自己的土地上面。他脾气粗暴，经常因此惹祸上身，卢依勒道尔的法官们是他谨慎而又宽容的朋友，总是为他提供帮助，让他摆脱麻烦的纠缠。的确是这样。有一天，由于他的猎犬米可马克险些被车夫轧死，他就把车夫推下座位。的确是这样。他带着枪从邻居的猎场经过时，由于那里的看守把他记录下来，他竟然把看守的肋骨打断。的确是这样。专区区长在一次公务巡察时停在了这个村庄，勒那代尔先生看来，那是区长的竞选旅行，因为这件事，他竟然抓起了区长的衣领。他受到家庭的熏陶，一向反对政府。

村长问："梅戴利克，发生了什么事？"

"我看到，一个小女孩死在你的大树林里。"

勒那尔代听到这话，直起身来，脸上的颜色更红了。

"你说的是……一个小女孩？"

"先生，没错。一个小女孩，仰面躺着，赤身裸体，身上有血迹，已经彻底死了！"

村长骂道："好！她是小罗克，没错，我敢打赌，一定是小罗克。我刚刚接到报告，得知她昨天晚上莫名地失踪，没有回家。你发现她的地点在哪里？"

乡邮递员把那个地点讲了出来。除此之外，他还向勒那尔代先生讲了一些细节，并提出要把村长领到那里。

"不，我用不着你，"勒那代尔先生突然很不客气地说，"马上把村秘书、乡警和医生给我叫来，然后你什么也不用管了，继续去送你的信。赶快去吧，告诉他们，我先去大树林了，让他们到那里找我。"

乡邮递员是一个没有主意的人，他按照村长的吩咐，离开了。但是他心里憋了一肚子火，因为他没有被允许参与这件案子。

村长也要出门。他把他的宽帽檐的灰毡大软帽拿在手里，停在他的住所的门槛上，停了几秒钟。一片开阔的草地在他的面前，草地上有三个花坛，其中两个位于房子两侧，一个正对着房子。花坛里鲜花盛开，在翠绿的草地形成红白蓝三个相当大的斑点。更远的地方就是那片大树林，里面的树木耸入云霄。左边是连接着勃兰第耶河的池塘，再远处是一片牧场，整个地区被绿色覆盖，非常平坦，有柳树做成的绿篱或者沟渠夹杂其间，柳树的枝干经常被修剪，细细的枝条在又短又粗的树干上抖动着。

右边是一片属于地主的建筑物，既有车库，也有马棚。那座富足的村庄就位于那些建筑的后方。养牛是村民们的主要生计。

勒那尔代从他家的台阶上慢慢地走下来，然后来到河边。他额头倾斜向前，双手背在身后，沿着河流慢慢地向前走。这样走着的时候，他偶尔会向四周望一下。他这样做，是想看看他派人去找的那些人是否到来。

他一直向前走着。走到树下的时候，他停了下来，像梅戴利克那样，把帽子摘下来，将额头上的汗水擦干净。7月份的太阳实在太过毒辣，让人热得难以忍受。之后，村长又继续向前。走了一会儿，又停了下来，沿着原路返回去。突然，他掏出手帕，俯身放进小河里。那条小河在他的脚下流淌着。之后，他把手帕拿出来，平铺到脑袋上。水珠流了下来，流到他的太阳穴上，紫色的耳朵上，粗壮的、发红的脖子上，流进他的衬衫领口。

他没有看到一个人。他跺着脚，大声地嚷嚷起来："喂！喂！"

"喂！喂！"有人回答他。

那是医生的回答。他出现在树下。他是一个身材矮小又瘦弱的男人，以前当过外科军医。在附近人们的眼里，他是一个能干的人。在服役的时候，他受伤了，所以腿脚不是很灵活，走起路来一瘸一拐的。因此，他走路时总会用一根手杖支撑。

过了一会儿，同时接到通知的村秘书和乡警也来了。他们同一时刻到达。为了尽快赶来，他们时常挥舞着胳膊，小跑一阵，跑累了才走一阵。他们气喘吁吁地赶过来，脸上笼罩着惊恐不安的神色。

"发生的事情，你知道了？"勒那尔代问医生。

"是的。有一个孩子死在树林里，被梅戴利克发现了。"

"对，我们走吧！"

说完，他们并排向前走。村秘书和乡警在后面跟随。地上是厚厚的苔藓,所以他们走路时没有发出声音。他们望着前面。

突然,医生拉巴尔波伸手胳膊,大声叫道:"快看,在那里!"

一个颜色很浅的东西位于远处的树下。若不是他们事先已经知道那是什么,根本就猜不出来。那个东西非常白,可能会让人误以为是一件不小心掉在地上的内衣,而且还似乎在发亮。她的肚子上面横着一道很大的纹路,那是一缕阳光穿着茂密的树枝造成的。他们走近她,逐渐看清了她的体型。两只手臂像被钉在十字架上那样张开着,遮盖着手帕的脸面对着河水。

"实在太热了,我受不了了。"村长说。

他弯下腰,再次把手帕放进勃兰第耶河中,然后又拿出来,放到他的额头上。

他们的发现让医生走得更快。他刚刚来到尸体旁,就俯下身,仔细地检察,却并没有碰它。他拿出一副夹鼻眼镜戴上,然后慢慢地在尸体周围转圈,那场面就像人们在观看一件奇珍异宝。

他还没有直起身,就迫不及待地说:"这是强奸、谋杀。关于这一点,我们立即可以证明。再说了,这个小女孩的胸脯,就能够证明她已经完全发育成熟了。"

小女孩长着一对十分饱满的乳房。由于她已经死去,它们也就变软了,塌了下来。

盖在脸上的手帕,被医生轻手轻脚地揭开。死者的脸露了出来。两只眼睛向外突出,舌头向外吐着,整张脸看上去相当可怕,也很脏。

他把手伸到死者的脖子上,摸了一下,说:"她就是小罗克,是被人用手掐死的。凶手相当老练,不管是手指印还是指甲印,全都没有留下。"

他小心翼翼地把手帕放回到死者脸上,说道:"没有什么事需要我做。还是让检察院来吧!从她死时到现在,至少有十二个小时。"

勒那尔代背着双手站在那里,注视着女孩的尸体。他小声说:"这个小女孩实在太可怜了,应当找来她的衣服。"

医生把她的胳膊、手和大腿都摸了一下,然后说道:"她遇害之前肯定刚刚洗过澡。她的衣服,很可能在河边的某个地方。"

村长开始下达命令:"普兰希普(村秘书),你给我去找她的衣服,沿着河边找。马克西姆(乡警),你立即去卢依勒道尔,将警察和预审法官带到这里来。你给我记好了,一个小时之后,我要在这里看到他们。"

他们两个人立即展开行动。

"哪个混蛋会如此丧心病狂,在这个地方干出这种事?"勒那尔代对医生说。

"说不清啊!这种事每个人都可能干得出来。但是一般来讲,是不会有人干这样的事的。"医生小声回答说。

"也许是一个失业的工人,一个无所事事的家伙。自从进入共和国时期,到处都是这样的人。"勒那尔代说。他和医生都是拿破仑分子。

村长继续说道:"没错,他只能是一个外乡人,一个从这里经过的人,一个失去家园,无处可去的流浪者……"

医生微笑着为村长做补充:"而且他没有舒适的住所,没有味道鲜美的食物,没有妻子。所以,他就开始对别的东西下手了。在一个明确的时间,人们不知道有谁会犯下弥天大罪。这个小姑娘失踪的事,你已经知道了吗?"

"对。昨天晚上七点钟,这个孩子仍然没有回家吃晚饭,她的母亲很担心,就在九点钟左右来找我。我们一起出去找她,在几条道路上呼喊她的名字,一直找到深夜。大树林这个地方,我们根本就没有想到。再者说,要想进行有效的搜索,必须等到天亮才行。"

"来根雪茄?"医生问。

"谢谢你的好意,我不需要,眼前的景象让我很不好受。"

他们两个人依然面对着女孩纤弱的身体站着。她的身体下面是颜色很深的苔藓,在苔藓的衬托下,她的身体显得极其苍白。在一条大腿上,一只蓝色肚子的苍蝇正在向上爬,在血迹上停留了一下,然后又继续向上爬,急切而又时断时续地从胁部穿过,爬到一个乳房上面。在上面停留一会儿之后,它又往另一个上面爬。它这样做,是为了在这具尸体上寻找喝的。勒那尔代和医生看着它。

医生开口说道:"一只苍蝇停在皮肤上,实在太好看了!上个世纪,妇女们往脸上贴假痣的习惯风行一时,我觉得她们的做法很不错。她们为什么不把这种习惯保持下去呢?"

村长正在深思,好像根本没有听到他的话。

可是,他被一阵声音惊得突然转过身来。一个妇女向他跑来。她是罗克大妈,小罗克的母亲。只见她头上戴着一顶无檐的帽子,一条蓝色围裙系在腰间。看到勒那尔代后,她立即大声叫道:"在哪儿?我的孩子在哪儿?"她脑子乱作一团,根本就没看地下。突然,她向地下看了一眼,看到自己的孩子就躺在那里,便立即停下来,将两条手臂举过头顶,像受到残杀的畜生那样大声地叫了起来,发出尖利而悲戚的声音。

之后,她在尸体旁边跪下,迫不及待地将盖在死去的小女孩的脸上的手帕揭开。一张已经发黑的可怕的面孔显露出来。她看到这张面孔后,立即直起身,之后又突然倒在地上,脸抵在厚厚的苔藓上,不停地哭泣。

在她的衣服下面,细长的身体在不停地颤抖。她瘦弱的小腿和突出的踝骨,虽然被厚厚的蓝色的长筒袜子遮住了,但是它们的抖动还是清晰可见。她的手指像钩子一样,她用它们挖地,好像要在地上挖一个可以容纳小罗克的窟窿。

看到这一幕,医生非常伤心。他小声说道:"这个老大妈,真是太可怜了。"一阵特别的声音从勒那尔代的肚子里响起来。他打了一个喷嚏，声音很大。他掏出手帕，捂在嘴上，开始哭起来。啜泣声、擤鼻涕声和咳嗽声混合在一起，共同制造出相当大的声音。他断断续续地说道："他妈的……混蛋玩意儿……竟然干出这种事……我……我要看他被断头台处死……"

普兰希普垂头丧气地回来了。他的手里什么也没有。他小声说："村长先生，我找了半天，能找的地方都找过了，可是什么也没有找到。"

村长有些惊慌。他用含糊不清的声音说："你说什么，你没找到什么？"

"那个小姑娘的衣服。"

"好的……好的……继续找……而且……务必找到……否则……我不会饶过你的。"

普兰希普了解村长的为人，知道顶不过他，所以只能听从吩咐，继续寻找。他向尸体瞥了一眼，然后悻悻地离开了。

人群走路发出的嘈杂声从远处的树下传来。梅戴利克送信时，已经把这个消息传播开来。开始，当地的人们都感到相当震惊，每一个人都谈论这件事，后来他们聚集起来，发表各自的看法，对这件事评论了好几分钟。最后，他们决定到事发地点一探究竟。因此，他们就摩肩接踵地来了。他们内心有些不安，走起路来略显迟疑，好像在为难以承受最初的激动而担心。当那具尸体就在他们不远处时，他们停下脚步，小声说着话。之后，他们再次振作起来，向前走去，但没走几步又停下来，之后又向前走。很快，勒那尔代、医生、死者的母亲被他们包围起来。他们发出嘈杂的声音，心里十分激动。后面的人往前挤，如此一来，他们所有人都紧紧挤在一起。他们来到尸体面前，有几个胆子大的竟然俯身去摸它。医生拦住他们。这时候，村长突然从麻木状态中清醒过来。他怒火中烧，夺过医生的手杖，冲着他的村民们扑去:"滚……滚……畜生……给我滚远点儿……"看热闹的人组成的队伍,一下子拉长了两百米。

这个时候,罗克大妈重新站了起来,并转过身,可是接着她又坐下了,然后用双手蒙住自己的脸,开始哭泣。

人们对这件事发表着自己的看法。年轻女孩赤裸的尸体吸引了小伙子们的注意,他们正贪婪地看着它。勒那尔代意识到这件事,便迅速地把粗布上衣脱下来,扔到尸体上。那件衣服又宽又大,尸体完全被遮住了。

看热闹的人们又开始慢慢往前凑。大树林里到处都是人。嘈杂的声音不停地在茂密的枝叶间回荡着。

村长穿着衬衣站在那里。他手里拿着手杖,仿佛在与敌人对峙。人们的好奇心好像激怒了他。他十分气愤,嘴里不停地说:"我看你们谁敢过来。有人过来,我就像打狗那样,把他的脑袋打烂。"

农民们都惧怕他,与他保持着一定的距离。拉巴尔波医生点燃一根烟,为了让罗克大妈分心,便走到她身边坐下来,和她交谈。罗克大妈马上把手放下,一边哭泣一边不停地唠叨着。她在用这种方法把自己的痛苦发泄出来。她开始讲起来。她讲她的生活,讲她的婚事,讲她被牛顶死的丈夫。之后,她又讲起了她丈夫死后她带着女儿所过的贫苦生活,以及女儿小时候的事情。她与女儿小罗克相依为命,可是小罗克却在这个树林里遭人杀害。突然,她跪着向尸体爬去,她想再看看女儿。爬到尸体旁,她把盖在尸体上的衣服的一角掀起来,然后又放下,再次痛哭起来。看热闹的人都安静地注视着这位母亲的一举一动。

但是,人们突然混乱起来。"宪兵!宪兵!"人们大声喊道。

远处有两个宪兵。他们护送着一位身材矮小的先生和他们的队长,一路小跑赶来。那位先生骑着一匹白色的大马,蓄着棕色的胡子。他那矮小的身躯像猴子似的在那匹马身上跳动着。

正当预审法官彼图安骑在马上,装出一副能征善战的骑士的模样,进行每天例行散步时,乡警找到了他。

他与队长一起从马上下来,与村长和医生一一握手。在这过程中,他非常好奇地向盖在尸体上的粗布上衣看了一眼。

当他了解清楚这件事后,他做的第一件事,就是命令宪兵赶走那群看热闹的人。宪兵们听从命令,将看热闹的人们全部赶出大树林。但是没过多久,人们又在勃兰第耶河两岸的草地上形成一堵喧哗的人墙。

之后,医生对死者的状况进行说明,勒那尔代拿着铅笔和笔记本负责记录。之后,他们又进行了讨论。至此,所有的取证工作全部完成,可是竟没有发现任何问题。普兰希普再次两手空空地回来。

没有找到衣服,大家都觉得不可思议。唯一靠谱的解释便是抢劫。但是,那些破破烂烂的衣服,根本就不值几个钱,谁又会相信这是抢劫呢?

预审法官、宪兵队长、村长和医生也开始寻找。他们分成两组,沿着勃兰第耶河仔细地搜索。

"那个混蛋,把衣服拿走或者藏起来,任由尸体暴露在荒野,暴露在人们眼前,究竟是为了什么?"勒那尔代对法官说。

法官是一个城府很深的人。他回答说:"对啊!也许这是一个阴谋?作案者也许是一个诡计多端的流氓,也许是一个粗俗无礼的人。不管怎么说,他一定逃不掉的。"

他们听到一阵车轮滚动的巨大响声,于是转过身来。他们看到了代理检察长、书记官和法官。大家一边热烈地说着话,一边开始重新搜索。

突然,勒那尔代说:"我能请你们到我家里吃午饭吗?"

对于他的邀请，大家都欣然接受。预审法官认为，大家已经为小罗克的事操劳了一天，都已经累了，就对村长说："我知道，您家里一定有一个可以暂时替我保存尸体的房间，可以为我把尸体保存到今天晚上。我派人把它抬到您家里去，您看怎么样？"

村长心里有些不安，说起话来也断断续续："好，不……不可以……老实说，我不想保存它……这是因为……因为，他们……我的仆人们……在勒那尔塔楼里的幽灵……他们已经开始说三道四……所以……我不能再把一个死人抬进家中……不……我不想在家里保存它。"

法官笑了起来。他说："好吧……我马上派人把它送到卢依，对它进行司法检查。"他转过身，对代理检察长说："您的车子能给我用一下吗？"

"好，没问题。"

大家向尸体走去，来到它旁边。尸体旁，罗克大妈坐在地上。她一边拉着女儿的手，一边目光呆滞地向远方望去。

为了不让她看到尸体被人们拉走，两位医生来到她身边，想要把她拉开。但是，她马上就明白了人们的意图，扑到尸体上，紧紧抱住它，大声说道："她是我的，你们谁也不能带走她。她现在属于我。她死了，被残忍地杀死了，我要把她留在身边，你们谁也不能带走她。"

大家都不知道该怎么办好，只好无奈地站在她身边。勒那尔代跪下来，对她说："罗克大妈，现在必须带走她，因为只有这样才能够查出真凶。我们要找出凶手，让他受到应有的惩罚。找到凶手之后，我们就会把她还给您，请您放心，我们一定会把她还给您的。"

罗克大妈被这个理由打动了。在她的目光里，除了恐慌，此时又多了对凶手的憎恨。她问道："能抓住凶手吗？"

"当然，我答应您一定抓住他。"

她被彻底说服，便决定让这些人把尸体带走。但是，宪兵队长突然说道："实在太奇怪了，她的衣服究竟去哪了，怎么就找不到呢？"这时，一个未曾有过的新想法出现在这个农妇的头脑之中。她问道："她的衣服呢？它们属于我，我要它们。它们在哪里？"

人们告诉她，那些衣服找了很久也没有找到。听到这个消息，她哭了起来，绝望地喊道："它们在哪里？我要它们，它们属于我。"

人们不停地劝慰她。可是，这样做不但没有收到成效，反而还让她哭得更厉害。她可以让人们带走女儿的尸体，但是她不想再失去女儿的衣服。她这样做，也许是因为母亲对女儿的爱，也许是因为贪婪，穷人骨子里具有的贪婪。穷人会珍惜每一枚银币，因为在他们眼里，那就是一笔很大的财富。

为了把女孩赤裸的身体遮盖起来，人们去了勒那尔代先生家里，找来几块帆布。当人们把尸体装进车里时，宪兵队长和村长搀扶着罗克大妈来到树下。她站在那里，大声喊道："我已经一无所有，我已经一无所有，在这个世界上，我什么也没有了，连她的小帽子也不属于我了。我已经一无所有，我已经变得一无所有，连她的小帽子也不属于我了。"

教堂神父是一个年纪轻轻就已经发福的人。他刚刚赶到，就带着罗克大妈，在众人的陪同下，一起向村子走去。教士把宗教常用的话语对她讲了一遍，并说会给她各种补偿。因此，她不再像刚才那样痛苦了。但是她仍然不停地说："有她的小帽子，我就知足了……"在她的头脑中，这个想法战胜了别的其他想法。

勒那尔代在远处冲着教士喊道："教士先生，一个小时之后，您到我家来，和我们一起吃午饭。"

教士转过头来，看着勒那尔代回答说："村长先生，我愿意前往。中午时我就会去。"

大家走向村长家里。那座矗立在勃兰第耶河畔的高耸入云的塔楼，以及房子灰色的正面，穿过树叶的缝隙，映入人们眼中。

人们在饭桌上不断地谈论着这桩凶杀案,因此,午饭持续了很长一段时间。大家一致认为,小女孩正在洗澡的时候,一个偶然从那里经过的坏蛋发现了她,并对她施暴,最后杀了她。

吃过午饭后,法官们返回卢依。在临走时,他们说第二天一大早就会过来。教士和医生也走了。只剩下勒那尔代一个人。他在牧场上散步。过了一段相当长的时间后,他再次回到大树林里。他把双手放在身后,慢慢悠悠地开始在那里散步,直到天黑才返回。

他睡得很早。第二天,当他还在酣睡时,预审法官已经来到他的房内了。法官脸上带着愉悦的表情,反复搓着双手,说:"啊!您还没有起床啊!亲爱的,我要告诉你一个好消息。今天早上,我们发现了新线索。"

村长坐起来。他问道:"什么线索?"

"说来有些奇怪。昨天小罗克的妈妈不停地说想要一件女儿的衣物留作纪念。她还不停地念叨,说她想要女儿的小帽子。这些事情您还记得吧?就在今天早上,当她把房门打开的时候,她看到了女儿的两只小木屐。它们就放在门槛上。这就证明,凶手一定是当地人。那个人觉得她可怜,才会这么做。此外,邮递员梅戴利克还把小女孩的刀子、顶针和针匣送到我这里。这些东西表明,凶手在藏衣服的时候,衣服口袋里的东西掉了出来。我觉得放木屐这件事是一条非常重要的线索,它证明凶手并不是一个丧尽天良的人,而是还有一些同情心的人,同时也是有一定道德修养的人。我想和您一起对这个村子的主要村民的情况进行研究,当然了,前提是您得愿意。"

村长站起来拉铃。他想刮胡子,便命人把热水送过来。他说:"我愿意这样做。但是,这项工作并不简单,我们需要花相当长的时间才能完成。现在就开始吧!"

彼图安先生像骑马那样,跨坐在一把椅子上。这个爱好,就算是在室内，他也不会忘记。

勒那尔代对着镜子把白色的肥皂泡沫涂到下巴上。他拿出剃刀，在皮带上磨了几下，说："约瑟夫·勒那尔代是卡尔弗兰的主要居民之一，他是一个富有的地主，同时还是村长，脾气很坏，马车夫和看林人都曾遭到他的殴打……"

预审法官笑着制止他："不用再说下去了，我们看下一个……"

"村长助理派若当先生是卡尔弗兰的第二号重要人物。他也是一个富有的地主，养了很多牛。他非常狡猾，涉及金钱问题时，他总是特别狡诈，不过，我觉得他不可能做出这种凶残的事情。"

彼图安先生说："那就看下一个。"

就这样，勒那尔代在洗脸刮胡子的同时，继续对村里其他居民的道德情操进行评论。这项工作进行了两个小时。最后，他们认为三个人最有可能是凶手。这三个人分别是：喂马的可劳维斯，捕鱼的帕盖，偷猎者卡瓦勒。

二

整整一个夏天，追查凶手的工作一直在紧锣密鼓地进行着。但是，结果并不能令人满意，没有查到凶手。那些可疑的人物被抓了起来。可他们都有确凿的证据证明自己的清白。检察院也无计可施，只得放弃追查。

但是，这桩凶杀案似乎具有一种神奇的力量，整个地区都因它而惶恐不安。居民们感到一种莫名的害怕，也因为找不到任何线索和出现在罗克大妈门前的木屐而感到恐惧。人们非常肯定地认为，查案时，凶手就在现场，之后他继续生活在这个村子里。他们一直被这个想法所困扰。

他们还认为大树林里闹鬼，都觉得那里令人生畏，尽量不到那里去。以前，树林是居民们活动的重要场所。他们每个星期天下午都会去那里散步，有时一边沿着岸边往前走，一边欣赏鳟鱼在水草下面游动的身姿，有时坐在大树下面厚厚的苔藓上休息。小伙子们选择一些合适的地点，把地上的苔藓清理掉，再把地面弄平、夯实，然后在上面做各种游戏。姑娘们几个人手拉着手散步，用尖细的嗓门唱着抒情歌曲，刺耳的歌声搅得空气不得安宁。现在，高大的树木依旧，浓密的树荫依旧，但是已经没有人去了，好像人们都知道，那里有一具尸体，只要到那里去就会看到。

转眼已到秋天。圆圆的树叶从半空落到地面。没有了树叶，人们在树林里已经能够看到天空。有时候，飘在天空的小雨会演变成一场大雨。雨点不断地落到苔藓上，就好像一块厚厚的地毯盖在上面。人们走在上面，踩出吱吱的响声。树叶降落时，会发出像呜咽似的低语声，让人难以察觉。不断飘落的树叶是悲伤的树木流下的眼泪。悲伤，成为这些大树唯一的主题，因为温和的黎明，令人心醉的黄昏都已离它远去，因为灿烂的阳光，暖洋洋的微风也已经不在，因为年末已经到来。除此之外，或许也因为就是在它们脚下，一个小女孩遭到奸杀。而这一切，它们都看在眼里。这片树林让人感到害怕，又被人无情地抛弃，也许只有死去的小姑娘的灵魂飘荡其间。在一片寂静之中，树木们在哭泣。

由于暴雨骤降，勃兰第耶河河水迅猛地增长，清澈的河水变成了浑浊的黄汤，在两行瘦削的柳树间，在陡峭的两岸间，咆哮着向前流淌。

不知道为什么，勒那尔代又开始到大树林里散步。每天入夜时分，他都会双手插在口袋里，慢慢地走下台阶，向树林走去。一路之上，他一直在深思。苔藓是柔软潮湿的。他走在上面，一直走很长一段时间。准备在大树梢上过夜的一大群乌鸦从附近飞来，在空中形成一片黑乎乎的幕布，如同一块巨大的在葬礼上使用的黑纱。阴森而恐怖的叫声在天空中回荡。有些时候，它们在交错的树枝上歇脚。没过多久，它们发出恐怖的叫声，挥动着翅膀，再次飞起来，在树林上方再次形成一片黑乎乎的幕布。最后，它们飞到最高的树枝上，并停在那里，可怕的叫声也随之慢慢停歇。夜色越来越浓，它们黑色的羽毛消失在黑色的天空里。

勒那尔代仍然在散步。最后，当黑夜吞噬一切，他无法继续走下去时，他就返回家中。回到房间后，他马上倒在安乐椅上，把脚向壁炉伸去。熊熊大火在壁炉里燃烧着，热气不断地从他的两只湿漉漉的脚底冒出来。

一个上午，安静的村庄因为一件大新闻而热闹起来。原来，村长打算把他的树林砍掉。

这项工作已经启动，二十名伐木工人正在忙碌着。最靠近村长房子的那个角落的树木最先倒下。在村长的现场督促下，工人们干得相当卖力，树木不断倒下。

修枝工们最先沿着树干爬到树顶上。他们每个人手里拿着一根绳子，先把绳子拴在树干上，然后伸出两只胳膊，用力抱住树干，抬脚向树干狠狠地踢去。他们这样做，是因为在他们的鞋底上，固定着坚硬的钢钉，他们要把钢钉刺入树干。之后，他们就用钢钉作支撑，向上迈一步。成功之后，他们再用另外一只脚向树干踢去，将脚下的钢钉刺入树干，然后再向上迈一步。就这样，他们一步一步地向上爬去。每迈一步，他们就会把绳子向上挪动一下。锋利的冒着寒光的小钢斧挂在他们腰间。他们像寄生虫对巨型动物发动攻击那样，沿着树干慢慢地向上爬，把钢钉刺入树干。他们这样做，是为了把树梢砍掉。

当爬到树枝的高度时，他们就不再继续向上爬。他们把自己固定在那里，把锋利的柴刀从腰上解下来，然后慢慢地有节奏地向树枝与树干相连的地方砍去。砍着砍着，树枝就会弯曲、断开，最后掉下去，发出一阵巨大的响声，那是木头断裂特有的声音。树上所有枝蔓也会受到影响，不停地抖动。

从树上掉下来的树枝铺满地面。其他人开始动手，将它们劈开、砍断，捆成捆儿，堆好。那些仍然矗立着的大树，完全成了巨大的木桩或者木杆子。

当修枝工人砍掉所有的树枝后，他们来到树干顶部。那里很细，也很直。于是，他们把带上去的绳子留在那里，然后像向上爬时那样，把钢钉刺入树干，借着钢钉的支撑向下爬。之后，伐木工人们便开始进行他们的工作。他们用力在树干底部砍。伐木声很大，树林的每个角落都能听到。

当伐木工人把树干底部的伤口砍到足够深时，工人们就开始拉树干顶部的绳子。他们一边拉一边有节奏地喊叫，为的是把每个人的力量集中到一起。于是，巨大的树干就开始发出刺耳的响声，然后突然倒下。这时，工人们高兴地欢呼起来。

树林里的树木不断倒下，就像士兵离开军队，使军队的规模逐渐变小。树林的面积越来越小。

勒那尔代每天都会待在那里。他站在那里，双手放在背后，注视着他的大树林慢慢消亡。当一棵树倒下后，他像踩一具尸体那样，用脚踩着它。之后，他会用平静而神秘的不安神情注视下一棵树，好像他在期待着有什么东西能够在树林被砍掉前出现。

这场屠杀逐渐蔓延到人们发现小罗克的地方。一个黄昏，人们终于砍到这个地方。

伐木工人们要砍的是一棵巨大的山毛榉。可是，天已经完全黑下来，而且又是阴天，他们想把他们的工作推迟到第二天进行。主人不

小罗克

083

同意。他让工人们马上动手,把这棵遮蔽过那桩凶杀案的大树砍倒。

修枝工把树枝砍光,伐木工人们也砍好了树根。于是,五个工人握紧拴在树顶上的绳子,开始用力拉起来。

虽然工人们已经砍到了大树的粗壮的树干的中心,但是它仍然像钢铁那样坚硬。它在顽强地抵抗着。工人们一起有节奏地用力拉着绳子,身体几乎贴到地面。他们喘着粗气,发出有节奏的呼喊声。

两个手里拿着斧子,像刽子手似的伐木工人站在大树面前。他们已经做好准备,当需要的时候,就会把斧子狠狠地砍下去。勒那尔代站在树边,将手放在树皮上,烦闷而不安地期待着大树倒下去的时刻的到来。

一个伐木工人对他说:"村长先生,您离得太近了,这很危险。树倒下去的时候,您可能会被砸伤。"

他仍然站在那里,什么也没说。他似乎准备像角斗士那样,把这棵巨大的山毛榉抱起来摔到地上。

突然,一声巨响从这个高大的木桩子的底部发出,那是木头裂开的声音。树顶也立即受到影响。树干已经倾斜,但它仍然顽强地抵抗着,所以才没有立即倒下去。人们看到了它倒下去的希望,所以都更加卖力地拉绳子。当树向下倒去的时候,勒那尔代先生竟然做了一个让所有人都想不到的举动。他跨到树下,挺起胸膛,准备让树把自己砸死。

但是,巨大的山毛榉擦着他的身体倒下去了。他被它巨大的冲击力扫出去五米远,狠狠地摔在地上。

工人们冲上前去。在他们伸出手扶他之前,他已经爬起来,跪在地上。他头昏眼花,把手放到额头上,好像刚才进入了一种疯狂的状态,此时刚刚清醒过来。

工人们都觉得不可思议。当他站起来的时候,他们问他为什么这样做。他吞吞吐吐地说,他这样做是因为一时鬼迷心窍;还说在大树倒下去的那一刻，他的头脑中产生出一种错觉，以为自己回到了童年时代，小男孩从飞驰的马车前跑过的画面出现在他的头脑中，所以他才会那样做，而且觉得他完全能够从树下冲过去；他还说，一个星期以来，他的心里一直有一种冒险的冲动，他总想如何在大树将要倒下时，顺利地从下面穿过去。他说，他知道自己的做法非常愚蠢可笑，但是每个人的头脑中都会出现幼稚的想法，每个人也都有精神不正常的时候。

他用沙哑的声音小心翼翼地解释着原因。之后，他迈步离开。他一边走一边回过头来，对着工人们说："我的朋友们，再见，明天见。"

他回到了自己的房间，走到被一盏罩着灯罩的台灯照得特别明亮的桌子前，坐了下来。他把胳膊撑在桌子上，低下头哭起来。

他一直哭，哭了很久才停下来。之后，他揉了揉眼睛，抬头看了一眼挂钟，看到上面显示的时间还不到六点。他想道："现在离吃晚饭还有一段时间。"于是，他站起来，走到门前，把门锁好，之后又回到座位上。他把中间的抽屉拉出来，一把手枪出现在他面前。他把它拿出来，放在文件上。锃亮的手枪在灯光照耀下发出耀眼的光芒。

勒那尔代用模糊的目光注视着那把枪。过了一会儿，他站起身，在房间里走来走去。他从房间的这一头走到另一头，偶尔会停下来，之后又继续走。突然，他走进盥洗室，将一条毛巾投入水罐里，然后拿出来，像行凶那天上午一样把自己的前额弄湿。然后他走出来。每次经过那张桌子时，他的目光都会被放在桌子上的手枪吸引。他看着它时，手就会发痒。但是，他又把目光集中到挂钟上面。他想道："时间还早。"

房间里响起挂钟的报时声。已经是六点半了。他拿起手枪，大张着嘴巴，把枪管放进去，好像要将它吞进肚子里。他把指头放在扳机上，并在好几秒钟的时间里一直保持着这个姿势。突然，他打了一个寒噤，把枪吐出来。手枪落到地毯上。

他垂头丧气地跌进安乐椅时，哭泣着说："天哪！我不敢！我不能！我怎么连自杀的勇气都没有！我该怎么做呢？"

敲门声响起，他受到了惊吓，直起身来。一个仆人走了进来，说："先生，我们已经准备好了您的晚餐！""好，我这就去。"他回答说。

他把枪从地下捡起来，放回到抽屉里。之后，他想看看自己的脸是什么样子，是否显得不正常，于是就对着壁炉的镜子照了照。他的脸还像以前那样红，也许比以前要红一些。除此之外，一切都正常。他下楼去吃饭。

他吃得很慢，好像不愿一个人独处而故意拖延时间。吃过饭之后，仆人们收拾餐具时，他又在饭厅里吸了几斗烟。吸完烟之后，他回到了自己的卧室。

他刚一进屋，就立即向床下看去，还把全部衣柜打开，每件家具里、每个角落，他都搜索一遍。然后他走到壁炉前，将壁炉上的几根蜡烛点着，又把房间里的每个角落都搜寻一遍。他的脸抽搐起来，这是害怕、不安引起的。他知道，遭他强奸、被他掐死的小罗克会像每天夜里那样，出现在他面前。

那个令人厌恶的幻象，每天夜里都会出现。开始时，他会听到类似于打谷机那样的轰鸣声。这种声音让他觉得喘不过气来，他只能把裤带和衬衫领口的扣子解开。他还在房间里来回走动，强迫自己唱歌、看书，但是这样做丝毫不见成效。作案那天的事情，每一个细节，都一一呈现在他的头脑之中。

那是一个让他感到恐惧的日子。就在那天上午，起床时，他感到头痛、眩晕。"一定是因为太热了！"他这样想着。于是，他一直没有走出房间，直到吃午饭时才下楼。吃过午饭后，他又睡了一个午觉。傍晚时，他走出房间，要去他的大树林里散步，去那里呼吸一下清新的空气。

可是，他刚一出门，就越发喘不过气来。外面实在太闷热了！太阳还挂在半空中，继续烘烤已经干渴的大地。树叶静止不动，树林里听不到任何动物的叫声。勒那尔代在苔藓地上走起来。勃兰第耶河就在他的身边，河水散发出些许凉意，可是他却觉得心神不宁。他感到自己的脖子被一只无形的手狠狠掐住。他几乎什么都不想，何况，这是他平时就养成的习惯，他的脑袋里几乎从不装东西。三个月以来，只有再婚的想法出现在他的头脑中，尽管这个想法十分模糊，却一直挥之不去。独居让他在精神和肉体上受到双重痛苦。十年来，他已经过惯了有一个女人陪在身边的生活。她陪在他身边，每天的拥抱，都已经成为他生活中不可或缺的一部分，他隐隐约约地感到，自己需要她的拥抱，她的陪伴。自从勒那尔代夫人死后，他就觉得特别痛苦。这种痛苦持续了相当长的一段时间。他不明白为什么会这样。其实，这是因为他的双腿再也感受不到她的连衣裙不停地碰触了，更是因为他失去了一个发泄欲望，寻求安宁的怀抱。独居生活还没过上半年，他就已经开始物色年轻的女孩或者寡妇了，他希望有人能够在他服丧期满后嫁给他。

他心灵纯洁，但体魄却非常强健。不管是睡着，还是醒着的时候，他的头脑中总会出现一些肉欲的形象。这些形象让他不得安宁。他把它们赶走，但是没用，它们很快还会回来。有时，他自我调侃道："我简直成了遭到各种诱惑折磨的圣安托万了。"

那天早上，他的头脑中又出现了好几种这样的幻象，它们折磨着他。突然，他想到了一个对抗这种折磨的办法。他想去勃兰第耶河洗澡，用清凉的河水浇灭因幻象而引起的欲望。

他知道一个水面开阔，河水很深的地方。当地的人们有时也会去那里洗澡。他来到那里。

小罗克

087

这里的水十分清澈，周围生长着茂盛的柳树。流水在这里停歇片刻，然后继续向前流淌。一阵微弱的声音传入勒那尔代耳中。虽然听不真切，但是他能判断出，那不是河水击打河岸的声音。面前的树叶挡住了他的视线。他伸手轻轻地把树叶拨开，向前望去。他看到一个赤身裸体，通体雪白的小女孩儿。她在清澈的河水中用双手拍打着水面，身体旋转着。她还没有变成一个成熟的女人，却也不再是一个小孩子。她已经发育成形，身体很丰满，但仍然没有摆脱身体因为迅速生成而早熟的稚气。他被面前的景象吓呆了，同时又感到慌张，因此身体一动也不能动。他感到一股莫名的紧张的冲动正在他的身体上蔓延，他有些喘不过气来。他的心在剧烈地跳动着，好像这个让人心动的小家伙，受到了一位淫荡的仙女的控制，出现在他的面前。在他看来，这个河里的小维纳斯与那个在碧波荡漾的大海里游动的大维纳斯没有区别。

突然，小女孩从河水中走出来，向着他的方向走来，她在寻找自己的衣服，它们就放在离他不远的地方。她并没有看到他。她看着地上的尖石子，慢慢地走着。她那柔软的小脚，经不起尖石子的踩躏。一阵兽欲的冲动，一股巨大的力量已经完全控制住他。他无力反抗，只能任由它们把自己推向这个小女孩。他的神志已经混乱，意识已经模糊，浑身不停地颤抖着。

她在一棵柳树下面站了几秒钟，勒那尔代就在那棵树的后面。茂密的枝叶把他遮挡住，因此她才没有看到他。这个时候，他的理智已经丧失殆尽。他急不可耐地向她扑去，张开双臂紧紧地搂住她。她倒在地上，害怕和惊慌让她失去了抵抗的力量，甚至连大声叫喊都忘记了。就这样，他在她身上发泄着自己的欲望。

突然，他意识到自己的罪恶，仿佛做了一场噩梦，一下子清醒过来。小女孩哭了，大声哭了起来。

"别哭了，别哭了，我不会亏待你的，我给你钱。"他说。

但是,她仍然继续哭泣。

"别哭了,别哭了!行了,别哭了。"他再次说道。

她大声叫起来,并打算逃跑。

他突然意识到,他的一生就这样毁了。为了阻止她继续大声哭喊,他掐住了她的脖子。求生的欲望让她拼命挣扎。他用那双有力的大手疯狂地掐着她正用尽全力呼喊的喉咙。很快,他掐死了她。他只是想要阻止她发出声嘶力竭的呼喊,并没有打算杀死她。

看着自己干出来的罪恶勾当,他简直要发狂。

在他面前,她躺在地上,脸已经变成黑色,血不停地流着。他打算逃跑。这时,一种因生命受到威胁而产生出的模糊的本能出现在他不安的头脑中。

他打算将小女孩儿的尸体扔入河中,但他没有这样做,因为这时他又产生另外一种冲动。他拿出口袋里的细绳,把小女孩的衣服捆起来,来到一棵根部浸泡在勃兰第耶河河水中的大树前,把衣服藏进树洞里。

之后,他迈着大步,离开那个地方,来到草地上。为了让离事发地点很远的、住在村子另外一头的农民看到他,他故意兜了一个大圈子。当固定的晚饭时间到来时,他回去吃晚饭,还对仆人们讲起了整个散步的过程。

那天夜里,他竟然像一头畜生那样睡得十分香甜。这样的情况偶尔也发生在死刑犯身上。直到东方露出了鱼肚白,他才醒过来。他并没有立即起床。他躺在床上,等待着时间一分一秒地过去。他等待着平时起床的那个时间。他觉得只有在平时那个时间起床才不会引起别人的怀疑。

此后,各种调查取证接踵而至。他不得不参加。做这些工作时,他简直就像一个梦游者。他接触到的人和事经过幻觉的催化,让他觉得是如此虚幻。

他的心被罗克大妈凄惨的叫声刺穿了，他差点跪到她面前，坦白自己的罪行。但是他没有这样做，他控制住了这样做的冲动。不过，他的心里总感到不安，所以他才会趁着夜深人静，跑到河边把小克罗的木屐从水里捞出来，然后带着它们来到罗克大妈家里，将它们放在门槛上。

调查没有结束，他还需要制造烟雾，把法院引入歧途时，他非常老练，微笑总是挂在脸上。当法官们提出各种猜测时，他平静地与他们讨论；当法官们提出合理的推断时，他就提出反对意见；当法官提出新的计划时，他又以不可行为由否定这项计划。他甚至带着一种辛酸的乐趣来阻挠他们办案。

后来，调查因为没有新的线索而停止。从那一天起，虽然他知道自己变得越来越暴躁，有意地克制这种情绪，但是他还是经常因为紧张而不知所措，情绪变得更加难以控制，越来越容易激动。他会被突然发出的声响吓得跳起来。有时候，当他的额头上落下一只苍蝇时，他都会浑身颤抖。于是，活动便成为他迫切的需求。因为这种需求，他一夜一夜地在房间里不停地走动。

如果说这是因为他产生出悔恨之情，并一直受到这种情感的煎熬，那就大错特错了。他天性粗鲁，无论是任何精神恐惧，还是微弱的情感，都不会对他造成影响。他有着暴躁的性格，充沛的精力，打仗、对战败者进行屠杀，才是最适合他的工作。他像喜欢打架斗殴的人那样，有着野蛮的本能，人命在他眼里如同草芥。虽然他对教会毕恭毕敬，但那是由于政治原因，而且无论是上帝，还是魔鬼，他全然不信，因此他根本就不相信来世，更不相信前世的行为会在来世受到惩罚或者奖励。由百科全书派的各种思想构成的一种茫然的哲学便是他的全部信仰。在他眼里，无论是宗教，还是法律，都是当社会关系发生错位时，人们为了调节这种关系而发明出来的。他觉得宗教是对法律的一种认可，一种精神上的认可。

在他看来，不管是在战争中，还是决斗中，抑或是在争吵中；不管是因为报复，因为意外，还是因为吹牛，杀人都是一件非常有意思的事，也是一件勇敢的事。他觉得杀一个人与开枪打死一只野兔没有任何区分。但是，杀害这个小女孩儿的行为，却一直让他感到提心吊胆。

开始时，他受到一股巨大的狂热的力量驱使，理智也被一股肉欲的冲动夺去，因此才会做出这种丧心病狂的事。一种野兽的性爱，仍然保留在他的嘴唇上、皮肤上、内心里，甚至杀死小女孩的手指间。在他的心中，仍然保留着一种对那个遭他强暴、被他杀害的小女孩的惊惧之情。那一幕让他感到恐惧的情景，仍然会时常出现在他的头脑中。虽然他努力想要摆脱这个形象的纠缠，将它驱逐出自己的头脑，却一直无法做到。它仍然在他的头脑中，在他的四周，只要时机成熟，便会再次显现出来。

把光明变成黑暗的夜晚，成为他的梦魇，让他感到恐惧。他一直也没有弄明白，为什么会这样惧怕黑暗。但是他觉得黑暗让他感到恐惧，他本能地害怕黑暗。白天时，人们可以看到人和东西，所以白天并不会让人觉得恐惧。但是，比围墙还厚重的夜，没有尽头的夜，是那样广袤，那样漆黑。夜里，人们可能会遇到可怕的东西，感受到自己身边隐藏着一种莫名的恐怖。黑暗想把一个就在他身边，却又模糊不清，同时又拥有巨大力量的危险掩藏起来，不让他知道。那是什么样的危险呢？

没过多久，他就明白了这是什么样的危险。一天晚上，当别人都在睡觉的时候，他还坐在安乐椅上。突然，窗帘似乎抖动起来，他很害怕，心跳加速，默默地等待着。不一会儿，窗帘又抖动一下，至少他觉得如此。他害怕极了，呼吸都变得非常困难，不敢站起来。但是，他不是一个胆小鬼，他是一个勇敢者，打架斗殴是常有的事，如果家里有小偷出没，他一定会非常开心。

他心里想着，窗帘到底动没动，他认为自己的眼睛也会说谎。再说了，窗帘只是轻轻地动了一下，很难被人察觉。勒那尔代一直盯着窗帘看。突然，他觉得自己根本就不应该害怕。他从安乐椅上站起来，走到窗边，双手抓着窗帘，用力把它拉开。开始时，除了黑色的窗玻璃，他什么也没有看到。外面是一片无边无际的浓重的夜。他站在那里，面对着黑夜。突然，一道移动的微光划破茫茫暗夜，出现在离他不远的地方。他以为这是渔夫在勃兰第耶河偷偷地捕鱼捉虾发出的亮光，因为那道微弱的光在水边的大树林里移动着，而且午夜已过，渔夫们通常都会在这个时间出来活动。于是，他把脸贴到玻璃上，向外望去。突然，这道微弱的光变成了一道亮光。他看到了小罗克，看到她躺在苔藓上，身上一丝不挂，暗红的血迹在她发白的身体的衬托下显得尤为明显。

他被这一幕吓坏了，连忙向后退。他的座椅挡住了他后退的路，他被它绊倒在地。他胆战心惊，魂不守舍地在地上躺了几分钟。之后，他坐起来开始认真地思考：他认为自己只不过是产生了幻觉，就像一个偷苞谷的人，夜里提着灯走在水边。再者说，因为回忆自己犯下的罪行而看到死者的幻象，不是十分正常的事情吗？

他从地上爬起来，喝下一杯水，坐到椅子上。他担心这个情景再次出现，因为他还没有想到应对的办法。他非常确切地感到，这个情景还将出现在他面前。他感觉到，窗户在吸引他、呼唤他。他把椅子转过来，避免再看窗户。之后，他拿起一本书读起来。但是，他根本读不下去，他总是隐隐约约地听到，窗户那边有什么动静。他猛然转过身。窗帘仍然在动，他看得很清楚，这次窗帘的确在动。他大步跨到窗前,将窗帘一把扯下来,扔到一旁。之后,他再次向外望去,把脸贴到窗户玻璃上向外望去。窗外一片漆黑,他什么也没有看到。他长舒一口气,感到一种死而复生的喜悦。

于是,他回到座位上。但刚一坐下,一股向外张望的冲动又占据了他的内心。没有窗帘的窗户就像对着田野的一个令人感到恐惧的阴暗的洞。他知道,他要坚决抵制这种危险的诱惑。于是,他脱掉衣服,吹灭灯,闭着眼躺在床上。

他仰面躺在床上,汗水布满全身。他期待着进入梦乡。突然,他的眼睑被一阵强光刺穿。他以为家里发生了火灾,马上睁开眼睛。只看到一片黑暗。他看着窗户,努力想把它看清,因为对他而言,窗户产生出极大的吸引力,他无力抗拒。他发现,几颗星星挂在天空。他下了床在黑暗中找到了窗玻璃,把额头紧贴到上面。小女孩的尸体在树下像鬼火那样发光,他四周的黑暗被彻底照亮。

勒那尔代大叫一声,逃回床上。他用枕头把头盖得严严实实,一觉睡到第二天早上。

从此之后,他的生活让他感到十分痛苦。白天,黑夜的恐惧纠缠着他;夜里,幻象又会出现在他面前。当房门关上的那一刻,他就进入了一场战争之中,与恐惧作斗争,但是,这样做根本就不管用。他总是受到一股巨大的力量支配,不自觉地走到玻璃窗前,好像在召唤那个幽灵。而它马上出现,开始它就躺在他行凶的地方,像被发现时那样,四肢张开。之后,像女孩从河里走出来那样,沿着草地和干枯的圆形花坛,轻轻地向他走来。之后,它飘了起来,飘在空中,向勒那尔代的窗户飘来,像被杀那天像凶手走过来那样走向他。面对着幽灵,勒那尔代不停地往后退,一直退到床边,绝望地瘫倒在床上。他知道,小女孩已经进入他的房间,此时,她正在窗户后面。不知道什么时候,她还会动。整夜时间,他一直看着窗帘,想着小女孩会从窗户后面走出来。但是，她并没有出来。她就待在偶尔抖动的窗帘后面。勒那尔代害怕极了，他的双手像掐小罗克的脖子那样，紧紧地捏着床单。他听着时钟的钟摆摆动的声音，听着时钟敲响整点报时声，听着自己沉闷的心跳声——任何人都没有遭受过他所遭受的痛苦。

当天花板上出现一道白光，宣告黑夜结束时，他终于如释重负。他觉得自己活了过来，又睡下了。他惊惶不安地睡着，他在夜里看到的幻象再次出现在他的梦中。

睡了几个小时后，他起床，下楼去吃午饭。这个时候，他感觉累极了，浑身上下都不舒服。他总是担心那个小女孩会再次在夜里出现，所以他根本就吃不下东西。

然而他非常明白，人死之后是绝对不会复活的，所以那根本就不是幽灵。他也知道，他的痛苦的真正也是唯一的原因，是他的灵魂出了问题，总是受到各种回忆的纠缠。正是由于这个原因，死去的小女孩才能够复活，重新出现在他的眼前，给他留下非常深刻的印象。但是，他也十分清楚，他的记忆将会一直折磨着他，他永远也无法恢复正常。他不想再这样痛苦地生活下去，他想做一个了断。

于是，他开始思考自杀的方法。他不想让别人看出他是自杀，所以他需要寻找一个简便而又随意的死法。因为如果被别人知道他的死因，他的祖先传给他的名声就会毁掉。他是一个极其看重声誉的人，他决不允许这种情况出现。如果人们发现他意外身亡，就一定会把他与那桩仍没有找到真凶的案件联系到一起，人们会想到他就是杀人凶手，会对他进行指控。

他想到让那棵见证小罗克被杀惨剧的树杀死自己，这真是一个奇怪的主意。于是，他派人把他的大树林砍掉，并在那棵山毛榉倒下时故意站到树下。但是，这个计划并没有成功。那棵山毛榉倒下时偏离了他的身体。

之后，他回到家里，因为无法继续忍受折磨而想要开枪自杀，但是，他没有开枪的胆量。

这个时候，仆人来敲门，晚饭时间到了。吃过晚饭后，他又回到自己的房间里。他脑子里一片空白，不知道做什么。他认为自己是一个胆小鬼。刚才他充满了决心和勇气，但是现在他又变成了一个懦夫——死亡和那个死去的小女孩让他感到害怕。

他自言自语道："我不敢了，不敢了。"他害怕极了，视线在桌子上的手枪和窗户上的窗帘之间不停移动。他又感觉到，他死之后，马上会有可怕的事情发生。什么可怕的事呢？也许是他们的重逢。她每天都出现在他面前，就是为了把他带走，让他死去。因此，她才会注视着他，召唤着他，等待着他。

他非常无助地哭了起来，反复说："我不敢了，不敢了。"之后，他跪下来，说道："上帝啊，上帝啊！"可是，他根本就不相信上帝。他不敢再看桌子，也不敢再看窗口，因为寒光闪闪的手枪就放在桌子上，幽灵就躲在窗户后面。

他站了起来。这时，他大声说道："到结束的时候了，不能再拖下去了。"他被自己在安静的房间里的说话声吓得不停地哆嗦。但是，当他试图结束自己的生命时，他又无法下定决心，他知道自己的手指无论如何也不会扣动手枪的扳机，所以，他又回到床上，用被子盖住自己的头，仔细地思考。

他需要马上想出一个能够非常迅速地杀死自己，同时又不留下悔恨的计谋。他觉得那些被带到断头台上的死刑犯们非常幸福，他特别羡慕他们。啊！如果有一个人能开枪杀死他，那可实在太好了！如果能够找到一个永远保守这个秘密的朋友，把自己所犯的罪行告诉他，让他明白自己的心理感受，再请求他开枪杀死自己，那可真是太好了！但是，该找谁帮忙呢？谁又能帮忙呢？他在考虑着合适的人选。

医生吗？不行，他可能会把这件事公之于世。突然，他的头脑中出现了一个非常奇怪的想法。他要给预审法官写一封信，把自己的罪行都告诉他，向他自首。他要把他强奸、杀人的罪行，不断折磨他的痛苦，死的想法，勇气和决心，害怕，犹豫等他在这段时间里的经历，全部写在信里，让法官知道。他会告诉法官，当法官读到这封信时，他已经死去。他还要恳求法官，回想一下他们之间多年的交情，并看在这种交情的份上，在看过信后立即将信毁掉。勒那尔代十分了解这位法官的为人，知道他是一个谨慎、可靠的人，有着坚定的信仰和冷静的头脑，所以他把希望寄托在这位法官身上。

这个计划让他感到一种莫名的喜悦。他平复自己的心情，准备慢慢写信。他打算把信写好后，天亮时放到信箱里——他租田房屋墙上钉着信箱，然后他爬到塔楼上，看着身穿蓝色工作外套的邮递员走过来，当邮递员走后，他将头朝下从塔楼上跳下去，摔到塔基的岩石上。他设想让在树林里干活的伐木工人们最先看到自己。所以，他将会爬到向外突出的台阶上去，节日悬挂旗帜的旗杆就立在那里。他将用力摇这根旗杆，把它摇断，然后与它一起摔下去。人们一定会认为这是一场意外事故。塔楼非常高，加上他的体量很大，所以摔下去后他会立即死去。

他马上开始写信。他把行凶的过程，内心的痛苦，对这件事的悔恨，全都详细地叙述出来。在信的结尾处，他表示他将会自行了断，同时请求他的老朋友为他保守秘密，不要让他的名声在他死后受到玷污。

写完信，外面已经天光大亮。他把信封起来，盖上封印，把地址写好，然后悄悄地走了出去。钉在农庄角落的墙上的那个小白箱子是他的目标。他径直朝它走去，用颤抖的双手把这封信放进信箱里。之后，他立即返回，插上大门的门闩，爬到塔楼上。他在那里静静地等待着邮递员到来，将看着邮递员带走宣告他死亡的信。

现在，他觉得非常平静，因为他终于获得了解脱，逃离了苦海。

一阵干燥冰冷的风吹到他的脸上。他把嘴巴张开，大口地呼吸着，把这让人感到舒服的寒风吞到肚子里。在红彤彤的天空下，银装素裹的平原在早晨阳光的照耀下不断地泛着亮光。勒那尔代没戴帽子。他站在那里，向前眺望，辽阔的土地就在他的面前。他看到了左边的牧场，也看到了右边的村庄。此时村民们正在忙着做早饭，家家户户的烟囱都冒着烟。

他向下看，看到勃兰第耶河河水正在穿过两岸的岩石，不断地向前流淌。很快，他就会跳下去，让那些岩石夺去他的生命。这个美好冰冷的早晨，让他产生一种重获新生的感觉。他觉得自己身上充满了力量。他沐浴在晨光中，重新看到了希望。他回想起无数往事。在那些与此相似的早晨，他会去池塘边打猎，快速行走在坚硬的土地上，脚下响起土地的叫声，那时是多么幸福啊！他回想起各种美好的事物。它们用希望作诱饵刺激着他，他那强壮的身体里的所有的欲望因此全部苏醒过来。

难道就这样死掉吗？就因为害怕一个幽灵，害怕一些无关紧要的一些小事儿，便愚蠢地结束自己的生命？他还年轻，并拥有一大笔财产。实在太傻了！而他只需要出去旅行一段时间，让自己放松一下，就可以忘掉那些事情。那个小女孩儿今天夜里就没有出现。这是因为他忙着做其他事情，他的精神完全集中到那件事情上面去了。也许她再也不会出现。就算她仍然纠缠着他，她也只会出现在这座房子里。他去了别的地方，她就不会跟去了。未来还很遥远，世界何其辽阔！他有很多选择，为什么偏要选择死呢？

他看到，一个蓝点儿在勃兰第耶河的小路上移动着。那是梅戴利克，他把城里的信送到这里，把这里的信带走。

勒那尔代浑身上下都产生了一种痛苦的感觉。他马上冲下螺旋形

小罗克

的楼梯。他要向邮递员要回这封信,现在,他已经不再关心是否被人看到。草地上铺着一层薄霜。他跑着穿过草地,来到农庄拐角的信箱前。邮递员与他同时到达那里。

邮递员把信箱的小木门打开,看到村民们投进去的几封信。他把信取出来。

"梅戴利克,你好!"勒那尔代对他说。

"村长先生,你好!"

"梅戴利克,我投进信箱一封信,后来我想起来,它对我来说还有别的用途。所以我希望你把它还给我。"

"村长先生,没问题,我马上就把它还给你。"

邮递员抬头看了一眼。他被勒纳尔代的样子给吓坏了。勒纳尔代的样子十分可怕——他的脸变成了紫色,头发乱作一团,两个黑眼圈使他的眼睛看起来仿佛深陷在脑袋里,他的胡子很长,乱蓬蓬地贴在一起。这充分说明,他整夜没有合眼。

"你生病了,村长先生?"邮递员问道。

勒那尔代突然意识到,他的样子和动作一定非常奇怪。他无法控制自己,吞吞吐吐地说:"没有……没有……我正在睡觉……想到向你要回这封信……所以……我来找你……你懂吗?……"

邮递员觉得村长的话有些异常。他问道:"什么信?"

"你马上还给我的那封信。"村长回答说。

梅戴利克感觉到村长的态度很不自然。他不知道是否应该把信还给他。也许一桩政治秘密就藏在这封信里。勒那尔代不是共和派,对此,邮递员十分清楚。他对人们在选举过程中使用的阴谋诡计也有所了解。

"收信人是谁?"他问道。

"预审法官彼图安先生。他是我的朋友,你很清楚这一点。"

邮递员很快找到了那封信。他把它拿在手里,翻来覆去地看起来。

他不知道该怎么办。他也很害怕——这封信可能会让他变成村长的敌人，也可能让他犯下非常严重的政治错误。

勒那尔代看到邮递员犹豫不决，就伸手去夺邮递员手里的信。通过这个突如其来的动作，邮递员确信这件事关系重大，因此他决定履行自己的职责，就算付出再大的代价也在所不惜。

于是，他打开他的信袋，把这封信扔到里面，并把信袋合起来。他说："村长先生，我不能把它还给你。因为它是写给法院的，我要把它送到那里去。"

勒那尔代感到一种不安的恐慌。他断断续续地说："可是你对我的为人非常了解。就连我的笔迹，你也能够认出来。我告诉你，我需要这封信。"

"我不能把它还给你。"

"梅戴利克，我绝不会欺骗你的，你也明白这一点。我需要它。"

"不行。我不能把它还给你。"

勒那尔代相当恼火，浑身颤抖起来。

"可恶的家伙，你要小心。你知道我说的是真的。我并没有和你闹着玩儿。如果你不把这封信还给我，我马上可以让你当不成邮递员，让你丢掉饭碗。何况，我是这里的村长，这里归我管辖。你给我听好了，我让你马上把这封信还给我。"

"不，村长先生，我不能把它还给你。"邮递员非常明确地回答道。

勒那尔代发起狂来。他伸手抓住邮递员的胳膊，想要把他的邮袋夺过来。但是，他没有成功。邮递员用力挣脱他的双手，一边举起他的粗冬青手杖一边向后退去。他并没有因此而恼怒，而是用平静的口气说："村长先生，我正在履行我的职责。如果你再碰我的话，小心我对你不客气。"

勒那尔代觉得自己已经走上毁灭的道路。他的态度一下子软了

小罗克

下来，谦卑地哀求道："好朋友，别这样。把信还给我吧，我给你钱，我给你一百法郎，一百法郎。"

邮递员转身离开。

勒那尔代喘着粗气跟在他身后，不断地哀求道："梅戴利克，我给你一千法郎，只要你把信还给我，一千法郎就是你的了。"

邮递员不理他，继续往前走。勒那尔代说："我给你一大笔钱，让你发财……你听好了，我给你五万法郎……只要你把信还给我，我就给你五万法郎……怎么样？不行？……那好，我给你十万法郎……你听清了吗？……十万法郎……十万法郎……"

邮递员转过身，用愤怒的眼神看着村长："别再说了，否则我会把你刚才对我说的话，一字不差地讲给法院听。"

勒那尔代马上停了下来。他彻底完蛋了，一点儿希望都没有了。他转身像一头被猎人追赶的野兽那样跑向自己家里。

梅戴利克被村长的举动惊呆了。他也停下来，看着村长向自己家里跑去。直到村长回到家里，他仍然站在那里。他在等待着，因为他的直觉告诉他，将会发生一件惊人的事情。

没过多久，他就在勒那尔塔楼顶端看到了勒那尔代庞大的身躯。勒那尔代近乎疯狂地绕着平台奔跑，之后，他伸出双手抓住旗杆，用尽浑身力气摇晃着，好像非要把它折断不可。但是，他没有做到。突然，他高举着双手，跃向空中，宛如游泳健将跳入水中。

梅戴利克向塔楼跑去。他想去救勒那尔代。当他穿过花园的时候，那些去大树林干活儿的伐木工人也正好经过那里。他叫住他们，大声地把他看到的情况讲给他们听。伐木工人们与他一起赶去。当他们来到墙角时，一具布满鲜血的尸体已经躺在那里，头在岩石上摔得粉碎。这块儿岩石阻拦着勃兰第耶河向前奔流。在它周围，河水形成开阔的水面。人们看到，鲜血和脑浆正在被一股红色的细流带走。

一根细绳

　　一个老实巴交的农民被有过节的人诬陷,但是没有人听他解释,也没有人相信他说的话,最后他在忧愤中死去。

那天是赶集的日子，农民们和他们的妻子走在葛代维尔城周围所有的大路上，他们正向城镇走去。男人们迈着从容的步伐向前走，他们的身体由于那弯曲的长腿向前迈步而往前倾斜。他们的身体由于从事繁重的体力劳动而变了形。收割庄稼时，为了站稳，总要把两膝分开；用犁耕作时，由于要压住犁，左肩总要耸起来。总而言之，田地里那些既费时间又费力气的活，让他们的身体受到相当严重的损害。他们那宽松的蓝色棉布上衣，由于浆洗过而像上了一层清漆那样泛着亮光，白色的针线活儿计装饰布满袖口和领口。在瘦弱的胸部，上衣如同即将升空的气球那样鼓起来，只有一个脑袋，两只脚和两个肩膀从衣服里伸出来。

他们当中的一些人用绳子牵着一头小牛或一头母牛。在牲口后面，他们的妻子为了让牲口走得更快，便用树枝抽打牲口。那树枝上依然挂满了树叶。装着鸡或鸭的大篮子被她们挎在胳膊上。那些鸡或鸭总是把脑袋伸出来。与男人们相比，她们的步子要短很多，也要快很多。她们用被别针别在扁平的胸部的小披肩将瘦削而挺拔的身躯裹起来，将白色亚麻布裹在头顶上，外面还戴着一顶帽子。

由一匹走起路来一蹦一跳的小马拉着的单层车驶了过来，两个男人并排坐在车上，他们像果冻一般摇晃。一位妇女坐在他们后面。为了让颠簸的程度减轻一些，她非常用力地抓住车帮。

在葛代维尔广场上，人与牲口混杂在一起，形成了一个非常大的群体。在这个群体的外部，既有妇女们的头巾，也有富裕农民的长毛高筒帽，还有非常长的牛角。这个群体发出非常刺耳的高音，这种高音源源不断，形成了与文明世界格格不入的喧哗。一位身体强壮的农民从肌肉发达的胸部发出来的笑声，或者一头被拴在墙上的母牛的叫声,偶尔会穿过这种喧哗,传到人们耳朵里。

牛奶、马厩、汗臭、干草、粪便,这些人与牲口的味道,这些令人作呕的味道,在空气中弥漫着。

布雷奥特城的豪克考尼老爹刚刚来到葛代维尔。他正走在通向广场的路上。突然,他看到地上有一根细绳。豪克考尼是一个勤俭节约的人。——在这方面,他与每个真正的诺曼人相同。他想,这根小绳可能有用,还是捡起来吧。他得了关节炎,弯腰很困难,但他还是忍受着痛苦,弯腰将那根细绳捡了起来。当他正打算将它小心翼翼地缠起来的时候,他看到了站在自己家门口的马具匠马兰德恩老板,马兰德恩也正在看着他。他们两个人以前因为马笼头的事情闹了一点小矛盾,直到现在,他们仍然没有忘记这件事,还总想着要教训一下对方。豪克考尼觉得,在泥泞中费力地弯腰去捡一根小绳这一幕被仇人看到,自己很丢面子。他先是急急忙忙地把捡来的宝贝放到他肥大的罩衫里,后来又把它拿出来,放到马裤口袋里。之后,他又在地上找起来。那是他故意那样做的。当然了,他肯定什么也没有找到。最后,他向前探着脑袋,继续向市场的方向走。他的腰因为疼得厉害,弯下去更多了。

很快,叫嚷着向前缓慢移动的人群就把他给淹没了。每个人的状态都非常亢奋,这是不停地讨价还价造成的。农民们抚摸着老黄牛,走到别的地方去了。可是没过一会儿,又再次回到那里。他们害怕被卖主欺骗,总是拿不定主意,不停地向卖主询问牲口的毛病,试探卖主的伎俩。

妇女们将挎在胳膊上的大篮子拿下来放到脚面,把两只脚绑在一起、冠子鲜红、十分恐慌的家禽拿出来放到地上。

有买者来报价,她们听着,但是不愿改变原价。她们的脸上没有一丝表情,也不会说三道四。有些时候,看到顾客迈着步子慢慢离开,她们会突然改变主意,决定接受买主的还价,便会大声喊道:"安特罕姆大爷,好了,你拿走吧。"

广场上的人逐渐减少。天主教堂敲响了钟声,中午祷告时间到了。于是,那些由于路途遥远而无法回家的人,便去饭店吃饭去了。

乔丹老板开的小饭店门庭若市。顾客将门厅坐满,很多车辆停在大院子里,使得大院没有多余的空地。这些车种类繁多:大型游览车、双篷有轮轻便马车、两轮单马车、轻便双轮单马车,还有一些叫不出名字的马车。它们有的打着补丁,非常破旧,有的尾巴高高翘起鼻子却插进地里,有的辕杆像臂膀一样面对着天空。

明亮的火焰在宽大的壁炉里欢腾。桌子右侧一排座位的背部被烤得火热。三个插着羊腿、鸽子和鸡的烤肉叉在旋转。炉膛里散发出从黄色肉皮上滴下来的肉汁香味和让人垂涎欲滴的烤肉香味。客人们非常开心,口水都快流出来了。

乔丹饭店的老板非常机灵,他还兼做马贩子,有很多钱。由于他的经营,所有庄稼人中的有钱人都到乔丹饭店吃饭。

菜被一盘接一盘地端上来,黄色的苹果酒被一罐一罐地摆到桌子上,人们很快就将它们送进肚子里。人们都在热烈地谈论着,买的货或者卖的货是他们谈论的话题。此外,庄稼的生长情况也是他们谈论的话题。天气很适合绿色作物的生长,但是麦子并不是很喜欢这种天气。对它们来说,天气有些潮湿。

突然,咚咚的鼓声在房子前面的院子里响起来。除了几个对此毫不关心的人之外,其他的人全都站了起来。他们嘴里嚼着饭菜,手里拿着餐巾,跑到窗口和门口向外面看去。

鼓声响了很久。之后,发布公告的差役拿出一份公告,大声读了起来。他的声音急促,有些地方停顿不当。

"葛代维尔的居民,以及来到这里赶集的人们,在今天早上,九点到十点之间这段时间,有人将一个装有商业票据及五百法郎的黑色皮包,丢在布什维尔路上。如果有人拾到此物,请立即将它交给曼那韦尔的法蒂内·霍尔卜瑞克老板，或交到镇长办公室。失主将拿出二十法郎作为酬金。特此通告。"

他说完之后就离开了。过了一会儿，沉闷的鼓声和发布公告的差役的声音又从远处传到人们耳朵里。

于是，这个偶然发生的事件就成了众人谈论的话题。大家纷纷对霍尔卜瑞克老板能否找到这个皮包进行猜测。

人们继续吃午餐。

宪兵班长在大家即将喝完咖啡时出现了。他站在门廊里，问道："这里有一位来自布雷奥克城的豪克考尼先生吗？"

坐在桌子另一头的豪克考尼老爹回答说："有，我在这儿。"

班长说："镇长有些话要对你说，所以想请你去他的办公室一趟。豪克考尼先生，请你跟我们去吧！"

班长的话让这位农民有些吃惊。他感到有些不安，端起一小杯酒，一口气就喝光了。他站起身来，由于他的腰每次休息之后走前几步都会更疼，所以他的腰比上午弯得还要厉害。他离开座位，嘴里不停地说："我在这儿，我在这儿。"

于是，警官把他带走了。

胖胖的镇长正坐在沙发里等着他。他是这个地方的公证人，表情看起来非常严肃，总喜欢高谈阔论。

"豪克考尼先生，今天上午，"他说，"有人看到曼那韦尔的霍尔卜瑞克丢失的皮包，被你在布什维尔路上捡到了。"

这位农民被镇长对他的怀疑吓得目瞪口呆，他不知所措，眼睛盯着镇长看。

"我，我捡到一个皮包？"

"没错，就是你。"

"我根本就没看见过什么皮包。"

"就是你捡的,有人看见了。"

"谁看见了?"

"马具匠马兰德恩先生。"

于是这位老人明白了这是怎么回事。他十分生气,脸涨得通红,大声喊道:"那个无耻的小人,他看到我了?没错,他是看到了,我捡这根细绳时被他看到了。看,镇长先生。"

他在口袋里摸索很久才把那一根细绳拿出来。

可是,镇长摇摇头表示不相信。

"豪克考尼先生,我不会相信你的。那位马兰德恩先生值得信赖。他怎么会把一根细绳看成一个皮包呢?"

那位农民气愤至极。他把手举了起来,为了证明他的清白,特意向旁边唾了一口。他说:"神圣的真相,上帝非常清楚,镇长先生。我再重复一遍,我用死亡和我的灵魂来发誓,我绝没有捡到皮包。"

"你把那个皮包捡起来之后,为了防止有钱掉到外面,还在泥里找了很久。"镇长说。

这位好人快要喘不过气来了,恐惧和恼怒让他窒息。

"如果有人说这样的谎话,那么一个诚实的人就被毁掉了。如果有人……"

他的抗议仍然无法让人相信。

镇长要求他与马兰德恩老板当面对质。马兰德恩老板又重复了一遍原来说过的话,他还坚持认为豪克考尼捡到了那个皮包。他们两个人大骂起来,整整持续了一个小时。豪克考尼要求镇长派人搜他的身。他们将豪克考尼浑身上下搜了一遍,一无所获。最后他被镇长放走了,因为镇长对这件事充满了疑惑。但镇长对他发出了警告。镇长说他要求通知检察官办公室,并请求检察官发布命令。

人们很快就知道了这个消息。他们在豪克考尼老爹刚刚从镇长办公室出来之后，就把豪克考尼老爹围了起来。他们或带着嘲笑的神情，或出于好奇，纷纷向他提问。这些人没有一个对他的遭遇表示愤慨，为他感到不公。他开始把细绳的故事讲述出来。人们都觉得他的话非常可笑，根本不相信他。

他一个人走了。遇到熟人时，他就会把他们截住，把他的遭遇讲给他们听，对他们说他被冤枉了，为了证明他的清白，他还把口袋翻过来让人们看。

人们都说："不要再胡扯了，你这个老头子！"

没有人相信他，他便对自己生起气来。他非常激动，浑身都在冒火，简直要发疯了。除了继续讲他的故事，他不知道该怎么办。

天黑了下来。他不得不回家。他与三个邻居结伴而行，开始往家走。路上，他把自己捡到细绳的地点指给他们看。他时刻不停地谈论着自己的不幸遭遇，一路上都是如此。

晚上，为了让布瑞奥第村的每一个村民都知道他的不幸遭遇，他在村子周围转了一圈。可是，村民们没有一个相信他的。

因此，整整一夜，他心里一直都不是滋味儿。

第二天下午一点钟左右，曼那韦尔的霍尔卜瑞克收到了他的皮包和里面所有的东西。伊毛韦尔的一个农民，马里厄尔·波梅勒·布雷顿老板雇用的一个农工，把皮包交给了霍尔卜瑞克。

那个农工说，他在路上发现了皮包。由于不认识字，他觉得带回家交给主人处理更合适。

人们很快就知道了这个消息，豪克考尼老爹也知道了，他马上出发了。现在他的故事有了结局，总算完整了。他非常高兴，一路上不停地讲述着他的故事。

"你知道，"他说，"事情本身倒没什么，说谎是最让你感到不幸的。我觉得最伤心的事，莫过于被人冤枉说谎了。"

他无时无刻不把那奇特的遭遇挂在嘴上。在酒店里，他对喝酒的人讲；在路上，他对来来往往的行人讲；在教堂里，他又对做完弥撒的人讲。在路上遇到陌生人时，他甚至会把那个人截住，然后滔滔不绝地讲起来。他的大脑总算可以休息一下了，但是有一件他也说不清楚的事情总是让他感到尴尬。他好像并没有将人们彻底说服，不然他们为什么在听他讲时，会觉得可笑呢？他感觉到，有很多人在他背后说闲话。

一个星期之后的星期二，仅仅是为了讲述他的遭遇，他又去了葛代维尔镇市场。

站在门廊里的马兰德恩看到他后，竟然放声大笑起来。这是怎么回事？

豪克考尼看到一位来自克里克托的农民，就走过去和他交谈。他的话还没有说完，那位农民就打断他，在他的心窝上戳了一下，冲他大声嚷道：“你这只狡猾的狐狸，该干什么就干什么去吧！”说完之后便离开了。

豪克考尼不再说话。他产生出一种不祥的预感，而且这种感觉越来越强烈。狡猾的狐狸，那个人为什么要这样称呼他呢？

他来到乔丹的餐馆里，坐下之后，他又开始对绳子的事进行解释。

"你这个狡猾的家伙，简直是一派胡言。我完全了解绳子的事。"一位马贩子对他喊道，他是从蒙第维利耶赶到这里来的。

"可是皮包已经物归原主了。"豪克考尼断断续续地说。

"老家伙，根本就不是那么回事。你们做得可真不错，一个人捡到了它，另一个人又把它送还失主。你的手段真是高明。我不知道你是怎么做的，但是我认识你。"

豪克考尼脑子里一片空白。最后，他终于搞清楚了，原来人们都认为他让同伙把皮包送还给失主。

他要向他们解释清楚，但是没人听他的，整个桌子的人再次大笑起来。

他已经没有吃饭的心情了。他离开了饭店,在他身后,人们嘲笑他,骂他。

他回到家里,脑子里一片混乱,又加上愤怒,他感到喘不过气来。他具有诺曼人的精明,就凭这一点,他完全有能力按照人们指责他的方式来做这件事,甚至可以把它当成他灵巧的方法,向人们进行吹嘘。这是让他感到更为痛苦的原因。他的脑子一片混乱,由于自己被大家认为是一个非常狡猾的人,他觉得他的不白之冤根本无法洗清。他的心被大家怀疑他说谎这件极不公平的事狠狠地刺痛了。

于是,他又开始把他不幸的遭遇挂在嘴边。每次讲述的时候,他都会加上更严肃的誓言,更有力的辩解,还有一些新的论据,此外,他每天都会把故事讲得长一些,这些都是他一个人独处时想出来的。除了绳子这件事,他的脑袋里再没有第二件事,他的推理越来越严密,辩解也越来越复杂。可是,相信他的人非但没有增加,反而还减少了。

人们在他背后说:"从一个说谎者嘴里说出来的话,根本就不值得相信。"

他算是看透了这件事。他被折磨得疲惫不堪,他咬着指甲,无能为力。

他瘦了很多。

现在他仍然被要求讲述"细绳的故事"。要求他这样做的是一群爱搞恶作剧的人。就像让一个打过仗的士兵讲述战场上的故事一样,他们这样做完全是为了取乐。这个打击对他来说太严重了。因为这件事,他的脑子变得越来越衰弱。

十二月时,他病倒了,躺在床上。

第二年一月初,由于精神错乱造成的痛苦,他离开了人世。在临死前,他还不停地为自己辩解:"在这里,看,一根细绳,一根细绳,镇长先生。"

修软椅的女人

✦

　　这篇小说描写了一个流浪女的爱情故事。她自小四处奔波,当她爱上了一个男人,并省吃俭用攒钱给他的时候,却发现对方只是贪图自己的钱财。后来她试图自杀,没有成功,但在临死前,她还是决定把全部财产留给这个男人。

这天，贝尔特朗侯爵在家中举办宴会，庆祝狩猎活动有一个好的开头。大厅被装饰一新，在温暖的灯光烘托下显得十分奢华，满桌菜肴之间还点缀着鲜艳欲滴的花朵。十一位猎手全部到齐，另外还有一名医生和八名年青少妇，大家兴致高昂，有说有笑，直到聚餐结束后仍没有停止谈论。

此时正巧在谈论着爱情，每个人都对爱情有着自己的见解，因此他们显得格外积极主动，忙不迭地说出自己的看法，生怕会被别人挤压下去。他们不知疲倦地争议一个问题：一个人能拥有多少次真爱？有人说真爱只有一次，有人说一个人只要真心付出，那么每一份都是真爱。双方各执一词，不断举出事例证明自己的观点。在男士们看来，一个人只要拥有过一次热烈的爱情，他就会像吸食毒品的人一样对爱情上瘾，并且要爱得轰轰烈烈才罢休，当然这样也会产生不好的影响，如果某一次爱情让他伤透了心，任凭如何追求也得不到的话，巨大的打击将使他永远无法翻身。这种观点其实是正确的，现实中确实有人会疯狂地追寻热烈的爱情，但女性唯美、浪漫的思想让她们更倾向于一生一次真爱，她们往往用感性的目光看待事物，加上对完美情感的幻想，她们认定人的一生只能出现一场轰轰烈烈、发自肺腑的爱情，它像一道闪电，瞬间点燃两个人的爱情火花，在熊熊燃烧的爱火中，除了他们自己，周围的一切都不复存在，他们不再理睬其他人倾慕的眼光，也不再幻想与他们无关的美梦。

侯爵是一位涉世颇深、见多识广的人，他也经历了不少爱情，因此他不赞同女士们的看法，他对大家说：

"我认为人的一生中可以出现多次真爱，只要你付出真情，单纯、真挚地在每一场爱情中对待你的另一半。那些殉情的人是愚蠢的，我敢保证，只要他们挺过最初的痛苦，以后仍然会有轰轰烈烈的爱情发生在他们身上。只要有足够的勇气和信心，乐观对待未来，真爱将伴随他们走进坟墓，可想而知，殉情的人错失了多少宝贵的爱情！爱情确实会让人变成瘾君子，怎么爱也爱不够，总想拥有比上一次更刻骨铭心的爱情。这种行为其实就是贪婪，是深藏在人类骨髓中的本能。"

侯爵的话不无道理，但仍有一些人坚持与侯爵相对立的观点，大家的一通争辩毫无结果，恰好宾客中有一位从巴黎退休的老医生，因此人们纷纷请这位来自大城市的老人发表看法。

但老人却站在中立的位置上，他对大家说：

"每个人的性格都不同，因此对事情的看法也不尽相同，这一点我同意侯爵先生的说法。我无法评判你们谁对谁错，不过我听说过一场历经五十五年的爱情，它一直存在于当事人的心中，然而当事人的去世也给这场爱情画上了休止符。"

侯爵夫人对老医生的话表现出极大的热情，她拍着手赞叹道：

"真是一场浪漫、真挚的爱情！我们追求的不正是这样的爱情吗？五十五年不间断的爱，付出的人是多么伟大，得到的人又是多么幸福啊！这位得到如此伟大爱情的男人无疑是世界上最幸运的人，上天对他的眷顾令人羡慕。"

老人嘴唇一抿，微笑着说：

"您说得真准，夫人，确实是一位男士得到了这份爱情。您应该认识开药店的苏盖先生吧？就在咱们镇上，他就是那位男士。而付出这份爱情的女人，说起来您也认识，您家里的软座椅每年都由一个老妇人进行维修，她便是那个女人。"

年青少妇听到爱情的主人公竟然是地位低下的人，不禁露出鄙夷的神情，对这份爱情的好奇心也消失不见。她认为，爱情只属于身份高贵、举止优雅、有着良好教养的人。

老人开始慢慢叙述：

三个月前的一天，这位老妇人拉着那辆装满全部家当的马车来到镇上，拉车的瘦马和那两条同时担任护卫和朋友的黑色大狗想必在座各位都看到过。她知道自己的生命即将走到尽头，因此请我和神甫给她的遗嘱作证，当我赶到时，发现她的情况比我想象中还要严重，她只剩下最后一口气了。在说出遗嘱后，她又把自己一生的遭遇向我们娓娓道来，好让我们不至于对她的遗嘱产生误解。听了她的经历，我不禁对眼前这个老妇人产生了怜悯之心，她的故事实在让人悲伤。

从小她便跟着当修椅匠的父母四处漂泊，家对她来说是一个模糊的概念，走到哪儿，哪儿就是她的家。

长期的流浪生活让小女孩儿变得邋遢、随意，她的衣服总是破破烂烂的，身上还长着虱子。每到达一个村庄，父母便在靠近村口的地方把马车安顿下来，然后给马喂饲料，再进村里寻找修椅子的工作；狗坐在地上，把头放在伸直的爪子上睡觉；小女孩儿则在一旁的草丛里玩耍，如果父母得到了活计，他们就会坐在路旁的大树下修理椅子。这家人很少相互交流聊天，流浪让他们失去了对生活的美好向往。有时他们也会相互说上几句话，但一般都是催促对方去村里招揽活计，喊上几嗓子"修椅子啦"；要不就是在小女孩儿和村里顽皮的孩子嬉戏时，父亲对她的一声怒吼："快点儿回来，别惹麻烦！"虽然这是一句严厉，甚至可以说是一句毫无温情的，充满叱责的话，但在小女孩儿的心中，它是仅有的一句对自己表示关怀的话。

小女孩儿慢慢长大，也能帮父母做一些事情，她开始四处搜集废弃的座椅垫，因而她也认识了不少同龄人，大多是男生，但是她和他们无法友好地相处，男生们的家长看到自己的孩子和一个衣着破烂的女孩儿玩耍时，总会朝他们大呼小叫："不准和她玩儿！你这个顽皮的孩子，还不快点儿回来，以后不能和乞丐在一起！……"

还有一些孩子则会对着她丢石子，偷偷讥笑她。

当然也有好心人，通常是善良的妇女，会给她一点儿赏钱，她便一点儿一点儿积攒起来。

十一岁的时候，一家人来到我们镇上，她不经意间从墓地经过，看到一个小男孩儿正伤心地哭着，他就是苏盖。苏盖的行为让她产生了好奇的心理。原来苏盖的两个钱币被同学偷走了，但这件事在小女孩儿看来并不觉得有多伤心，因为苏盖家开着一家店铺，他应该生活在快乐和幸福之中，反倒是过着贫困生活的孩子才应该哭泣。不过小女孩儿没有多想，她把自己仅有的全部财产，七个苏，统统拿给了小男孩儿，苏盖看着放在自己手里的钱币，停止了哭泣，也没有不好意思，仿佛这些钱原本就是他的。女孩儿看到苏盖没有表示反对，马上露出惊喜的神情，她抑制不住内心的激动，也不知从哪儿来的勇气，居然对着苏盖亲了一口。小男孩儿此刻全部注意力都在钱币上，因此对女孩儿的大胆行为没有拒绝。这下小女孩儿更加兴奋起来，第一次的成功让她紧接着亲吻了第二下，苏盖就像一个珍宝，她使劲地拥着他，生怕别人抢走，一番热情之后，小女孩儿放开苏盖离开了。

单纯的小女孩儿对自己的大胆行为显然无法理解，自己这是怎么了？毫无疑问，她喜欢苏盖，但这份感情是如何产生的呢？是他得到了自己的初吻，还是他得到了自己辛苦积攒多时的财产呢？都说只有大人们才会烦恼，其实孩子们也有令他们困扰的烦心事。

在接下来的几个月里，那位出现在墓地，并且拿走了她全部积蓄的男孩儿一直在她的脑海里浮现。她迫不及待想再次与他相见，为了多攒一点儿钱，她经常趁父母不注意的时候拿走修理费中的一点儿零钱，要不就在购物时谎报开销。

当她攒了两法郎后，她立即跑来和苏盖见面，可是这次她只能站在苏盖家的药店外痴痴地看着他；他站在玻璃窗后面，衣服干净整洁，身旁摆着一个浸有绦虫标本的瓶子，还有一个装着药水的红色瓶子。她痴迷地看着这一切。

透明锃亮的玻璃瓶罐和各种颜色的药水就像迷魂药一样让她着魔，而这之中最重要、最引人注目的毫无疑问就是苏盖，她对苏盖的爱恋更深了。

怀揣着美好的回忆，一年过去了。这天，她看到苏盖在学校后面和同学玩儿弹珠，于是她高兴地跑上前，抱着苏盖就是一顿猛亲，她的鲁莽行为惹得苏盖不停地叫唤。于是她拿出积攒的三法郎二十生丁，交到苏盖手中。对孩子来说，这无疑是一笔巨款，苏盖不再喊叫，呆呆地看着这些钱。同上次一样，他默许了女孩儿对自己的亲吻和拥抱。

在之后的四年时间里，女孩儿想方设法积攒下钱财，每和苏盖见一次面，她就把那些钱拿给他，而他也不觉得愧疚，坦然接受女孩儿赠予的每一笔财产，当然他也给予女孩儿想要的东西，收下钱后，他任凭女孩儿对自己吻个不停。钱的数目并不固定，有时是两法郎，有时是三十个苏，还有一次只有十三个苏，这一点儿钱她简直不好意思拿出来，生意清淡让她的积蓄也变少了。最多一次她给了苏盖五法郎，五法郎的钱币可真漂亮，苏盖接过钱后笑得比任何一次都要灿烂。

她的全部心思都在苏盖身上，每时每刻都想念着他。那么苏盖是如何看待这一切呢？他似乎对女孩儿也有好感，他怀着期盼的心情等待着女孩儿的下一次出现，然后他会匆忙跑到她面前，他的举动着实让女孩儿激动不已，她以为苏盖也爱着自己。

中学后，苏盖再也没有出现。女孩儿焦急地打探着他的消息，终于得知心上人在什么地方，为了见他一面，女孩儿用了一年的时间尝尽各种办法，暗地里促使苏盖一家人的出行路线发生变化，并最终让他们从自己停留的地方经过。两年的时间足以让一个人变得陌生，当女孩儿再次看到苏盖时，他已经成为一个英俊高大的美男子，笔挺的学生制服和泛着金黄色泽的纽扣让他看起来更加神气。但他的目光没有停留在女孩身上，反而直视前方，仿佛女孩只是一团空气。

他的无情让女孩痛哭不已，眼泪整整流了两天，自此，苏盖像变了个人一样，从前的热情消失不见，只有痛苦和折磨陪伴着女孩。

她仍然过着流浪的生活，但每年她都要回到镇上看望苏盖，有时是远远张望，有时是擦肩而过，她已经没有勇气和他说话，他也从未打算跟她恢复关系。不过她对苏盖的爱没有因此减淡，她仍然深爱着他。这个可怜的老妇人说："医生，他是我心目中唯一的男人，除了他，别的男人我从未正视过。"

时间慢慢流逝，父母也都过世了，剩下她独自一人奔走在村庄之间。她又养了一只狗，现在她有两个忠实的卫士和伙伴，谁也不敢欺负她。

当她再次回到熟悉的小镇上，她发现有一位年轻貌美的姑娘陪伴在苏盖身边，他们一起从药店出来，苏盖结婚了，那位姑娘就是他的妻子。

这件事几乎摧毁了她的全部意志，就在她看到苏盖夫妇的那天晚上，悲痛欲绝的她扑进广场水池里，幸好被一个醉醺醺的男人救了出来。当时已经很晚了，这个男人把她抱到药店，苏盖从睡梦中被吵醒，看到她后，他仍然假装和她素未谋面，他脱下她湿淋淋的衣服，给她吃了点药，又帮她搓热四肢，同时大声斥责她："你真是无可救药！怎么能做这种事？"

她对他的责骂毫不在意，相反，她高兴了好长一段时间，苏盖终于不再躲避自己了！幸福和快乐又重新回到了她的身边。

为了这次的医疗费，两人相持不下，一个执意要给，一个拒不接受。

可以说她的全部生命都奉献给了苏盖，做工时，她想着苏盖，不做工时，她更加想念苏盖。现在她可以不时去药店买些日常药品，不但可以和苏盖说上话，还能把自己攒下的钱交给他。当然，她也经常站在店铺外，透过玻璃窗凝视他的身影。

故事开头我就说了她已经不在人世。在她对我和神父说完自己的故事后，她把全部钱财都托付给我，请求我送到那个她深爱的男人手中。她对我们说，自己辛苦的一生都是为了苏盖，她想方设法省钱，不顾自己的生活和健康，只希望苏盖看到这些钱的时候能够想起她。

两千三百二十七法郎，她的全部财产。我付给神父二十七法郎，好让这个可怜的夫人有一个体面的葬礼，剩余的钱我打算第二天交给苏盖。

当我来到苏盖家中时，他和妻子相对而坐，正好吃完中饭，他们看起来十分惬意，举止优雅，有着富人们特有的红润脸色和稍显宽大的身材，整个家中散发出一股药味。

我坐下来，接过酒杯，那里面装着樱桃酒，接着我把老妇人的遗嘱和她的故事统统告诉他们，本想着他们会和我一样悲伤和感动，没想到事情出乎我的意料。

我才一提起修椅匠，那位贫寒、邋遢的妇人，并且说她曾深爱苏盖时，他就像被蝎子蜇了一下，立马跳起来开始咒骂，仿佛和那个女人相提并论会给自己的声誉带来巨大损失，他是多么优秀、多么正派的一位绅士，视声誉如生命，怎么能让地位低贱的女人随意毁坏呢？

他的妻子也表现出十足的愤怒，一直不停地骂着："不要脸的女人！不要脸的女人！……"她似乎气坏了，说不出其他的话。

苏盖怒火冲天，他暴躁地在饭桌旁来回走动，剧烈的行为使得他头上的睡帽滑了下来，挂在一只耳朵上。他气愤地对着我不停絮叨："医生，这种事怎能发生在我的身上！实在意想不到！我太大意了，真该早点发觉她的不良企图，这种人就该在牢狱里度过一生！我敢保证，医生，如果让我预先知道的话，她肯定是这种下场。"

说实话，面对他们如此激烈的反应，我不知该说些什么，差点忘了还有最重要的事情没做。他们的态度让我寒心，不过我还是把她托付的事情办完了。我对苏盖夫妇说："她临终前已经把自己的全部财产都留给了您，一共是两千三百法郎。但是你们如此排斥她，我看这些钱还是分发给穷苦的人吧。"

他们显然没料到事情竟会这样，都愣在那里。

我把两千三百法郎从衣袋里拿出来摊在桌上，这些钱有整有零，有外国的，也有本国的，我重新点了一遍，确认数目没错后问道："怎么样？你们打算怎么做？"

妻子率先说道："这个……您都说了是她的遗嘱，那么我们也只有接受的份了。"

苏盖则显得有些不安，他附和着妻子说："也对，我们不能让她失望，这笔钱……孩子们正需要一笔钱来改善生活。"

我冷漠地看着他们，说："那就这样。"

苏盖接着说："就这样，钱我们收下了，为了尊重她的遗愿，我们会把一部分钱投入慈善事业中去。"

接着我就离开了。

次日，苏盖突然来到我家，招呼也不打，首先问道："那辆马车……就是死了的那个女人，她的马车是您保管着吧？您需要吗？"

"我用不上，您若是需要的话就给您。"

"正好，那我拿走了，我想在菜地里盖一个窝棚，马车正好能派上用场。"

临走前，我又问他：

"她的马和两只狗，您需要吗？"

他呆了一下，随即反应过来，对我说：

"不用了，我不需要，随您处置吧。"

说完他笑着和我握手，我也勉强握了握，毕竟我和他在一个地方生活，总归有见面的时候，还是不要把关系搞得太僵，况且我是医生，他是药师，说不定我和他还有合作的可能。

她的马由神父牵走了，他家宽敞的院子很适合养马。我则收下那两条狗。她的马车已经变成苏盖家菜园里的窝棚，而那些钱被苏盖换成了五张铁路债券。

这份无私奉献、耗尽一生的真爱，迄今为止我只遇到这一次。

故事说完了，医生久久不语。
侯爵夫人热泪盈眶，她激动又感动地说：
"不得不承认，她道出了爱情的真谛。"

奥尔拉

这篇小说被认为是莫泊桑最出色的短篇小说之一。故事中主人公被自己幻想中的隐身人追逐,无法逃脱,因而陷入了极大的恐慌之中。最后,他决定放火将自家的房屋烧毁,以此摆脱隐身人的困扰,但事情总是出乎他的意料……

5月8日——今天可真美好呀！我在房子前面的草地上躺了整整一个上午。整座房子都被那棵巨大的悬铃木的绿荫遮挡住了。我的根就扎在这片土地上，所以我热爱这里，我在这里生活得很愉快。把我和我的祖先赖以生存的这片土地连在一块儿的，把此处的思想、饮食、风俗、粮食、土话、农夫那种调调儿连为一体的，把泥土、村落，乃至空气的味道都连接起来的，正是那深扎在地下的细细的根。

我从小到大一直生活在这里，这座房子深得我的欢心。塞纳河就在大道后头，流过我家花园附近，差一点就从我家穿过去了。我从窗户里就能看到那条河，它是塞纳河从鲁昂到勒阿弗尔之间的一部分，河流很长，河面也很宽。船在河上来来往往，川流不息。

鲁昂市就在左边，许多钟楼尖锐的哥特式顶端高耸在城市的上空，除此之外，就是无数蓝色的房顶。那里有不少顶端树立着教堂铁制尖顶的钟楼，钟楼的主体要么就建得很宽大，要么就建得很狭窄。有不少钟就坐落在这些钟楼里，在晴朗的早上，会有金属发出的温柔而渺远的嗡嗡声传到蓝色的空气中。那声音一直飘到了我的耳朵里，那是青铜演奏的乐曲。钟声伴随着忽强忽弱的轻风起伏不定。

这真是一个舒服的早晨。

我家的铁栅门前驶过了一支排列得很长的船队，当时已经快十一点了。一艘很小的驳船在前面费劲地带领着那支船队，不断有浓烟从驳船上飘出来。

空中又飘起了红旗，原来是两艘英国双桅纵帆帆船从那里经过。一艘巴西的三桅帆船紧随其后，这艘船真是太美了，只见它浑身上下连半分污垢都没有，雪白的船身闪烁着灿烂的光芒。不知何故，我竟朝它敬了个礼，它的确是太美了。

5月12日——我已经接连发了几天烧。我有种不舒服也可以说是愁闷的感觉。

人们由兴奋变得灰心，由满怀信心变得愁肠百结，究竟是受何种神秘莫测的能量的驱使？它就存在于我们周围，这是命中注定的，这种未知的能量好像就充斥在空气中——空气用肉眼根本就看不到。醒来以后，我觉得开心极了，产生了一种想要放声高歌的念头。——原因是什么呢？——我在河岸散了一会儿步，回家的途中，忧愁忽然袭上我的心头，让我觉得家中好像正有某种不幸的事情在等我回去。——原因又是什么呢？——我打了个冷战，我的肌肤与这冷战擦身而过，我的神经因此受到牵连，我的内心也变得黯淡不堪，难道这就是原因吗？云朵的形状，阳光以及其他物体的颜色都变幻莫测，我的头脑之所以会变得一片混乱，难道就是因为我看到了太多的变幻？有谁能做出解答呢？我们对于身边的万事万物，即使看到了，也没有看到眼里去；即使触碰到了，也不去仔细摸索一下；即使擦身而过，也毫不留意；即使亲身经历，也不详加辨别。然而，万事万物对我们的内心世界却可能发挥着快速、骇人、难以理解的作用，它们首先作用于我们的感官，随后又作用于我们的灵魂。是这样吗？

所有看不到的东西都是未解之谜！我们的感官能力有限，根本不能帮助我们感知这些东西。最小的和最大的，最近的和最远的，居住在其他星球的生物，以及居住在一颗水珠中的生物……都不是我们的眼睛所能看到的。耳朵把空气的振动转化为音符，实际上就是在对我们撒谎。振动在耳朵的作用下转化为声音，这就是音乐诞生的源头。随后，自然界中的声响会在音乐的作用下转化为动人的乐曲，由此可见，我们的耳朵简直就像会施魔法的仙子一样……与狗的鼻子相比，我们的鼻子显然要迟钝得多……我们的味蕾就算用来辨认葡萄酒的生产日期都有些力不从心！

啊！要是我们身上还长着别的感官，它们能将先前的不可能事件变为可能事件，那么我们就能在它们的帮助下，在身边找出大量的新发现！

5月16日——我生病了，毋庸置疑。就在上个月，我还是好端端的呢。我被发烧折磨得很痛苦，也可以说，我的神经紧张得就像发烧一样，这让我在精神上承受的痛苦与肉体上的痛苦不相上下。自始至终，我都有一种危险逼近的恐怖预感：某种不幸事件甚至是死亡距离我越来越近了。某种未知的疾病已经入侵了我的血液和身体，这可能就是这种预感出现的原因。

5月18日——因为晚上总是失眠，所以我刚刚去看了医生。医生说，那些可能导致心绪不宁的症状在我身上一个也找不到，我只是脉搏跳动得过快，瞳孔有些扩张，神经过分紧张而已。他建议我服用一些溴化银，并增加淋浴的次数。

5月25日——一点儿变化都没有出现。我现在的情况真是古怪。每天一到傍晚，我就会觉得十分恐慌。究竟是什么导致了这种恐慌？我说不清楚，好像黑夜将一种恐怖的威胁力作用在了我身上。晚饭我总是吃得很快，饭后我老是想读书，无奈根本就读不进去。我甚至都看不清书上究竟写了什么字。我不敢面对自己的床，更不敢跑到床上去睡觉。因此，我只能在大厅中走来走去，让那种模糊不清的恐惧感压迫在我心上，而我根本就无力做出任何反抗。

十点钟就要到了，我终于走上楼去，准备休息。进门以后，我先是给门上了两道锁，之后又把门闩插好。我觉得很害怕……是什么让我害怕？……我只是有一点点不舒服，我的新陈代谢出了点小问题，我的神经稍微有点紧张，我的身体功能尚不够完善，竟这样不堪一击——出了一点微不足道的小毛病，就让我变得如此忧郁，如此胆怯，这简直太不可思议了！要知道，我一向都是个乐观、豁达、勇敢的人。我躺在床上，等候睡眠降临到我身上，就像在等一个刽子手。在等候睡眠降临的过程中，我又对睡眠产生了恐惧。我的身体在毯子的覆盖下颤抖起来，我浑身发热，心狂跳个不停，双腿也在不停地打哆嗦。忽然之间，我就像掉进了深渊，下一个瞬间就要命丧黄泉，殊不知这就是睡眠降临的刹那，我一下子就睡着了。睡眠一直潜伏在我身边，暗中监视着我的一举一动，然后以迅雷不及掩耳之势扼杀了我，我的脑袋被它抓在手中，我的双眼也已被它关闭。这一回，我甚至没有意识到睡眠缓慢降临的过程。在此之前，我可从未有过类似的经历。

我睡了——很长时间——有两三个钟头——随后我开始做梦——哦——是我被噩梦所控制。我能感觉得到，我正躺在床上睡觉……这件事无论是在我的感觉还是意识中都非常清晰……与此同时，我感觉到一个人正朝我走过来，他看了看我，又在我身上摸了摸。随后，他也上了床，就在我的胸膛上跪下来。之后，他伸出双手拼命掐我的脖子……他掐我……他想掐死我。

我浑身一点力气都没有，就跟梦里一模一样，因此无论我怎样挣扎都无济于事。我想叫人，也想逃走，但是我既发不出任何声音，又不能让自己的身体移动分毫。我气喘吁吁，极力想将那个快要把我掐死的人甩下床去，只要我能翻一个身就行了，可我偏偏就是翻不了身。

我一下子惊醒过来，浑身都被汗水浸透了，简直害怕到了极点。我点起了一根蜡烛，房中除了我以外，再也看不到其他人。

每当夜幕降临时，相同的恐怖经历就会上演。在此之后，我再次睡着了，这一次的睡眠很安稳，会一直持续到第二天早上。

6月2日——我的病又严重了。我这是怎么了？溴化银和淋浴都对我失效了。我觉得浑身疲倦，但我偶尔还是会去路马尔森林漫步，因为我想让自己感受到更深的倦意。芳草和树叶的清香弥漫在清新的空气中，这样的空气可能会将新鲜血液注入我的血管，将新能量注入我的心中，

奥尔拉

这就是我一开始的想法。我先是在一条很宽的路上漫步，这条路是用作打猎的。随后，我又进入了一条狭窄的小路，朝布伊的方向走过去。有两排大树耸立在这条道路的两侧，我在其中行走时，连天空都看不到。因为那些树简直有云彩那么高，它们的树顶共同组成了一个深绿近乎黑色的房顶，那房顶简直厚极了，将天空遮挡得严严实实。

我忽然感受到了某种奇异的惶遽，这使我打起了寒战，尽管我并不觉得冷。

独自在这繁茂的树林中行走，使我的内心充满了恐慌，因此我加快了行走的速度。此处深沉的寂静让我觉得害怕，尽管这害怕来得如此莫名其妙、愚不可及，甚至叫人忍不住想笑。我忽然又感觉到，好像有什么人在后面跟踪我，他与我之间的距离短得简直触手可及。

我一下子转过身去，却没有发现任何人。只有那条笔直宽阔的路和路边的大树停留在我背后，路上连一个行人都没有，那空旷的景象让人不由得害怕起来。在与之相反的另外一个方向，路上同样空无一人，大路一直延伸到很远的地方，那景象叫人忍不住心生畏怯，所有的情形都跟先前那个方向没有任何区别。

我合起了双眼。原因究竟是什么呢？我踮起脚尖，飞速旋转起来，就像一个陀螺。我险些就摔倒在地上了。这时，我再次睁开双眼，旋即又不得不坐下来，因为我看到大树和地面都在我眼前旋转。至于之后的情况嘛，啊，先前我究竟是通过哪条路走到这里来的，连我自己都搞不清楚了。这想法真是太奇怪了！奇怪！奇怪极了！我已经完全糊涂了。我随便选择了一条路，就是右侧的那条路，我便是从那里进入这片树林的。之后，我就通过那条路，返回了自己家中。

6月3日——昨天夜里真是太恐怖了。接下来的几个礼拜，我都要在外面度过。说不定这次小型旅行结束以后，我的身体就会复原了。

7月2日——我回到了家里。我已经康复了。我去圣米歇尔山游览了一番，先前我还从没去过那里呢，这次的旅行真是太棒了。

我在傍晚时分抵达了阿弗朗什，在那里，我看到了一幅美景图！阿弗朗什是一座建造在小山上的城市，我在别人的带领下，来到一座地处城市边缘的公园。我简直太吃惊了，情不自禁地叫出声来。我看到了一个庞大的、无边无际的海湾，海湾两边的海岸遥遥相望。远处已经起了淡淡的雾，将两道海岸隐没在其中。一座色彩浓重、模样古怪的高峰就耸立在这片黄色大海湾的正中央，底端深埋在黄沙里，峰顶直逼金光闪闪的苍穹。彼时夕阳西沉不久，这座神奇的高峰在天边红光的照耀下，让人看得愈发清楚。另外，还有一座看上去很神奇的建筑物就坐落在峰顶上。

翌日，天刚蒙蒙亮，我就出去看那座高峰。当时正是退潮时间，海上的光景跟前一天晚上没什么区别。随着我与教堂之间的距离不断缩短，那坐落在峰顶上的教堂的高度也在不断提升，那真是一座叫人啧啧称奇的建筑。在抵达那座石峰之前，我足足走了几个钟头。有一座小城坐落在峰顶，其中尤以那座教堂的高度最为拔尖，它就在那里俯视着城中的其他建筑物。我开始朝峰顶进发，攀过一条狭窄、陡峭的小道，最后终于来到了那座教堂，它是一座哥特式建筑，看上去美极了。它称得上是世间最精美的建筑，而它的建造者则是上帝：它是如此雄伟、庞大，就像一座城市，其中有数不清的大厅和回廊，厅中都有高高的穹顶，那一道道回廊高耸在半空之中，由极细的圆柱作为支撑。这个庞大而出色的作品是由大理石建造而成的，它是如此轻巧，简直就像一道花边。沿着曲折回旋的楼梯往上走，便可以抵达教堂顶端的塔楼和小巧的钟楼。长着狮子的脑袋和羊的身体，还会吐火的怪兽，恶魔，各种古怪的动物和花朵，由精美的拱形桥连为一体，共同装饰着塔楼和小钟楼的顶端。无论是在白天还是黑夜，这些怪模怪样的装饰都在散发着各自的光彩。

一名神父陪我一起来到教堂的顶端，我对他说："神父，你生活在这个地方，想必舒服得很。"

神父却说："先生，这地方的风很大。"接下来，我们一起欣赏了涨潮时的美景，与此同时，我们的谈话也没有停止。潮水奔涌，流过沙子的表层，像将一副白盔甲穿在了沙子身上。

神父向我讲述了一个故事，这自然只是一个传说，所有发生在这里的古老的故事都不外如是。

不过，我却被其中一个传说深深震撼了。当地居民，也就是居住在这座高峰上的百姓声称，夜间时分，从沙滩上传来了人讲话的声音，跟着又传来了山羊的叫声，总共有两只山羊，其中一只山羊的叫声比较高亢，另外一只山羊的叫声则比较低沉。有人说海鸟的叫声有时候跟羊的叫声差不多，有时候则跟人的呻吟声差不多，因此他们不相信这种说法，坚持认为这只是海鸟在叫。不过，那些很晚才回家的人却说他们曾经看到一个老迈的羊倌就在这座小城附近。他们见到羊倌时，他正牵着一头公山羊和一头母山羊在沙丘上游荡。两头羊都长着很长的白色毛发，其中公山羊长着一张男人的脸，母山羊则长着一张女人的脸。它们用一种人类从未接触过的语言不断进行交流。它们会吵架，而后一下子都住了嘴，继而又发出高亢的羊叫声。为了证明自己所言非虚，说这话的人还对天发誓。

我问神父："你相信这件事吗？"

他嗫嚅道："我也不知道。"

我继续说："除了我们之外，这世上要是还存在其他人，为什么我们对此却一无所知？无论是你还是我都没有发现他们，这究竟是为什么呢？"

神父答道："我们能看到世间万物的十万分之一吗？就拿风为例吧。人会在风的作用下站立不稳，跌倒在地，建筑物会在风的作用下坍塌，树会在风的作用下连根拔起，海水则会在风的作用下掀起巨大的海浪，其高度堪比一座大山。大自然中最强大的力量非风莫属。悬崖在风面前不堪一击，大船在狂风之中也只能无奈地触礁。风呼啸而过，摧毁万物。风的的确确存在于世间，但是你看到过风吗？你能看到风吗？"

这样一番推理虽然简单，却让我连一句辩驳的话都说不出来。我不明白他到底是个哲学家还是个傻子，不过，不管怎么样，我都不会再说话了。此后，我时常会回想起他在这天说的这番话。

7月3日——我睡得很不好。我觉得很不舒服，我的车夫也是如此，这可能是因为有某种让人焦虑的东西正潜伏在我家。昨天我回到家里，见到车夫面色惨白，异于平常。于是，我问他："出什么事了，若旺？"

"我睡不好，先生，一到晚上我就觉得很焦躁。我就像是中了邪一样，自打您离家以后，我就一直这样。"

不过，其他用人全都安然无恙。那种病症会不会卷土重来？这让我深感恐慌。

7月4日——一切如我所料，先前的病症再次在我身上出现了。我又开始做以前那个噩梦。昨天夜里，我觉得有个人伏在我身上，将嘴牢牢对准我的嘴，把我的生命都吸走了。他将我的生命从我的嗓子眼里吸走了，他的动作就像一个吸血鬼，没错，就是这样。当他觉得心满意足时，他就离开了我的身体。我醒来以后，却觉得全身疲倦不堪，连一点力气都没有，几乎连动都动不了，简直称得上气若游丝。在接下来的几天，要是这种情况继续发生的话，我就只有再度离家这一个选择了。

7月5日——难道我连理智都已经丧失了？一回想起昨天夜里发生的那件事，我所看见的那件事，我就觉得惊恐不安，那件事真是太奇怪了。

昨晚我将门锁好，这是我每晚必须做的一件事。因为口渴，我又喝了半杯水。用来装水的那个玻璃瓶是满的，玻璃瓶塞下面直接就是水面，这是我在不经意间发现的。

我爬上床以后，马上就睡着了，那样一种睡眠状态真是恐怖。我在大约两个小时之后被某种震动惊醒过来，那种震动甚至比我的睡眠更骇人。

你不妨发挥一下自己的想象力：某人忽然从熟睡中醒来，见到一把刀正插在自己的胸口，原来不知是何人趁着他睡觉的这段时间来刺杀了他。他完全不明白这究竟是怎么一回事，他只是见到自己流了很多血，他只是觉得自己呼吸困难，眼看就不行了。彼时的我就处在这种状态中。

最终，我总算恢复了神智。我再次觉得口渴，遂点起一支蜡烛，朝一张桌子走过去，装水的玻璃瓶就摆放在那里。我把玻璃瓶拿起来，想把水倒进杯子里，哪曾想一滴水也倒不出来。——玻璃瓶空空如也！毋庸置疑！我一开始还是稀里糊涂的，忽然之间，我觉得非常害怕，与其说我是坐到了椅子上，倒不如说我是一下子瘫在了椅子上。然后，我又从椅子上一跃而起，朝四下里张望了一番。跟着，我重新坐回原位，望着那个透明的空空如也的玻璃瓶，心中又是吃惊又是害怕。我真想知道这是怎么一回事，于是我目不转睛地看着它。我的手哆嗦起来！看情形，这瓶里的水已经被什么人喝掉了？那个人究竟是什么来历？难道就是我自己？是我自己的可能性最大！除了我以外，还能是谁！如此说来，我得了梦游症，我过着两种不可捉摸的生活，就好像分裂成了两个人。换一种说法就是，一个我不认识的隐身人，会在我陷入沉睡的这段时间，将我的身体变成他的傀儡，他已经完全操控了我的身体，比我自己操控得更加得心应手。而对于这一切，我竟全然不知。

啊！我的忧虑让我如此惊惧，可是谁又能理解我呢？我的感受又有谁能体谅？一个正常人在神志清醒的时候看着一只装水的玻璃瓶，内心充满了恐慌，在他睡觉的这段时间，瓶子里的水已经消失于无形！我没有勇气再回到床上，就一直待在那里，直到第二天天亮。

7月6日——我真的要发疯了。昨天夜里，我的水又被人喝光了，那个人要么就是别人——要么根本就是我自己。

是我吗？真的是我吗？到底是谁？是谁？上帝啊，我真的要疯掉了！谁能来拯救我？

7月6日——我刚刚做完了一个实验，任何知道实验内容的人都会大吃一惊。我很确定自己已经疯了！但是这件事要从何说起呢？

7月6日，睡觉之前，我将酒、牛奶、水、面包和草莓都摆在了桌面上。

结果，酒、面包和草莓分毫未动，某个人——我——只将水喝光了，还喝掉了一部分牛奶。

7月7日，我又重新做了一次实验，得到了跟上一回完全一样的结果。

7月8日，做实验时，我将水和牛奶都撤掉了。这一次，摆在桌面上的东西根本就无人触碰。

7月9日，我在两个玻璃瓶里装满了水和牛奶，又用白布将两个瓶子包裹得严严实实，连玻璃瓶盖都拿绳子绑了个结实。在上床睡觉之前，我又在我的嘴唇、胡子和两只手上都涂了一层石墨。

我一上床，马上就身不由己地睡着了。没过多久，我又惊醒过来，因为我再度感受到了与此前相同的痛苦。在床上找不到任何我曾经移动过的痕迹，我根本就没有动过一下。我跑向那张桌子，见到包在玻璃瓶上的白布还跟我上床前一模一样。在解绳子的过程中，我一直觉得十分惶恐。水已经消失了！牛奶也已经消失了！啊！上帝啊！……

稍等片刻，我就要启程赶赴巴黎。

7月12日——我抵达了巴黎。我肯定是糊涂了，最近这几天一直如此。这要么就是我那神经兮兮的幻想在跟我开玩笑，要么就是我真的得了梦游症，要么就是我被一种叫作催眠暗示的东西影响到了，尽管这种东西现在还没有准确的科学依据，但它确确实实存在于世上。简而言之，我近来惊惧到极点，简直就要发疯了。现在我已经平静下来了，而我不过才抵达巴黎二十四个小时。

昨天，一股生机勃勃的新鲜空气在我出去购物和四处游览的过程中，注入了我的心里。小仲马的一部戏正在法兰西剧院上演，昨天黄昏时分，我去看那部戏。那部戏题材尖锐，情感色彩浓烈，我在看戏的过程中逐渐得到了康复。孤寂对于时刻处于工作状态中的大脑而言，显然很具有危险性。一定要有人在我们身边，或是思索，或是交谈。如果我们一直处在孤寂的状态中，那么我们的内心世界就会一片空虚，鬼怪就会乘虚而入。

返回旅店的途中，我觉得非常快乐。当时我正走在一条宽阔的大道上，不时与人擦肩而过。这时，我想起上周我确信有一个隐身人一直守在我身旁，所以我才会惊惧不安，并想入非非。此刻再回想起这些，我便觉得自己那时候真有点幼稚可笑。不过是一件无法解释的小事而已，竟也能让我们深陷恐慌，不知该如何是好，由此可见，我们的灵魂是何等脆弱啊！

"因为我尚未找出原因，所以我才无法理解此事。"这个结论虽然简单，但是绝大多数人都想不出来。某种骇人的奥妙以及超自然的能量会马上浮现在人们的头脑之中，殊不知这不过是我们的妄想。

7月14日——国庆节。我在大街上漫步。我觉得很开心，因为我看到了鞭炮和国旗，真是孩子气。这件事其实很蠢，人们为什么一定要依照政府的规定，欢欢喜喜地度过这一天呢？有时候，群众都表现得傻乎乎的，无论发生了什么事，都能忍耐下去；可有时候，他们又表现得十分勇猛，动不动就要起来造反。他们可真是一群流氓。无论你是叫他们高兴，还是叫他们上战场，无论你是叫他们投票给皇帝，还是投票给共和国，他们都会遵从你的吩咐。

群众的领导者同样傻乎乎的，只是这些人遵从的是一种叫作原则的东西，而非其他人的指示。所谓原则，必定脱离不了假、大、空。原则作为一种思想，在世人的心目中，就是真理和永恒的代名词。但是，真理真的存在于世间吗？我们感知到的光与声音不都是幻象吗？

7月16日——我觉得非常忐忑，因为昨天我看到了某些事情。

莎布莱太太是我的表姐，昨天我到她家吃晚饭。莎布莱先生是一名指挥官，在驻利摩日的第76轻装兵团中任职。在表姐家中，我见到了两位年轻的女士，其中一位是医生太太，她的丈夫名叫帕朗。精神疾病、催眠术、催眠暗示之类的实验导致的反常后果，就是帕朗医生的研究对象。

英国和南锡学派的相关专家已在这些方面获取了丰富的研究成果，帕朗医生将这些成果的具体内容讲给我们听。他还举出了实际的例子，不过我表示自己对此并不信服，因为他举的例子实在是太怪异了。

帕朗医生说："显而易见，在除地球以外的其他星球上，还存在其他重大的自然机密。不过，我在这里想说的只是地球上的一个重大的自然机密，眼下我们正致力于将它发掘出来。对于自己周围存在的秘密，人类在很久以前就已经有所感知，当时，人类才刚刚拥有思考的能力，并能将自己思考的结果用语言和文字表达出来。但是人类却不能洞悉这些秘密的本质，因为人类的感官太过粗糙，存在太多的不足之处。为了弥补这种感官上的缺陷，人类便开始求助于自己的智慧。最初人类的智慧还停留在原始状态，人们对于超自然力量的崇拜，还有鬼怪、仙子、小矮人、灵魂的传说都起源于这段时期，因为当时的人们在为一些看不到的现象忧虑时，总会表现出一种纯粹的害怕。所有宗教对造物主的定义都平淡无奇，这实在是一个最愚不可及，又最叫人接纳不了的定义。其实，这个定义就是这段时期的人们在受到惊吓以后编造出来的，接下来，有关造物主的传说也随之出现。伏尔泰说：'上帝依照自己的模样创造了人类，人类同样依照自己的模样创造了上帝。'这句话说得真是太好了。

"不过，人们在最近一个多世纪好像又产生了一种新的预感，一些新鲜事物又要被发掘出来了。我们在麦斯麦等人的引领下，走上了一条始料未及的新大道，因此收获颇丰，尤其是最近四五年间，我们的收获简直能叫人大吃一惊。"

表姐微笑起来，她并不相信他所说的话。帕朗医生便对表姐说："能让我尝试一下帮你进入梦乡吗，太太？"

"行，你尽管一试。"

表姐坐到了一张安乐椅上，帕朗医生随即开始向她实施催眠。当他聚精会神地看着她时，我忽然觉得心跳加快，口干舌燥，十分难受。我的表姐，莎布莱太太合上了双眼，并紧闭双唇，胸膛起起伏伏。这一幕全都落入了我的眼中。

她在十分钟后进入了梦乡。

"请你到她背后去。"帕朗医生对我说。

我坐到了她的背后。帕朗医生在她的双手中放了一张名片，并对她说："这是一面镜子，你看着这面镜子，说说是谁在里面。"

她答道："是我的表弟。"

"他在做什么呢？"

"他正在捏自己的胡子。"

"现在他又在做什么？"

"他正把照片从自己的衣兜里掏出来。"

"照片是谁的？"

"他自己的。"

完全正确！就在当天晚上，这张照片才刚刚被送到我住的旅店里。

"照片上的他是什么样子的？"

"他拿着帽子站在那里。"

这一切都表明，这张白色的纸质名片对她而言就跟镜子差不多。

在座的年轻女士都说："好了！就这样吧！已经足够了！"她们都已经心生畏惧。

帕朗医生对表姐下达了最后一条指令，他说："明早你8点起床，接着到旅店去找你的表弟。因为你丈夫下次回家时要用到五千法郎，所以你要向你的表弟借这笔钱。"

帕朗医生说完这话，就将表姐唤醒了。

返回旅店的途中，我觉得大感不解，因为刚刚发生的情景再度在我的脑海中浮现出来。我自幼就很了解表姐，她就跟我的同胞姐姐一样，我知道她是个十分可靠的人，因此我对她没有半分怀疑。但是，我怀疑是帕朗医生从中使诈。难道他在将那张名片展现给处于催眠状态的表姐的同时，又让她看到了一面镜子，而这面镜子是他一早就在手中藏好的？这么奇怪的事，要是由那些以变魔术为生的魔术师来做，就毫不稀奇了。

返回旅店以后，我就上床睡觉了。

今早我被用人叫醒时，已经快8点半了。用人对我说："莎布莱太太过来了，她要求马上就跟先生见面。"

我赶紧穿戴整齐，出去跟她见面。

她垂着眼坐下来，看上去颇为忐忑。她跟我说："亲爱的表弟，请你帮我做一件事，不过这件事非同小可。"说这话的时候，她连蒙

奥尔拉

在脸上的面纱都顾不上取下来。

"什么事,表姐?"

"事到如今,我只能把这件事说出来了,尽管这叫我实在难以启齿。我需要五千法郎,此事十分紧急。"

"你会急需用钱?别开玩笑了。"

"这不是开玩笑,我真的需要钱,哦,是我丈夫真的需要钱。这五千法郎就是我应他的要求而准备的。"

我大吃一惊,连话都说不顺溜了。我心里产生了这样一种念头:难道她真的是帕朗医生的同伙,他们两个联合起来捉弄我,昨晚和今早发生的一切都只是一个玩笑,他们事先都策划好了,所以等到真正上场表演时,他们每个人的表现都足以以假乱真?

可是,我的种种怀疑随即就烟消云散了,因为我认真观察了一下我的表姐,她的身体正在发抖,她的声音也哽咽,看上去心急如焚又痛苦不堪。

我知道她家境优越,便对她说:"什么!区区五千法郎,你丈夫都拿不出来!你仔细回想一下,他是不是真的曾经要求你跟我借五千法郎,你能确定吗?"

她像是在极力回想什么,稍作迟疑,便回答我说:"是……是……我能确定。"

"他写信给你了?"

她沉思着,再度陷入了迟疑的状态。此刻她的思绪一定是一团乱麻,这我能猜测得到。现在她必须帮自己的丈夫从我这里借五千法郎,为此她甚至可以编造谎话欺骗我,这就是她现在唯一明白的一件事,除此之外,她什么都不清楚。

"你说得对,他的确写信给我了。"

"他的信是什么时候寄到的?为什么昨天没听你提过这件事呢?"

"他的信今天早上才刚刚送到我的手上。"

"我能瞧瞧这封信吗?"

"不能……哦……你不能……他只是写了一些夫妻之间的私事……仅此而已……我已经……已经烧掉了。"

"你的意思是,你丈夫欠了人家的钱?"

她迟迟疑疑地嗫嚅着:"我也不清楚。"

忽然之间,我大叫起来:"这五千法郎我也拿不出来,亲爱的表姐。"

她轻吟了一声,看上去十分难受。

"啊!啊!我恳请你,恳请你帮我这一回……"

她合起双手,就像在对我祈祷。昨天晚上的那道指令让她难以抗拒,只能任由其摆布。她的情绪非常激动,说话声音都变调了。她焦躁极了,不停地抽泣,泪水从她眼睛里流淌出来。

"啊!啊!我求求你……我现在难受极了,如果你能明白我此刻的感受……我需要这些钱,今天就需要。"

她的表现让我心生不忍。

"我发誓,我会借钱给你的,你只要再稍等片刻。"

她大声说:"啊!谢谢你!真是谢谢你!你真是个大好人。"

我问她:"对于昨天在你家发生的事,你还有印象吗?"

"有印象。"

"帕朗医生对你实施了催眠,对于这件事,你还有印象吗?"

"有印象。"

"你今天早上过来跟我借五千法郎,就是当时他对你下达的指令。眼下,你正在按照他的指令行事。"

她陷入了沉思,几秒钟以后,她对我说:"是我丈夫叫我这样做的。"

我努力想让她相信我所说的话，但是我接连劝说了她一个小时，都没有收到任何成效。

送走了表姐，我马上去拜访帕朗医生。我赶到帕朗医生家时，他正打算出去。在听我讲述此事的过程中，帕朗医生一直面带笑容。等我说完以后，他便问我："现在你相信我的话了？"

"除了相信，我没有别的选择。"

"我们一起去找你的表姐吧。"

抵达表姐家中时，她正躺在长椅上昏昏欲睡，看起来疲倦极了。帕朗医生先是为她把脉，之后又凝视了她一会儿。后来，帕朗医生又将一只手伸到了她眼前，在人体无法抗拒的强大的磁力作用下，表姐的双眸缓缓闭合了。

她入睡以后，帕朗医生就对她说："那五千法郎你丈夫已经不需要了。你跟你表弟借钱一事，你要马上忘掉，你完全不知道有这么一回事，就算他主动提及，对你而言也没有任何意义。"

说完这些话，他便将她唤醒了。我把钱包从衣兜里掏出来，对她说："亲爱的表姐，今天早上你跟我借钱，你要的钱就在这里。"

她看上去吃惊得要命，既是如此，我也没再坚持，但是我并没有放弃帮她找回记忆的念头。她认为我是在跟她开玩笑，起初一口咬定，死不承认，后来险些冲我发火。

……

这就是整件事的全过程。这个实验让我不知该如何是好，以至于我回来以后，连饭都吃不下。

7月19日——现在知道这件事的人有很多，是我告诉他们的，可他们给我的回应就是讥笑。我应该想些什么呢？连我自己都搞不清楚。"可能吧？"哲学家这样说道。

7月21日——今天我打算先去布吉瓦尔用餐，随后的整个傍晚，我都将在船夫舞会上度过。地点与环境是显而易见的决定性因素。身处戈雷努耶尔游乐园中的一座小岛上，只有疯子才会认为能在周围找到一些超自然的东西……要是将地点转移到圣米歇尔山的山顶，情况又会怎样呢？……要是将地点转移到印度，又将如何？身边的万事万物都在作用于我们的身体，此举造成的后果简直称得上恐怖。我下周就要回家了。

7月30日——昨天，我到家了。没有出现任何意外。

8月2日——一件不同寻常的事情都没有发生过。今天是个大晴天，从早到晚，我一直望着从我家门前流过的塞纳河。

8月4日——用人们说有人在夜间将摆放在橱柜中的玻璃杯打烂了，为此他们还吵了起来。我的贴身男佣说是女厨子干的，女厨子又说是洗衣女佣干的，洗衣女佣则说是贴身男佣和女厨子合谋干的。罪魁祸首究竟是谁？有谁知道答案呢！

8月6日——这一回，我真的没发疯。我看到了……我看到了……我真的看到了！毫无疑问……我的确是看到了！……我浑身都凉透了，连指甲都是凉的，直到此刻依旧如此……我浑身颤抖，这种颤抖已经深入我的骨髓……我真的看到了！……

下午两点，我在我家的玫瑰花园的小道上漫步，沐浴着午后的阳光……此时正值秋季，玫瑰盛放。

有一株玫瑰绽放了三朵漂亮的大花，于是我便停留在旁边观赏起来。忽然之间，我身边的一朵玫瑰的茎就像被一只看不见的手折弯了，跟着，这只手好像摘下了这朵玫瑰，因为它已经完全脱离了自己的茎。接下来，这朵玫瑰开始向上升去，路线呈弧状。随后，它又在透明的空气中静止了，就凭空悬浮在了那里，好像被那只手举到了嘴唇上。我看着这一幕，看得如此清晰，那朵玫瑰变成了一个骇人的红点，就停留在距离我的眼睛三步开外的地方。

我惊慌极了,一门心思想要擒住它,我纵身就朝它扑了过去!可惜我抓到的只有空气,那朵玫瑰已经不见了。任何一个头脑清醒的人都不应产生这样的幻觉,而我偏偏产生了,为此我很生自己的气。

不过,那果真只是幻觉吗?我扭回身去,马上就看见那朵玫瑰安然无恙地长在它的茎上,被其余两朵玫瑰挤在中间。然而,在片刻之前,它明明就已经被采摘下来了。

在回家的途中,我心里的惶恐依然没有平息。有个隐身人就待在我身边,眼下我对此已经确信无疑,就像我毫不怀疑白天结束以后,黑夜就会降临一样。这个隐身人具备物质的性能,因为它可以喝水和牛奶,它能够与物体接触,并能让物体本身及其所在的位置发生改变。它与我共同生活在我家里,但是我运用人类的感官却无法感知它……

8月7日——我的睡眠质量很好。它并没有在我睡觉的这段时间过来打扰我,它只是把玻璃瓶里的水喝光了。

我是不是已经发疯了?这就是我正在思考的问题。不久之前,我正在河岸上漫步,享受阳光的照耀。忽然之间,我开始质疑自己的理智,这种质疑是完全肯定而又具体的,绝不像先前的质疑那样表面化。疯子我不是没见过,有的疯子除了在某个方面发疯以外,在其他方面,无论是工作还是生活,他们都表现得非常清醒、理智。他们能够针对各种各样的话题展开讨论,他们的观点清晰,思想深刻,又很善于变通。然而,只要一撞上那座暗礁,那让他们发疯的源头,他们的精神就会随即破裂,散落成无数碎片,被波涛汹涌的大海吞噬,那是多么恐怖的一片汪洋啊,只见狂风在海面上呼啸而过,卷起冲天的巨浪,周围一片浓密的雾气。人们口中的"精神病"就是这样的。

我自己的情况,我现在已经完全掌握了。我甚至可以非常理智地分析它,探究它的本质。如果不是这样,我真的会认为自己已经发疯了。我可能是一个妄想家,有时会被自己的妄想所支配,仅此而已。可能有某种莫名其妙的混乱现象正出现在我的脑子里，我的逻辑思维因此破裂严重。当今的生理学家正在努力进行相关的研究，想要将这种混乱现象解释清楚。当我们做梦时，我们思想上的各种装置都已经停止了工作，唯有想象力仍在坚持运转。因此，我们从来不会因为在梦中看到了各种各样匪夷所思的幻象而感到惊讶。我脑子里的这种混乱现象与做梦的道理很是相像。难道我脑子里的一个按键已经失效了，而且那个按键属于很难让人察觉的那种？在经历了突如其来的事故以后，有的人会选择性失忆，他们失去的有可能是对专有名词的记忆，也有可能是对动词或数字的记忆，还有可能是对日期的记忆。现在已经有科学研究证明，大脑的各个部分分别掌管着人类不同的思维能力。这样一来，现在我暂时失去了辨认一些现象是否是幻象的能力，其实并不出奇！

我一边思索着这些，一边在河岸上漫步。河面在阳光的照耀下闪闪发光，空气芳香馥郁，眼前的一切都是这样美丽。爱是一只行动敏捷的燕子，令我心旷神怡，爱是生长在河岸上的碧草，发出动人的轻响，爱弥漫在我的双眼之中，我爱我自己的生活。

可是，我又一次陷入了焦虑，过程很缓慢，也很令人费解。我的感官渐渐麻痹，我不能继续前行，只能停留在原地，只能转过身去，原路返回，某种不可捉摸的力量好像就是造成这一切的罪魁祸首。当离家在外的你产生了一种不祥的预感——你深爱的家人在家中病情突然恶化，你就会急切地想要回家。当时，我也产生了与之完全相同的感觉，这种感觉叫我觉得异常痛苦。

我觉得回到家以后，我一定会收到一个噩耗，说不定是一封信，也说不定是一封电报。在这样的情况下，我只能强打精神，挣扎着朝家里走去。然而，家中并无任何异状。我在吃惊之余又深觉惶恐，此时就算是再次目睹那诡异的幻象都不会让我惶恐至此。

8月8日——我度过了煎熬的一夜。昨天夜里，我能感觉得到它就在我身旁，它在暗中监视着我的一举一动，随时准备爬到我身上，将我的身体变成它的傀儡。但是，它始终都没有出现，它一直躲在某个地方不肯出来，这只会让我觉得更害怕，我宁可它为了证明自己的存在，制造出一些超自然的现象。

我终究还是进入了梦乡。

8月9日——我觉得很恐惧，尽管今天没有发生任何事。

8月10日——今天依旧没有发生任何事，但明天呢？

8月11日——今天还是没有发生任何事，我要出去，我在家里待不下去了，我的心被恐惧和各种各样的想法充斥得满满的。

8月12日，晚十点——我还没有启程，尽管我今天从早到晚一直在准备启程。我只是想离开这里，坐车前往鲁昂，就是这样简单的行动，我竟然都做不到。我究竟是怎么了？

8月13日——某些疾病一旦入侵人的身体，人的身体就会失去所有的弹性和活力，每一块肌肉和骨头都会松弛、软化，骨头软得像肌肉一样，肌肉则软得像水一样。我觉得烦恼不堪，因为我感觉自己已经进入了这种状态。我的精力和勇气都已经消失了，我根本没办法依照自己的想法做出任何动作，更不用说要全面地掌控自己的身体。我的意念已经全部消失了，我将无条件遵从他人的意念。

8月14日——我已经彻底没救了！我的灵魂已经被某个人完全占有并掌控了！我不管做什么，想什么，都要听从这个人的命令。单凭自己的力量，我什么都做不到。眼下，我只是一个战战兢兢的傀儡，在一旁看着自己的身体做出各种各样的动作。我想离开这里，可是我的灵魂不允许，所以我哪里都去不成。灵魂叫我坐在一张安乐椅上，我就只能胆战心惊地坐在那里，昏昏沉沉，不知该如何是好。为了让我的身体相信我才是它的主人，我便想将自己的身体从椅子上拽起来，可是无论如何我都做不到这一点！我和椅子，椅子和地面，都已经连为一体，无法移动分毫，不管受到何种力量的驱使，都不会让这种情况产生任何改变。

忽然之间，我不得不，不得不，不得不到花园里头采摘草莓，并将它们吃进肚里。我真的到那里采摘了草莓，并将它们吃进了肚里。啊！上帝啊！上帝啊！上帝啊！上帝真的存在吗？如果您真的存在，那就请您救赎我吧！请您救赎我！宽恕我的罪过！给予我一点同情！恳请您救赎我。啊！真是太痛苦了！太煎熬了！太恐怖了！

8月15日——当初可怜的表姐显然就跟我现在一样失魂落魄、不能自主，所以她才会前来问我借五千法郎。另外一个人的意志存在于她的身体中，就像另外一个灵魂附着在她身上，使她完全受制于它。世界末日莫非就要降临了？

只是，这个将我变成傀儡的隐身人究竟是谁？这个暗中监视我的不可捉摸的家伙，显然非我族类，但它究竟是谁？

这样想来，宇宙之中的确存在隐身人。它们现在通过这样的方式使自己呈现在我眼前，那么为什么此前从未出现过任何明确的证据证明它们的存在呢？在我家中发生的这些事件，我在任何书中都找不到相似的描述。啊！现在我要想救赎自己，就应该离开这个家，跑到很远的地方去，永远都不踏足这里半步，可惜这件事我根本就做不到。

8月16日——今天我就像一个忽然发现监狱的大门并未上锁的犯人一样，匆匆逃离了家门。我逃了足足两个小时，将那个隐身人远远地丢在后头，我觉得自己终于重获自由了。我要逃到鲁昂去，我吩咐车夫赶紧把马车准备好。"到鲁昂去！"朝一个对自己唯命是从的人下达这样一个命令，真叫人欢欣鼓舞。

走到图书馆门前，我叫车夫暂时把车停下来。我到图书馆去借了一本赫尔曼·赫尔思陶斯的著作，内容涉及从古至今存在于人类世界上却不为人类所知的所有生物。

奥尔拉

我上了马车，大叫一声："回家。"我的声音很大，那已经不能算是说，而是叫。周围的人听到声音，都扭回头来望着我，我瘫倒在马车的椅子上，只觉心慌意乱。其实我真正想说的是"到车站去！"我又被它找上门来，并牢牢掌控在了手中。

8月17日——啊！这一夜究竟是怎样度过的！究竟是怎样度过的！实际上，开心好像才是我应有的情绪。凌晨一点钟以前，我一直在看书。作为哲学和神谱学博士，赫尔曼·赫尔思陶斯所写的这本著作的主角，就是所有真实存在于人们身边或是只存在于人们的幻象之中的隐形生物，书中陈述了这些隐形生物的历史渊源、囊括的范围、呈现的方式和强大的力量。只不过，这个让我备受困扰的隐身人却跟它们全都不一样。人类好像一直有一种不祥的预感，有一种比人类更为强大的全新的物种将会出现在地球上，取代人类现在的地位。人类在学会了思考以后，这个念头似乎就一直逗留在人类的脑海中。尽管人类想象不出这种新物种会是什么样子的，但人类却好像时时刻刻都在承受着这种将要出现的新物种带来的威胁。人类因此深陷恐慌，便运用自己的想象力创造出了很多神秘莫测的新物种，它们是一些形象很不清晰的鬼怪，恐惧就是它们诞生的温床。

凌晨一点钟，我放下手中的书，走到敞开的窗户前坐下。窗外一片漆黑，寂静无声，我想让自己的头脑在轻风吹拂下恢复清醒，理清思路。

这是一个晴朗的夜晚，温度也十分适宜。这样的夜晚是我以前的最爱。

黑色的天幕上看不到月亮，只有高悬在那里闪烁不停的星星。在那些星球上，居住着什么样的生物？那些星球有着怎样的外观，生活在上面的人、动物和植物都长成了什么模样？跟人类相比，那些居住在遥远的星球上并懂得思考的生物是否掌握了更多的知识？它们的能力是否比人类更强？人类看不到的东西，它们能否看到？当初诺曼人漂洋过海来到异国他乡，将力量比自己弱小的异族人民变成自己的奴隶，同样，这些外星生物的其中之一终有一日也会穿越宇宙中的重重阻隔来到地球，让人类臣服于它脚下。人类是如此的脆弱无能、见识浅薄、微不足道，而人类居住的地球也不过是一个由泥土和水构成的不断旋转的小球而已。

夜晚的风是多么凉爽，我在凉风的吹拂下浮想联翩，不知何时已经进入了梦乡。

大概四十分钟以后，我一下子惊醒过来，因为我忽然产生了一种匪夷所思又模糊不清的感觉。我的眼睛已经睁开了，不过我的身体并没有动弹。一开始，我没有看到任何异状。此时，窗外的风并未吹进来，但是忽然之间，我看到桌上那本我原先摊放在那里的书在没有任何外力作用的情况下，自己翻动了一页。我看着这一幕，不由得大吃一惊。之后等了大概四分钟，又有一页在我眼前翻了过去，就像是一只手在帮它翻动，让它落到前一页上。这是我亲眼看到的，千真万确。我知道，有个人正坐在属于我的那张扶手椅上看书，尽管那张扶手椅上看起来空无一人，好像是空无一人。我怒不可遏，纵身跳跃起来，直奔房间的另外一侧，我要把这个人抓起来，抓得死死的，然后把它干掉！当时我那模样就像一头畜生再也无法忍受主人对自己的折磨，只能奋起反抗，径直朝主人扑过去！……这时，扶手椅一下子被掀翻在地，那个人好像已经逃走了，而我却还没有跑到那里……我看到那张桌子在摇晃，跟着灯坠地熄灭，窗户随即关闭，眼前的一幕就像有个强盗在惊慌失措的情况下，抓着那两扇打开的窗，纵身跃入了窗外的浓密夜色中。

如此说来，它因为畏惧我，所以落荒而逃了，它竟然会对我产生畏惧！

这样看来……这样看来……明天……说不定更迟一些……终有一日，它会被我牢牢按倒在地，无处可逃！有些养狗的人不也会被自己养的狗活活咬死吗？

8月18日——我今天一直在思索，现在处于强势地位的是它，我会对它千依百顺，表现得懦弱无能，无论它叫我做什么，我都会无条件地服从。然而，机会一旦降临……

8月19日——我明白了……我已经把一切都搞清楚了，我读了一本名叫《科学世界》的杂志，其中有一篇报道是我刚刚才看到的：

> 在里约热内卢发生了一件怪事。眼下在圣保罗省，精神病即精神流行病正在肆虐。中世纪时期，传染性癫痫病曾在欧洲大陆蔓延，这两种传染病非常相像。圣保罗省居民声称自己被一些隐身人侵扰、操控、追赶，过着牲畜一般的生活。这些隐身人可以被人们感知，它们经常在人们睡觉时像吸血鬼一样吸取人血，另外，它们好像对水和牛奶以外的食物统统都不感兴趣。现在圣保罗居民正纷纷逃离自己的家园。
>
> 为了对这种怪异的精神疾病的病源和具体症状进行实地考察，以便找出可行的措施，上报皇帝，让感染此种疾病的人能够康复，数名医学专家已在堂佩德罗·恩里格斯教授的带领下赶赴圣保罗省。

哈哈！哈哈，我终于想起来了，5月8日那条漂亮的巴西三桅帆船在我家窗前的塞纳河中逆流而行，我想起来了。它浑身雪白，我见到它时，就觉得它真好看，简直令人心旷神怡！那个人来自巴西，它的同族都诞生在那里！当时它就在那艘船上，它看到了我和我家的白房子！于是，它一下子就跃到了河岸上。上帝啊！

眼下我已经搞清楚了。人类即将被征服，我的猜测果然没错。

它已经来到了这里。处在原始社会的人只是单纯地害怕它。神父为此焦灼不堪，为了赶走它，便开始念咒语。在阴天的晚上，巫师召唤它赶快降临，却一直未能如愿。现在地球的统治者——人类的地位即将不保，其实，他们一早就对它的存在有所预感，小矮人、魂魄、精灵、仙子和妖怪无一不是他们对它的想象，这些想象中的形象有的丑陋，也有的美丽。最初，人类在单纯地害怕它的同时，已经开始对它进行想象，当时这种想象还十分粗糙。后来，它被某些人更加准确地感知，这些人的观察力当然都相当敏锐。它的存在已经被麦斯麦猜测到了。在它还没有发挥自己的强大力量之前，这种强大力量的本质就已经被医学专家研究出来了，而且研究成果相当准确，这是最近十年才发生的事。被命名为磁气催眠术和催眠暗示之类的研究成果无非是医生利用新造物主的武器设备制造出来的：医生们在某种不可捉摸的意志的帮助下，使人的灵魂向自己臣服，使人的肉体成为自己的傀儡。我曾亲眼看到他们随随便便就将这种骇人的能量展示出来，就像一个不会约束自己的孩子！我们即将遭遇不幸！人类即将遭遇不幸！它就要来了……它……它……它叫什么名字……它……尽管我听不到它在叫什么，但它似乎就是在叫自己的名字……它……没错……它是在叫……我听着它的叫声……可我无法复述……它……奥尔拉……我听到了……奥尔拉……就是它……奥尔拉……它就要来了！

可是，偶尔也会有牲畜将自己的主人杀死……我也在思索……我能够做到这一点……不过，我首先要做到的就是看到并感知它，进一步了解它……我们能看到的，牲畜看不到，因为它们的眼睛跟我们的很不同，这是专家说的……这个不请自来，整天欺负我的家伙，我根本就看不到。

原因是什么呢？啊！当日在圣米歇尔山上，神父对我说的话再次浮现在我的脑海中:"我们能看到世间万物的十万分之一吗?就拿风为例吧。人会在风的作用下站立不稳,跌倒在地,建筑物会在风的作用下坍塌,树会在风的作用下连根拔起,海水则会在风的作用下掀起巨大的海浪,其高度堪比一座大山。大自然中最强大的力量非风莫属。悬崖在风面前不堪一击,大船在狂风之中也只能无奈地触礁。风呼啸而过,摧毁万物。风的的确确存在于世间,但是你看到过风吗?你能看到风吗?"

另外,我还在想:我甚至都看不清那些透明状的固体,尽管它们的透明度就跟玻璃差不多,可见我的视力实在差得很!……一只小鸟要是飞进了房中,就会撞上玻璃窗,把脑袋撞破,同样的,要是我的前方挡着一面镀了锡的镜子,我就会径直撞上去。我的眼睛总是一片茫然,所有事物都能成功地欺骗它。因此,当一个隐形的新生物出现在它面前时,它就算看不到,也是理所应当的,不是吗?

新人!有什么原因能阻止它的出现?它是绝对会出现的!人类的地位终有一日会被取代,不会被取代的原因是什么?我们能看到我们的先人,但是却看不到它。原因就是,我们的身体如此脆弱,如此乏力,各个组成部分皆笨重不堪,我们的全身聚集了各种各样的器官,它们就像太过烦琐的弹簧,因为劳碌过度,全都疲乏得要命;我们的身体要依靠空气、植物和肉类才能勉强存在于世上,这一点跟植物和畜生没什么区别;疾病、衰老和死亡无时无刻不在等候侵犯我们的身体;我们的身体虽然是用心之作,但却是一件不合格的产品,它的功能还停留在最初的阶段,稀奇怪异,它的力量总是不够,各个部分配合得也不够默契;人明明可以拥有大智慧,做出一番大事业,但我们的身体却制造粗劣,脆弱不堪,只能称得上是人的初级阶段。与我们的身体相比,它的身体更加精致、完善,而它的本质也更加趋向于完美。

人可以分为很多类别,从最初的牡蛎一直发展到现在的人。不过，这些类别相较于世间所有的物种而言，实在是太少了。这一类别出现以后，经过一段时间的间隔，另一类别也将出现，不过，能否在间隔之中再加上一个类别？有什么理由能阻止我们这样做呢？

有什么理由能阻止我们再加上一个类别呢？有种树能开很大的花，花香四溢，光彩照人，有什么理由能阻止我们将这种树加入其中呢？万物的根本包括火、空气、土和水四类，有什么理由能阻止我们再在其中加入另外一个类别？一切生物赖以生存的根本就只有这四类！这不是太少了吗？可以有四十、四百，甚至是四千类，为什么不行呢？如此短缺，如此平凡，如此卑微，这就是人类拥有的全部！赏赐之时不懂得慷慨，创作之时不懂得发挥想象力，动手制造之时又笨手笨脚，所以才会有眼前的一切！啊，大象和河马是如此的美丽！骆驼是如此优雅！

你可能要给我补充，蝴蝶也要加入其中啊！它们就像花儿在空中飞舞！我发挥自己的想象力，让一种硕大无朋的蝴蝶出现在我的幻想中。无论是它的翅膀的形状，还是它的色彩，无论是它的外表，还是它的动作，我都无法用语言描绘出来。然而，它却出现在了我的眼前……它飞过一座又一座星球，每座星球都因它变得凉爽，充满芬芳，因为它在飞舞的过程中，将温和的气息带到了每座星球上！……每当它飞过一座星球时，星球上的居民就会为它沉迷，不停地给它赞美！……

我是怎么一回事啊？我之所以会这样浮想联翩，就是因为受了它的侵扰，它就是奥尔拉！它正附着在我的身体上，我的思想已经完全被它控制，我要把它干掉！

8月19日——我要把它干掉！我已经看到它了！昨天晚上，我坐在桌子前写信，并且故意装出一副聚精会神的样子。我知道，它会出现在我身旁，在那里走来走去，它与我之间的距离非常短，说不定我能触碰到它，顺势将它擒获。之后……之后，我会伸出双手掐住它，用两个膝盖、胸膛和前额压住它，再用牙齿把它撕裂、咬烂，到时候我会勇猛得好像一个人已经到了破釜沉舟的时刻。

我浑身上下所有的器官都进入了高度警戒的状态，我觉得紧张到了极点，就这样暗中留意着它的一举一动。

我将两盏灯和壁炉上面的八根蜡烛都点着了，照得房中一片光明，好像这样就能将它照得无所遁形。

我的对面是一张古老的橡木床，床上还安装着床柱。壁炉就在我的右面，而我的左面就是房门。为了引诱它进房，我已经开了很长时间的门。到了现在，我又去把门关起来了，我关门的动作十分谨慎。一个高大的衣柜就在我的背后，衣柜上有一面镜子，每回我经过那里，都会把自己的全身上下好好照一遍，而这面镜子最大的用处就是照着我每天刮胡须，穿衣服。

它肯定也在暗中观察着我，所以我才会欺骗它，伪造出自己正在写信的假象。忽然之间，我感觉它就伏在我背后，靠近我耳朵的地方，没错，就是那地方，它正在那里弯腰偷看我写的东西，对此我完全能够确定。

我的两只手都探出来，随即一下子转过身去，站起身来，我险些就跌在了地上。啊！……房中一片光明，就像白昼降临，可是我竟然看不到自己在镜中的影子！……镜子既深邃又明亮，闪闪发光，但是里面空空如也！我的影子没在其中……但我明明就站在镜子前！硕大的镜子明净而闪亮，由上而下都是如此，这一幕完完整整地落入了我的眼中。我看着那镜子，心中十分惊惧，我能感觉得到，它就站在那儿，我的影子就是被它的身体遮挡住了，但是我却无法看到它的身体。我连动一下的勇气都没有，更不用说走上前去。我明白，这一回我还是抓不住它。

我实在是惊恐极了！忽然之间，我的眼睛穿越了一层雾气，好像从水中看到了自己映在镜底的影子，那影子看上去真朦胧。我感觉挡在我眼前的水好像开始缓慢地流淌起来，从左面流向了右面，就好像日食即将走到终点似的，我的影子也随之变得越来越清晰。那些挡在我眼前的东西变得越来越稀薄，那原本是一种呈透明状的稠密的物体，其形状好像并不是固定的。

我看到自己在镜中的影子终于变得跟我每天在镜中看到的一样清晰了。

我已经跟它打过照面了！我不停地哆嗦着，先前的惊恐尚未完全消失。

8月20日——要采取什么方式才能把它干掉？我连跟它的身体接触一下都做不到。下毒？我把毒药加入水中，这样的举动根本就瞒不过它的眼睛。更何况，人类根本就无法看到它的身体，谁知道人类的毒药是否真的能让它的身体中毒？不能……不能……当然不能了……既然这样……那我该如何是好？

8月21日——巴黎有些房子的主人为了防止盗贼入室偷窃，会在一楼的窗户上安装铁百叶窗。我把鲁昂的一位锁匠请到家中，叫他也在我的卧室窗户上安装这种百叶窗，另外，卧室门也要换成铁的。我什么都顾不得了，就算此举是明确地向它示弱，那又如何！……

……

9月10日——鲁昂，大陆旅店。已经结束了……已经结束了……但是，它是不是真的已经死了？我依旧为自己见到的景象深感恐慌。

锁匠昨天把铁制的门窗都装好了。尽管气温有些低，但在午夜到来之前，我还是一直开着门窗。

忽然之间，它在那儿出现了，我能感觉得到它。我觉得高兴极了，简直欣喜若狂。为了不让它有什么疑虑，我缓缓起身，在房中来来回回地走了很长一段时间。接下来，我假装若无其事地把脚上的鞋子由皮鞋换成了拖鞋。跟着，我先是去把铁窗关好，之后又不疾不徐地走到门边，把门关好，再把两道门锁都上好。接着，我返回窗前，把窗户锁好，并把钥匙放入了衣兜里。

我能感觉到，它就在我身边，忽然之间，它变得焦急不安，想叫我放它离开这里，原来它也会恐惧。我险些就对它妥协了，但我终究还是没有这样做。我用背部抵住房门，打开了一条仅能让自己脱身的门缝。从门缝往外挤的时候，我的额头在门楣上碰了一下，因为我的身体太高了。我终于把它一个人关在了卧室里，我确定它逃不出来了。我真是开心极了！我终于把它抓起来了！我跑到楼下正对着卧室的客厅里，把那两盏灯都找了出来，并把里面的灯油洒得满屋子都是，地毯和家具都未能幸免。在逃离这座房子之前，我关好大门，还上了两道锁。

花园里头生长着一大片月桂，我就躲在这些月桂后头。分分秒秒缓慢地流逝！实在是太缓慢了！周围黑漆漆的，一切都好像凝固了一般，连一点儿声音都没有。今晚无风也无星。我心中压着一团沉甸甸的乌云，与此同时，我却看不到天上密布的阴云。

在等待的过程中，我一直在留神观察着我家的房子。每一分钟都是煎熬！我心中暗想，说不定火已经自行熄灭或是被它熄灭了。哪知就在这时，一楼的一扇窗户忽然爆炸了，始作俑者自然是熊熊燃烧的烈火。只见一条红红黄黄的硕大火舌从中喷射出来，沿着白色的墙壁一直爬到了房顶，那样长的一条火舌，看上去却是软软的。树的枝干和叶都陷入了惊惧之中，簌簌发抖。在它们的缝隙中间，只见火光闪烁不定。好像白昼就要降临了一般，鸟儿都从睡梦中清醒过来，还有一条狗也开始大叫。我看到一楼已经被大火完全笼罩了，因为在此之前，一楼其余的两扇窗户也都爆炸了。烈火熊熊，那景象真是骇人。忽然之间，夜空被一声凄厉、可怖的尖叫划破了！是一些女人在叫，透过楼上刚刚敞开的两扇窗户，我看到我的女佣们正惊惧地挥舞着各自的双手！我竟然把她们忘掉了！……

我在极度惊惧之下，疾步跑向村庄，大叫道："救命！救命！失火啦！失火啦！"之后，我又跟着跑向我家的村民一起回来了，我想知道我家此刻变成了什么模样。

现在，我家的房屋已经成了一个焚烧尸体的火堆，看上去相当恐怖，又相当壮观。这个火堆十分庞大，它将这里映照得一片通明，好多人都在其中被烧死了，这里头就包括我捕获的那个新人，那个新主人，那个它，奥尔拉！

忽然之间，房顶完全塌陷下来，陷入墙体，火焰一直喷向了高空。透过敞开的窗户，我看到了一片大火，就好像一个火炉，它就在那火炉里，已经烧死了，我这样想道……

它已经死了吗？应该是吧……它的身躯变成了什么样子？它的身躯连光都可以透过去，这样一副躯体能跟人类的躯体一样被火焚毁吗？

如果它没死该怎么办？这种隐身人真是可怕，它们可能就只有时间这一个克星。既然它已经拥有了这样一副鬼魂似的躯体，完全透明，根本就不能被人类的视线所捕捉，显然，疾病、创伤、残疾和早亡也都不是它的对手。

早亡？人类所有的恐惧，都可以归咎于早亡。人类时时刻刻都会因为各种各样的意外早亡。奥尔拉即将取代人类的地位。作为人类的后继者，它将生存到自身的极限，只有当既定的那一天，那一刻到来时，它才会死亡！

"不……不……确信无疑，确信无疑……它还没死……既然这样……那我就……那我，我就只好自杀了！……"

……

公猪莫兰——写给伍迪诺先生

◆　✳　◆

　　商人莫兰因为冒犯了一位姑娘,被告上法庭。他不仅因此名声扫地,而且在家中处处受气。眼见开庭在即,他需要找一个人来帮自己调停此事,最后他找到了一位报社编辑,经过他的努力,故事最后皆大欢喜。

一

我对拉巴尔布说道:"朋友,请等一下,你刚刚再度提及了'公猪莫兰'。大家在说到莫兰的时候,为什么都要在前头加上'公猪'二字呢?这真叫我大惑不解。"

眼下,拉巴尔布的身份已经是议员了。在听到我的问题以后,他便瞪着我说:"不是吧?身为土生土长的拉罗舍尔人,你居然连莫兰的故事都不清楚?"

他那模样就跟一只猫头鹰似的。

有关莫兰的故事,我的确未曾听说过,这一点我承认。

拉巴尔布只好搓着双手,将整件事娓娓道来:"莫兰你是认识的对吗?你对他还有印象吗?那时候,他开了一家非常庞大的服装店,就在拉罗舍尔河附近。"

"我记忆犹新。"

"那就好。其实整件事是这样的,莫兰曾以进货为由跑到巴黎待了半个月,实际上就是为了旅游观光,那一年如果不是1862年的话,就是1863年……

"在巴黎待半个月对于一个外地人意味着什么,想必你很清楚。形式各异的表演每晚都会在这里出现,各色各样的女人每天都会与你擦身而过,在这种情况下,你浑身的血液就像被点燃了一样,深陷极度的兴奋之中难以抽身,直到丧失正常的神智为止。那些穿着紧身舞衣的舞女们,还有衣着暴露的女演员们,用丰满的香肩和玉腿将你的视线范围充斥得满满当当。这些明明就在你眼前,却偏偏如天涯海角一般遥远,连亲手触摸一下都是妄想。你心中郁结难解,万般无奈之下，便只好用劣等的美食让自己获得偶尔的慰藉。在与巴黎告别之日，你欲火难耐，饥渴万分，真希望有张小嘴能吻上自己的嘴，以缓解嘴唇的干痒之感。

"莫兰打算乘坐晚间 8:40 的快车返回拉罗舍尔，他已经连火车票都买好了，可是上面提及的这种焦灼不安的情绪依旧控制着他的身心，没有半分缓和的迹象。他在奥尔良火车站的候车大厅里不住地来回走动着，这一刻，他的心绪乱糟糟的，对巴黎这座城市充满了不舍之情。他走到一名年轻姑娘面前，忽然停住了脚步。姑娘此时正与一名老妇人告别，两人抱在一起。姑娘脸上本来覆着一块不大的面纱，这会儿面纱掀起，露出了一张美丽的面孔。莫兰一见之下，马上就被深深地吸引住了，他低声叹道：'天哪！她简直太美了！'

"与老妇人的告别仪式结束以后，姑娘便朝候车室走去。莫兰悄悄尾随在她身后，一直跟着她从月台上穿过，上了火车。

"车厢里空荡荡的，因为很少有人会乘坐快车。鸣笛声响过之后，火车随即启程。

"整个车厢除了那位姑娘以外，就只剩了莫兰一个。

"莫兰目不转睛地望着那位姑娘，她大概有十九岁或是二十岁的样子，身量颇为高挑，又长着一头金色的秀发，行为举止也是落落大方。她将自己的腿用旅行毛毯盖住，便在椅子上躺下来，合上双眼小憩。

"莫兰望着这一幕，不由得想道：她究竟是个怎样的姑娘呢？他的头脑中闪过许许多多的念头。他暗自告诉自己：先前不知多少次听说过人们在火车上发生的艳遇，说不定这种情况今天就要降临到我身上了。谁说不是呢？所谓的幸事就是叫人意想不到的惊喜事件，毫无预兆地就发生了。审时度势，眼下我唯一要做的就是勇敢一点，主动采取行动。丹东曾经说过，'尽可能地拿出勇气来吧。'不过，这句话也有可能是米拉波①的名言，总之就是他们之中的一个了，至于到底是哪一个，根本就不重要。勇气，恰恰就是我现在所欠缺的。要知道，是成功还是失败可都系在这上头呢。真希望我能够将他人的想法全都看得一清二楚！

"每一日，都有无数大好时机被我们白白错过了，而我们对此却毫无感知。我敢打包票，事实一定就是这样的。她肯定也希望能与我结交吧，唉，她若是能给我一丁点的提示，我便可以会意了……

"莫兰随即开始思考各种各样的方法，让这场艳遇能够继续发展下去。一开始，他想到一种优雅的搭讪方法：

首先做出某些小小的举动讨好她，继而与她交谈，在谈话过程中一定要表现得幽默风趣，并适时展示自己对她的兴趣，在谈话即将终结之际，便将自己的心意直接向她告白，至于接下来会发生什么，你可以自行想象。

"可惜莫兰思考了半天，竟连搭讪的理由都找不出来，更不知这第一句台词应该如何编造。他心思烦乱，简直不知该如何是好，唯有按兵不动，等待机会到来。

"年轻漂亮的姑娘进入了梦乡，一晃眼，黑夜已经过去了大半。莫兰坐在她附近，一直在苦心孤诣地筹谋着如何才能与她一夜风流。夜色越来越淡，没过多长时间便迎来了日出。自遥远的地平线那边射出璀璨的太阳光，恰好落在了姑娘漂亮的面孔上。

"嗜睡的姑娘总算苏醒过来，她坐起身，四下观望了一下，跟着又望向莫兰，并冲他微微笑起来。她的笑容非常愉悦，有种打动人心的力量，看上去与世间任何一个快乐的姑娘全无二致，却让莫兰为之战栗，刹那间，他就像遭了电击一样。姑娘的笑容是针对自己发出

---
① 丹东和米拉波都是法国大革命的领导人

的,他很确信。为了得到这个含蓄的邀请讯号,他早已恭候多时了。他从她的笑容中看到了这样一番话:'您跟个木头一样在座位上傻愣愣地待了一宿,竟没有勇气采取行动半分行动。您究竟是个傻瓜还是个木头呀?'

"'难道您是觉得我不够漂亮吗?那您就再仔细将我看个清楚。您实在是太笨了,居然在一位美女身边傻乎乎地待了一宿而一无所获。'

"年轻的姑娘笑盈盈地望着他,忍不住失声笑起来。莫兰这会儿已是头昏脑涨,他想跟姑娘搭讪,随便说句什么话,向她献殷勤。无奈他竟连一句话都想不出来,真是连一句话都想不出来。终于,他下定了决心,对自己说道:那好吧,我什么都不管了,直接行动吧!他决定孤注一掷,一言不发,径直扑向那位漂亮的姑娘,伸出双臂搂住她,急不可耐地吻住她的小嘴。

"姑娘马上纵身跃起,高喊道:'救命啊!快来人啊!救命啊!'她一面高喊着,一面惊声尖叫。她将车门打开,随即将双臂探出去,拼命地颤抖起来,甚至想直接跳车而逃——她受了极大的惊吓,简直就要精神失常了。莫兰也怕得要命,慌忙上前将她的裙子扯在手中,唯恐她真的会跳火车。这时候,莫兰吓得连话都说不顺溜了,只能磕磕巴巴地哀求道:'哎呀……小姐……小姐……'

"火车逐渐减速,最终止步不前。在收到姑娘发出的求救讯号之后,有两名列车员赶到了这里。姑娘见到他们,马上就靠到了他们胸前,并含混地解释道:'他想把我……把我……'话未说完,她便已经失去了意识。

"火车在莫泽车站停了下来,莫兰被车站上正在执勤的宪兵逮捕了。

"年轻的姑娘被他以暴力侵害,在她恢复神智之后,便对莫兰提起了诉讼。她的证词都被警方记录下来。等莫兰辗转回到家中时,黑夜已经再度来临了。这个服饰店老板,真是流年不利啊!接下来他将等待法院对自己下达判决,原因就是他在公共场所犯下了有伤风化罪。这对他而言,无疑是一个沉重的打击。"

二

"在那段时期,我恰好正在《夏朗特明灯报》担任主编一职。我与莫兰每晚都会在商贸咖啡厅中碰面。

"他对自己接下来应该采取的行动完全不知所措。于是,在这件事发生的翌日,他便来向我求助。我直言不讳地对他说道:'你跟一头公猪也没什么差别了。如果是一个正常人,谁会做出那种好事来?'

"他哭着说,经历了这件事以后,他已经名誉扫地,所有朋友都对他不理不睬,而他的太太更是气得将他打了一顿,他的服饰店的生意也越来越差,眼看就要倒闭了。听他这样絮叨了半天,我到底对他产生了同情之心。我想起我的同事立威,这家伙身材很矮,又爱说笑,但总能想到一些好主意。因此,我便叫他过来,一起帮莫兰想法子。

"我原先就与国家检察官有交情,于是立威便叫我去向检察官求助。我在去找检察官之前,吩咐莫兰先回家等消息。

"我从检察官那儿得知,原来那名受辱的姑娘不久之前刚在巴黎通过了教师资格审核,她的芳名叫做亨利艾特·波内尔。她的父母亲已经都不在人世了,而她的舅舅与舅妈两夫妻生活在莫泽,颇有一点儿小钱,是正儿八经的人家。此次波内尔就是为了去舅舅家度假,才会搭乘那辆快车。

"眼下那姑娘的舅舅已经对莫兰提起了诉讼,这一点对莫兰而言显然非常致命。若是不想让检察官起诉莫兰，就必须让姑娘的舅舅撤回诉讼的请求。接下来我要尽力争取的就是这件事。

"我从检察官处离开，便径直去了莫兰家。那时候他正生病卧床，原因就是焦虑过度。他的太太不住声地咒骂着他。那位女士骨架粗大，身材高大威猛，面孔上生长着浓密的汗毛，看起来就像长了一片胡须。她将我引入卧室，劈头盖脸地对着我吼起来：'您想见那头公猪莫兰，您看，那混球不就在这儿嘛！'

"她站在床边，用双手掐着自己的腰，看上去格外的耀武扬威。我将自己从检察官那里了解到的情况告诉了莫兰。莫兰便恳求我去那姑娘的舅舅家，帮他做说客。我答应了他这个请求，虽然这显然是个烫手山芋。可怜的莫兰不断地向我强调：'其实我没有亲到她，我发誓，我的确没有亲到她，的确是这样的！'

"我对他说：'既然你已经变成一头公猪了，有没有亲到她都不能改变这个事实。'他将一千法郎交到我手上，说如果有必要的话，我便可以自行使用这笔钱。我便将钱收了起来。

"我要求立威跟我做伴，一块儿去做莫兰的说客，因为单枪匹马，冒冒失失地到那姑娘的舅舅家里实非我所愿。由于立威翌日下午在拉罗舍尔尚有要事，所以他一定要在那之前赶回来。鉴于此，立威尽管答应了我的请求，却要求与我马上出发。

"我们走了两个小时，终于抵达了目的地。那是一座精美的乡村住宅，我们就在门前将门铃拉响了。来开门的是一位年轻漂亮的姑娘。她肯定就是莫兰冒犯的那位小姐了，我这样想道，便低声向立威说了这样一句话：'莫兰为什么会做出那样的举动，现在我终于明白了。'

"说来也巧，姑娘的舅舅竟然是我所在的《夏朗特明灯报》的忠实读者，我们称他为多那赖先生。他非常赞同我们报社所持的政治主张。看到两位在自己尊崇的报纸任职的编辑先生大驾光临,多那赖先生显然十分兴奋,他对我们表示了热烈的欢迎,并与我们热情地握手,对于我们完全不吝惜溢美之词。立威于是对我耳语道:'看来要消除公猪莫兰的麻烦也不是困难事。'

"那位姑娘这时已经躲开了。我便将那件叫人难堪的案子搬上了台面。我说,这件事如果传扬出去的话,被人们添油加醋几乎是在所难免的。谁会相信那位姑娘只是被莫兰亲了一口呢,这未免简单得让人觉得不可思议。接下来,人们肯定会戴着有色眼镜看那位姑娘,对她的伤害反而更大。我不断地向多那赖先生灌输这样的观念。

"看起来,多那赖先生的信念已经动摇了。不过,他无论做什么决定,都要听从老婆大人的意见,可是要到晚上很晚的时候,他那位老婆大人才能返回家中。他忽然想到一个主意,忍不住叫道:'我想到了!你们留在这里,暂时不要走就行了。今晚你们留下来享用晚餐,之后就在我们家休息一晚。只要晚上我太太回到家里,我们就能商议出解决这个问题的法子来,这花不了大家多长时间。'

"面对这样的提议,立威显得很为难。不过,他到底还是接受了,因为帮助公猪莫兰解决这个难题也是他的心愿。于是我们两个便对多那赖先生的安排表示了同意。

"多那赖先生起身叫过自己的外甥女,并兴冲冲地建议我们一块儿出去漫步,地点就选在他们家的院子中。多那赖先生这样说道:'等晚上的时候再商量正事也不迟。'

"立威跟他一边漫步,一边讨论起了政治话题。

"我落在后头,与那位姑娘并肩而行,跟前面二位保持着几步远的距离。这姑娘实在是太有魅力了,叫我想不出什么更好的词汇来形容她的魅力无穷!

"我提及她那次的悲惨经历,言语之间极尽谨慎,竭尽所能站在她的立场上对这件事发表意见。

"她仿佛觉得我是在谈论别人的经历,脸上的表情没有半分不自在,纯粹就像是在听一个无关痛痒的故事。

"我说:'小姐,您往后还要遭遇更多的烦心事呢,请您仔细考虑一下吧。您想您必须亲自出庭做证,到那时人们便会用居心叵测的眼光打量着您,而您还不得不在他们面前将您在火车上遭遇的不幸经历讲述出来,甚至连其中的细枝末节都不能遗漏。要是您在那件事发生之际,没有大声呼喊,引来列车员,而是警告那个不要脸的家伙别再动手动脚,随后到另外一个车厢去,远远地躲开他。您说这样一来,会不会更妥当呢?当然了,我这只是私底下才会对您说这种话。'

"姑娘笑着答道:'我同意您这个提议!可惜当时我就是做不到,我怕得要命,任何人只要怕到那种程度,都是无法冷静思考的。

"'事后,我终于回过神来,我也觉得自己在那一刻大喊大叫是不妥当的,我觉得很后悔,无奈已经太迟了。另外,您设身处地为我设想一下,当时那头猪一声不吭,活像疯子一样径直扑向我。他究竟想要对我做出什么样的举动,我完全猜测不出。'

"姑娘平静而坦然地望着我。我暗想,她可真是个举止从容的好姑娘。对于公猪莫兰做出那种糊涂事的原因,我是愈发理解了。

"我用一种说笑的口吻对她说道:'小姐,爱美之心,人皆有之。您生得这样美丽动人,不管是谁见到您,都会由衷产生一种亲吻您的冲动。所以那家伙做出那样过分的举动并不是没有缘由的,这一点您可不能否认。'

"姑娘露齿而笑,她说:'先生,每个人都应对其他人保持起码的尊重,冲动绝非恣意妄为的借口。'

"我听到她这样说,不禁感觉有点怪异,不知道她到底想表达什么。忽然之间,我向她提出了这样一个问题:'要是现在我亲吻了您,

您会有什么样的反应呢？'

"她停住脚步，从头到脚将我看了个仔细，跟着便说道：'如果是您，就不是同一回事了。'她的语气波澜不惊。

"那就不是同一回事了，这个我自然明白。我才三十岁，还这么年轻，更重要的是我以英俊的外表享誉全省，是个地地道道的帅哥。但是，我却假装不明白，问她：'原因是什么？'

"她耸一耸肩，说道：'很明显，您可比他聪明多了。'说着，她便偷眼瞧瞧我，又补充一句：'而且，您比他漂亮多了。'

"这时，我忽然有种想要偷袭她的冲动，遂在她猝不及防的时刻，狠狠亲了一下她的脸。她醒过神来，慌忙跳到一旁躲避，可还是没能躲过去。她说：'啊！您的脸皮可真厚呀。麻烦您不要再这样戏弄我了。'

"我压低声音，假装毕恭毕敬地对她说：'小姐，要说我现在只剩下了一个心愿，那么这个心愿就是能上庭接受审讯，原因就是我犯下了跟莫兰一模一样的罪行。'

"她问道：'原因呢？'我注视着她，表情非常肃穆。

"我答道：'大家在亲眼见识到您的美貌之后，便会得出这样的结论：拉巴尔布犯下这样的罪行诚然可恶，但是绝不能因此否认他的幸运，瞧他冒犯的这位小姐多么迷人呀！您想您作为天下间最美丽的女士中的一位，而我却曾有幸对您犯下这样的罪行。从今往后，我会将这当成是我的一项至高无上的荣誉。'

"她笑得愈发欢畅了。

"'您可真是奇怪！'她话音未落，便已被我猛力拥在了怀中。我接连不断地亲吻着她，将能吻到的地方全都吻了个遍，发丝、额头、眼睛、面颊，甚至还有她的小嘴。我就像疯了一样，将她满头满脸都亲了个遍。她躲闪连连，无奈顾得了这边，就顾不了那边，不断溃败。

"她好不容易才摆脱了我的怀抱,小脸被怒火灼烧得红彤彤的,她说:'先生,我真后悔,刚才听您这样信口开河,您的为人简直太粗鲁了。'

"我也感觉有些害羞,遂将她的手握在手心里,磕磕巴巴地解释道:'抱歉,真抱歉,小姐,我实在太粗鲁了,居然对您做出了这样的暴行!但是,您千万不要因此记恨我,当我求您,您千万不要这样。至于我这样做的原因,原因就是……'我绞尽脑汁,怎奈竟想不出半个理由。

"不多时,她又对我说道:'先生,对于您这样的原因,我毫无了解的兴趣。'

"而我偏偏在这时灵光一闪,高声道:'小姐,原因就是我钟情于您已经足足有一年时间啦!'

"她根本没想到我会这样说,不禁仔细打量起了我。我继续说道:'小姐,请听我说下去,整件事情是这样的。我与莫兰素不相识,他惹出来的麻烦,我自然没必要理会。我毫不在意他是否要上庭接受审讯,之后又是否要被关进牢房,这些关我什么事呢?事实上,我一早就跟您见过面了,一年之前,我看到您站在那座栅栏门前。从我第一眼看到您开始,我就为您怦然心动了。在此之后,我更是对您日思夜想,魂牵梦萦。眼下,我并不在乎您是否愿意相信我说的这番话。我只是坚持认为您是个迷人的可人儿,这么久以来,我对您朝思暮想,盼望着能再见您一面。现在总算被我找到了一个来这儿见您的理由,就是莫兰那头蠢猪做出的那件蠢事。终于,我情不自禁地对您做出了这样过分的举动。我请求您宽恕我,请您一定要宽恕我!'

"她想要判断我是否在说谎,便目不转睛地注视着我的眼睛。跟着,我看到她再度忍不住想笑。她含混不清地小声说道:'您真喜

开玩笑。'

"我举手说道：'我所说的绝无半句虚言，我可以向您发誓。'当时，我的语气非常真诚，就算到了今天，我依然相信在那一刻，我对她的情意并非虚情假意。

"她直截了当地说道：'行啦。'

"周围只剩下了我与她，再无其他人。我们已经看不到她的舅舅和立威了，他俩早就走进那条蜿蜒深邃的小道中去了。我抓住这个机会，开始诚心诚意地对她告白。我将她的手握在手心里，一面亲吻着她的手指，一面含情脉脉地将我对她的情意讲述出来。她就好像在聆听某件新鲜事儿一般，聆听我的告白。她还没有下定决心，是否要选择相信我的话，不过她看上去确实挺开心的。

"我表白到后来，连自己都骗过去了，只觉我说的确有其事，情绪异常兴奋。我大口大口喘息着，面色惨白惨白的，全身上下都哆嗦个不停。我将她的小蛮腰轻轻环住。

"我凑到她耳畔，贴在她鬓角的发丝上，继续柔声告白。她简直像是神魂颠倒了一般，整个人都跌进了这场美梦中。渐渐地，我加重了搂在她腰间的臂力。尽管在这段时间，我的手臂一直在不停地颤抖。她并没有抗拒，静静地任由我采取行动。我温柔地轻吻着她的面颊，继而吻上了她的嘴唇。我并没有刻意去寻找，这件事就顺其自然地发生了。我们吻了很久，四片嘴唇缠缠绵绵，无休无止。忽然之间，有人声从我背后几步开外的地方传到了我耳中。

"她落荒而逃，消失在了树林那边。我扭身看到立威，显然他是为了寻找我的踪迹才又折回来的。

"他木着一张脸，在路中间站着，用一种轻蔑的口吻对我说道：'公猪莫兰那档子事，你就是打算通过这种途径来帮忙解决吗？'

"我满不在乎地说道：'喂，朋友，我们只需各自发挥所长不就行了。我负责外甥女这边,你负责她舅舅那边。对了,你那边有没有进展?她舅舅是否已经答应了我们的请求?'说这话的时候,我的语气中难掩骄傲之情。

"立威说:'你倒是开心了,我在她舅舅那边可享受不到这种艳福。'

"我便拉着他返回了房中。"

三

"吃晚饭时,我愈发意乱情迷了。她的座位就在我旁边,我用自己的脚将她的脚压住,并不停地在桌布的掩护下触碰她的手。我们彼此对望着,万千柔情与眷恋尽数融合在了对方眼中。

"今晚的月光很好,吃过晚饭,大家一起出去漫步。我借机又向她灌输自己对她的浓浓爱意,这可是我由衷而发的。我抱紧了她,不停地亲吻着她的嘴唇,让她的嘴唇变得湿漉漉的。这会儿,立威正跟她的舅舅在前面一边漫步,一边争辩着什么。他们的影子就落在他们背后的小道上,随着人的移动,影子便跟着移动。

"后来,我们再度返回房中。没过多长时间,就来了一名邮差,带来了一份她舅妈打来的电报。电报上表示,她舅妈将在翌日清晨返回,乘坐 7 点钟的第一列火车。

"她舅舅说:'那就这样吧,亨利艾特,送这两位先生去他们各自的房间。'我们跟他握握手,随即便跟着亨利艾特上了楼。我们首先来到了立威那间卧室,立威凑到我耳畔,对我耳语道:'她肯定不会先送我们到你的卧室,这一点你大可放心。'随后,她便带着我来到了我那间房。这下又只剩了我们两个,我再次抱住她,努力想让她丧失理智,屈从于我。我到底还是没能留住她,虽然她差一点儿就对我屈服了。

"我躺在床上，觉得既兴奋又难过，另外还有一种惭愧的感觉。我明白今夜肯定要彻夜难眠了。我埋头苦思着自己刚刚失败的原因，就在这时，便听到了一阵轻微的敲门声。

"'谁啊？'我问道。

"'我。'有人轻声应道。

"我匆忙把衣服套上，去将门打开。她走进来，问道：'有个问题我忘了向您问清楚，明早您想喝点什么，巧克力怎么样？要不喝咖啡？当然，喝茶也可以。'

"我一下子就把她抱在了怀中，一面像着了魔一样在她身上摸来摸去，一面口齿不清地说道：'喝……喝……'这一回，她又从我怀中溜了出去，临走前，她将我房中的烛火一下吹灭，旋即跑得无影无踪了。

"整个卧室变得一片黑暗，我独自待在其间，不禁满心怒气。我四处寻觅火柴，起初未果，后来终于找到火柴了，可是花了不少力气。我点上烛火，并将它带到了走廊上。眼下，我差不多已经成了半个疯子。

"理智已经从我的头脑中消失了，我从这儿走出去的目的已经昭然若揭。我要将她找出来，今晚我一定要将她弄到手。我就这样毫无顾忌地走了出去。忽然之间，有个念头出现在了我的脑海中：'我这样冒冒失失地闯入某个房间，要是里头恰好住着她舅舅，我要如何向他陈述我的理由呢？'想到这儿，我的思绪便停止了运作。我的心跳得异常快，一下子立在原地，一步也动弹不得了。有关这个问题的答案，过了几秒钟便在我脑海中浮现出来了：'我就说我要跟立威商量一件要事，正在寻找他所在的那间房不就行了？'

"我逐个逐个地观察着那些房门，试图从中发现属于她的那一道。

可惜，我什么也发现不了。于是，我便信手扣住一道门上的钥匙，将其转了一转。那道门就这样被我打开了，真是出人意料。我随即走进门去……只见亨利艾特正在床上坐着，见到我进来，不禁大吃一惊。

"我小心翼翼地把门锁好，蹑手蹑脚地走上前去，说道：'小姐，我想问您借本书，不好意思，刚才忘了跟您提这件事。'她反抗起来，可是无济于事。没过多久，我便将我想要的书翻开来。原谅我在此不能将此书的详细状况描述出来，但那的确是一本精彩绝伦的好书，既是世间最打动人心的诗章，又是世间最妙不可言的小说。

"既然首页已经掀开了，她索性就允许我继续往下阅读，直到心满意足为止。我不断地往下阅读，翻过了无数新篇章。最终，蜡烛烧光了，阅读也告一段落了。

"我谢过她以后，便偷偷摸摸地溜回我的卧室。我溜到走廊的时候，冷不丁就被一只粗鲁的大手给擒住了。立威又来了，他压低声音问我：'你到现在还没把公猪莫兰那档子事解决掉啊？'

"第二天早晨七点的时候，她端了一杯巧克力亲自过来送到了我手中。这杯巧克力醇香无比，叫人喝了以后，通体舒服得难以言喻，简直像要羽化登仙了一般。这样美味的巧克力，我之前从来没有喝到过。我将自己的嘴巴牢牢地黏在她的杯子沿上，那感觉真是太奇妙了，叫我再也无法移动一下嘴巴。

"立威在她离开我的卧室以后，马上便走了进来。他那模样就像是失眠整宿一样，心烦意乱，焦躁不悦。他跟我说：'如果你继续这么干的话，公猪莫兰那档子事就不用指望能解决了，这件事你自己想想清楚吧。'显然，他对我很是不满。

"她舅妈在 8 点的时候赶了回来。经过了短暂的商谈，他们很快便做出了撤销控诉的决定。他们可真是心地善良的人儿呀！我将五百法郎留下来，赠予他们一家，他们可以利用这笔钱，来帮助生活在本地的贫苦民众。

"我们终于把这个问题圆满解决了。他们一家盛情挽留我们，希望我们能延迟一日再走，他们可以利用这段时间，引领我们到本地的名胜古迹去游览一番。我看到此刻正位于这对夫妻身后的亨利艾特向我颔首，暗示我们答应她舅舅舅妈的这个提议。我于是答应了下来。不过，立威却坚决不同意。

"我拉着立威来到无人处，软磨硬泡要求他留下来。我劝他说：'立威啊，我的好朋友，为了我，你就多留一天好不好？'立威发怒了，气势汹汹地对我说：'你知道吗？公猪莫兰这档子事，简直叫我烦透了！'

"我没有办法说服他，唯有顺从他的意见，与亨利艾特告别了。我活到今天，有过很多次非常伤心的经历，这一次无疑就是其中之一。我真希望莫兰这件事不要这么快解决，最好能让我永远处于这件事的解决过程之中。

"告辞离开之际，大家只是不停地握手，都没说什么话。等上了车以后，我便对立威说道：'你真是一点儿都不通情达理。'立威却说：'兄弟，我已经对你愤怒到顶点了。'

"回到报社的时候，很多人正在办公室等我们。这些人一看到我们两个回来了，马上高声问道：'公猪莫兰那档子事，你们两个解决了吗？'

"原来，这档子事一早就已经传遍了拉罗舍尔的大街小巷。立威还在火车上的时候，就已经不再生气了。这会儿，他看到这件事竟成了人们关注的焦点，不由得想笑，费了好大劲儿才把笑意压下去。他高声道：'解决啦，这件事已经解决啦，拉巴尔布功不可没啊！'"

"我们随即又去找莫兰。

"这时，莫兰正满腹愁绪，气息微弱地在家里的安乐椅上躺着。

他额头上盖着一条冷毛巾，腿上抹着芥子泥，一声接一声急促地咳嗽着，一副病得就要死掉的可怜相。他怎么会突然就感冒了，还感冒得这么严重呢？答案可真是不好找。他太太这时正恶狠狠地瞪着他，瞧她那模样，简直恨不能把自己的丈夫活活吞进肚里。

"莫兰在看到我和立威之后，手脚便控制不住地哆嗦起来，看起来紧张得要命。我便对他说：'行啦，你这个流氓，你那麻烦事已经解决了，记住下次千万别再这么干啦！'

"莫兰一个字也说不出来了，只是起身将我的手抓在手中亲吻起来，那姿势就像在亲吻国王一样。他哭起来，差点就哭得晕厥了。跟着，他便去抱立威，继而是自己的太太。结果他太太猛一用力，直接又将他推回了安乐椅上。

"不过，莫兰在此次的事件中受到的打击真是太大了，就算现在问题解决了，他也很难再恢复到从前的状态。

"此事过后，'公猪莫兰'便成了当地人对他的集体称谓。次次听到别人这样叫自己，莫兰便感觉自己好像被捅了一刀一样。

"当他走在大街上的时候，次次听到那些痞子骂出一个'猪'字，他都会扭回头去看，就像是条件反射一般。就连亲朋好友们也时常会借此取笑他。举例来说，每一回大家在吃火腿的时候，莫兰都会听到这样一个问题：'这火腿莫非是用你的肉做的？'

"莫兰在两年之后去世了。

"而我之后参与了议员的竞选活动，那是1875年的事了。有一天，我为了竞选，特意到杜赛尔拜访了一位名叫贝尔隆科的先生，他便是杜赛尔地区新上任的公证员。抵达目的地后，有位身材高挑、丰满迷人的女士接待了我。

"这位女士问我：'难道您已经不记得我了吗？'

"我吞吞吐吐道：'太太……不……我不记得了……'

"'难道您不记得亨利艾特·波内尔了?'

"'呀!'当时我的脸色一定在瞬间就变得惨白如纸。

"她倒是很镇定,平和地望着我,脸上含着可亲的笑容。

"后来,她便离开了,以便我和她的丈夫商量正事。那位先生用几乎能将我的手捏碎的力气与我握手。他热情地对我说道:'先生,其实我一早就想到您府上造访了。我太太总是在我面前说起您。我很了解,你们相识之时,她正处于一个极度艰难的阶段,而您是这样的古道热肠、善解人意、智慧过人,您完美地解决了……'他似乎遇到了难以启齿的粗口,略作迟疑,才低声说道:'……完美地解决了公猪莫兰那件事。'"

一家人

这篇小说只是写了一个公务员家庭中一天所发生的事，你很难说其中有什么故事，但就是在这些记录中，巧妙地表现了公务员家庭生活的情景与他们的精神状态。你在这里面看到的不仅是一个故事，而且是一种生活现实。

林荫大道上，一辆开往纳伊市内的小火车驶过马约门，朝塞纳河岸驶去。小火车拉着一节车厢，鸣着汽笛，车辆行人纷纷为它让开一条道路。它不停地喷着蒸汽，像一个人大跑之后喘着粗气。它发出有节奏的响声，好像有两条铁腿在快速地跑动。夏天的傍晚没有一丝风，非常闷热。路上扬起白色尘土，像粉笔灰似的，黏在人的皮肤和眼睛上，钻进人的身体里，热得让人难受，闻了使人感觉头晕。很多居民都到自家门口透气。

小火车快速地向前驶去，车上的玻璃窗开得大大的，窗帘在风中不断地飘动。车内实在太闷热，大多数乘客跑到了顶层和车厢外的平台上，其实车厢里没有几个人。车上有一部分乘客是胖太太，她们是居住在郊区的小市民，本想打扮得高雅点儿，结果弄巧成拙反而变得很俗气。还有一部分乘客，他们有蜡黄的脸、驼背、两肩不平，一看就是已厌烦了办公室工作的公务员。根据表情判断，他们一定上有老下有小，承担着家庭经济负担；还可以看出现在他们早已没有梦想，成为了穷人中的一员。距离巴黎很远的郊区有一处垃圾场地，他们把家安在这里。门前的花坛在他们看来就是自家的。生活上，他们尽管很节俭，但是钱还是不够用。

车门边坐着一个又矮又胖的男子。他正和一个长得又瘦又长的人谈话。这个矮胖子脸颊臃肿，肚子上的肉直垂到大腿那儿，穿着一身黑西装，上衣上还佩戴着勋章。而那个又瘦又长的人，却不修边幅，穿着一套脏兮兮的白色衣服，头上戴着一顶旧草帽。矮胖子说话慢吞吞的，让人误以为他是结巴。那个瘦高个儿以前是商船上的卫生员，自从他在古尔博瓦圆形广场附近定居后，就一直用他那点儿医学知识行医谋生。他姓舍奈，经常要别人叫他"医生"。当地有很多关于他品行的流言。

噶拉望先生一直过着千篇一律的公务员生活。早上上班的那条路，他已经走了三十年。每天那个时间、那个地点，遇上相同的一帮上班族，晚上下班还是那个时间、那个地点，遇到的还是那帮上班族。噶拉望先生看到他们和自己一样渐渐衰老。

他每天都会在圣奥诺雷区买一份报纸和两个小面包，然后急急忙忙地赶到办公室。他总是提心吊胆的，生怕哪里做错而受到训斥，每次走进办公大楼，都像一个前去自首的罪犯一样。

他的生活每天都是这样，不会出现什么不同。在他眼里只有公务、升级和奖金，其他的他都不在乎。他是一个不在乎嫁妆的人，当初就和一个同事的女儿结婚了。很久以来，他无论在任何地方，脑子里想的只有公务。枯燥的办公室事务已经占据了他的脑子，现在对于他来说，除了工作还是工作，什么计划、希望、梦想都与他无关了。话又说回来，虽然公务员的生活让他觉得惬意，但是也有让他不满的地方。比如一些军装上有几条白条纹的海军军需官，他们一进部里就被任命为科长或副科长。面对这些不公，噶拉望先生愤愤地称这些人为"白铁匠"。他的妻子对此也很气愤。每天晚饭时，他都会大发牢骚，指出不应该将这些官职给这些人。他说得有理有据，让人怎么听都觉得老天对他不公。

时间过得很快，似乎只是一瞬间，他就已经很老了。在学校的时候，他每次看到学监就浑身发抖；毕业后，偏偏又遇上让他非常害怕的上司。每次从上司的门口走过，他就会腿脚发软。长期的惊恐不安使得他的行为看起来很怪异。他害怕别人责骂他，所以他一说话就会结结巴巴。

对于巴黎，他了解得很少，远不如一个由狗带路沿街乞讨的瞎子知道得多。每天他从报纸上看到一些社会新闻或者不好的消息时，他都认为是有人故意捏造，为他们这些小职员无聊的生活增加点儿乐趣。他是一个守旧的人，认为新事物会扰乱他的生活，因此对此他非常憎恨。对于报纸上的新闻，他也从来不看一眼。不过，说实话，在这方面那份报纸的确某种程度上有不实的报道。每天晚上下班后，他都会沿着香榭丽舍大街步行回家。在路上，他不解地看着形形色色的行人和车马。那神情会让人误以为他是一个刚从国外来的游客。

这一年的1月1日，噶拉望先生三十年的工作期限满了，他得到一枚荣誉勋章，成为荣誉团中的一员。这是他在军事化机关里，经过长时间拼命劳动后得到的奖赏。他根本没有想到自己会得到勋章。这一奖赏使他感觉自己的才能升到了一个新的高度，同时，也改变了他的生活习惯。为了让勋章更加显眼，他每天都穿上一身黑色的西装，以前那些杂色的衣服都被扔进了衣柜里。不仅如此，他每天都要仔细地刮脸和修剪指甲，衬衫也换得更勤了。他觉得自己也是得到勋章的人了，要配得上这枚勋章。一句话，瞬间的工夫，他整个人都变了，穿戴整齐，精神昂扬，对待别人谦虚又随和。

在家里，他提得最多的还是"我的勋章"。渐渐地，在他看来，只有自己的勋章代表着高度的荣誉。每当看到别人的扣眼上挂有其他勋章时，他就很厌烦。如果见到有人佩戴外国勋章，他更是火冒三丈，他觉得它根本就不应该出现在法国。最让他讨厌的是每天傍晚在小火车上遇到的舍奈"医生"，他身上挂着一枚颜色怪异的勋章，非常难看。

通常从凯旋门到纳伊这段路上，噶拉望都会和舍奈"医生"谈话，他们每天谈论的内容基本相同。先是谈论社会上各种弊端，然后讨论疾病方面的问题。对于种种社会弊端，两人都表现得非常愤慨，认为这是政府没有尽职尽责。谈完这些后，噶拉望就会将话题巧妙地转移到疾病方面来。他认为和医生同行，谈到疾病方面非常正常，而

且有时候还可以为自己省下一笔诊断费。最近，噶拉望年过九十的老母亲经常昏倒，却死活不肯去医院，所以噶拉望询问健康方面的问题更多了。

一谈到母亲，噶拉望就会兴奋地对舍奈"医生"说："您经常会见到像我母亲这样长寿的人吗？"然后，他高兴地搓着手。他觉得，母亲能够长寿，也就预示着自己能够长寿，从这点上来说，他希望母亲活的时间越久越好。他总喜欢说："我们全家都长寿，据此判断，我也会长寿的。"

舍奈"医生"并不着急回答，他先瞧瞧他身旁这位老伙伴，看看他的胖脸，又粗又短的脖子，鼓溜溜的大肚子，还有肥嘟嘟的大腿，然后掀掀头上那顶旧帽子，笑着说："朋友，我看不一定，你的母亲长得那么瘦，而你却像个大皮球。"听到他的话后，噶拉望不说一句话了。

小火车很快就到站了。下车后，舍奈"医生"邀请噶拉望去对面的咖啡馆喝苦艾酒。他们经常去那家咖啡馆，老板已经和他们很熟了。隔着柜台上的酒瓶，他们和老板握了握手，算是打了声招呼。随后，他们走到玩多米诺骨牌的三个朋友那儿，与他们兴高采烈地谈论着，并向他们打听最近的新闻。谈话结束后，那三个朋友继续玩牌。他俩喝完酒后与这三位告别，那三个牌友忙着打牌根本无暇看别的地方，头也不抬，伸出手来，让他们握手告别。出去后，他俩就此分手各自回家了。

古尔博瓦广场附近有一所三层小楼，最底层是一家理发店，楼上就是噶拉望的家。他家里有两间卧房、一个餐厅、一个厨房。屋子里有几把旧椅子，哪里需要就会被搬到哪里。噶拉望太太几乎所有的时间都花在打扫屋子上了。他们有一双儿女：女儿玛丽·路易丝十二岁，儿子菲力浦·奥古斯特九岁。在他们家附近有一个泥坑，两个孩子整天都在那里玩耍。

噶拉望母亲的卧室在第三层。她是当地有名的小气鬼，再加上她长得很瘦，所以就有人开玩笑地问："上帝是不是把所有的小气，都用在她身上了？"她的脾气很糟糕，几乎每天都与人争吵，邻居、门前摆摊的商贩、扫大街的工人以及小孩子都被她骂过。有些小孩子被她骂后，躲在她身后不远的地方，骂她"老巫婆"。

他们家雇了一个专干家务的诺曼底女佣，不但长得矮小，而且粗心大意。为了防止老太太病重不能被及时发现，噶拉望就把女佣安排到老太太的隔壁住。

每次噶拉望回家，他总能看到他那有洁癖的妻子是这样一副打扮：她手上戴着线手套，头上戴着一大簇彩色绸带的便帽，总是拿着一块绒布擦拭着家里仅有的几把椅子。她稍微一动，帽子上的彩带就会滑到一只耳朵上。她每天不是打蜡就是擦拭，不是洗就是刷。每当别人看到，她就会告诉别人："虽然我家并不富裕，但是对于我们来说洁净就是最高等的奢华。"

她非常固执，所有的事情她都要做主。噶拉望先生几乎没有插嘴的份儿，虽然他比妻子大二十岁。每天晚上从饭桌上到床上，他都像一个向神父忏悔的虔诚信徒一样，向妻子汇报情况。在他向妻子汇报后，妻子还会吩咐他什么事情怎么办。噶拉望太太长得又矮又瘦，不会穿戴打扮，身上的衣服根本显现不出她是个女人。虽然穿了一条裙子，但是她老把它歪到一边。在家里，她总是爱戴一顶缀有一大簇丝绸彩带的帽子，她认为这样打扮最好看。不管有没有人在，她都会不自觉地在身上抓来挠去。时间久了，这种怪癖已经成了她每天生活中的一部分。

噶拉望太太看见丈夫回来，立即起身迎接。在亲吻了噶拉望的脸颊后，她说："你说过要带我去波坦百货商店，你还记得吧？"噶拉望前段时间答应过妻子要陪她去那家店办件事,但他已经是第四次忘记了。面对妻子的责问,他非常紧张,吓倒在椅子里,强辩道:"这件事我一直想着呢,只是今天事情太多了,最后还是给忘了。真是对不起!"噶拉望满脸懊恼,让太太也很过意不去,就安慰他,只要明天别忘就好。

"今天部里有什么新闻吗?"噶拉望太太问。

"当然有了!换副科长了,又一个白铁匠。"噶拉望回答道。

"什么?哪个科的科长?"噶拉望太太立刻变得严肃起来。

噶拉望回答说:"国外采购科。"

"是有人接替拉蒙的职位吗?天啊!怎么不是你接替呢?拉蒙退休了吗?"

"他退了。"噶拉望小声地回答。

听到回答后,噶拉望太太气得跳起来了,头上的软帽掉到了肩上,她狠狠地对丈夫说:"看吧!这下没戏了,在你们那破机关,一辈子也甭想出人头地。那个军需官叫什么?"

噶拉望回答说:"博纳索。"

噶拉望太太翻开手边的一本海军年鉴说:"博纳索上校出生于1851年,1871年时还是个见习军需官,四年后担任助理军需官。"她接着问:"这个军需官出过海吗?"

妻子这么一问,噶拉望的紧张情绪完全消失,他高兴地说:"他呀,和他的上司巴兰一模一样。"说着,他忍不住大笑起来,同时,讲起这个军需官的搞笑事情,他说:"有一次部里派他们去黎明港视察工作,两人不敢走大船,坐了个小火轮也晕得分不清东南西北。"

噶拉望觉得很可笑的事情,他的妻子却觉得根本不值得一笑。她手托着下巴,思考了一会儿说:"如果认识一个议员就好了,这种事情告诉他,议会自然就会到部里调查。到时候,部长非被撤职了不可！"

突然，一阵吵闹声打断了夫妻俩的谈话。原来是他们刚在泥坑里玩耍的女儿和儿子回来了，两人不知道为何发生争执，你一拳我一脚地打起来。噶拉望太太非常生气，迅速冲下楼去，抓住两个孩子的胳膊，边骂边甩，气愤极了便一把将两个孩子推进屋里。两人刚被推进屋里就看到了父亲，赶紧往父亲怀里钻。通常噶拉望会抱起他们，在他们脸上亲一亲后，让他们坐在膝盖上和自己聊天。

噶拉望的儿子菲力浦·奥古斯特总是一副脏兮兮的样子，头发长得像一堆杂草。他不仅长得难看，而且透着一股傻劲儿。女儿玛丽·路易丝却完全不同，她长得很像她的母亲。她不但爱学她母亲说话，而且还会模仿母亲的一举一动，经常会问噶拉望："部里有没有什么新闻？"

噶拉望笑着回答说："女儿啊，今天有一个人接替了拉蒙的位置。记得拉蒙叔叔吗？就是以前每月都会来我们家吃饭的拉蒙叔叔。"玛丽·路易丝故意学着母亲的语气说："也就是说，你又与科长的职位无缘了？"

谈到这里，噶拉望的脸上没有了笑容，他转过身去，问正在窗前擦玻璃的妻子，母亲好不好。

噶拉望太太不屑一顾地说："哼！我正想和你说说你妈呢！她可把我害惨了。今天我出了一趟门，就在这期间，正好理发匠的老婆来找我借一包淀粉，你妈看到人家来借东西后，骂人家是乞丐，还把人家赶走了。理发匠的老婆把这事说给我听，我回家后就说了你妈一顿。与平常一样，别人一说她不好的地方，她就假装听不见。说实话，她的听力比我的还要好。在我摆出的事实面前，她什么话也没说，干脆赌气把自己锁进屋里了。"

正当噶拉望不知道说什么好时，女佣请他们到餐厅吃饭。每次噶拉望都会拿起墙角的扫把敲几下天花板,通知母亲吃饭。于是,他拿起扫把使劲往天花板上敲三下,然后去了餐厅。噶拉望太太盛好饭后,一家人静静地等着老太太下楼吃饭。可是,汤都快变凉了,老太太还是没下来。大家等得着急了,就慢慢喝起汤来。最后,汤也喝完了,还是不见老太太的影子。过了一会儿,噶拉望太太向丈夫抱怨说:"你看看,你妈妈,她这明摆着和我过不去,你就这样偏袒她吧。"噶拉望不敢说妻子的不是,也不敢说母亲的不是,实在没办法,只好让女儿去请老太太吃饭,自己则坐在椅子上,眼睛耷拉着看着下面,一动不动。丈夫没有说婆婆一句不是,噶拉望太太不高兴了,不停地拿着餐刀敲打着酒杯。

忽然,门开了,小女儿的脸像一张白纸,浑身哆嗦,气喘吁吁地说:"奶奶……奶奶……晕倒啦!"听了这话,噶拉望跳了起来,扔下餐巾,向楼上跑去。他的太太并没有立即起身,在她看来老太太一定在耍花招,于是不屑地耸耸肩,跟上去。

一进门,噶拉望就看到老太太僵直地倒在房间里。他将老太太身体翻过来后,看到一张布满皱纹的脸毫无表情,皮肤蜡黄,眼睛紧闭,牙齿咬得很紧,全身也变得非常僵硬。看到这一幕,他不禁跪下小声地哭起来:"妈妈呀!妈妈呀!你好可怜啊!"

"好啦!别哭了,没事的,不过是晕倒而已。我看她是故意不想让我们吃饭。"在他身后观察了一会儿的妻子说。

夫妻俩将倒在地上的老太太抬到床上,脱掉她身上的衣服,然后叫上女佣一起给她按摩。过来很长时间,老太太还是毫无动静。夫妻俩才让女佣去很远的苏蕾恩请舍奈"医生"。过了很久,舍奈"医生"才到了。他将老太太从头到尾检查一遍,又把了脉后说,老太太已经去世了。

听到医生的话后,噶拉望"扑通"一声趴在母亲的身上,大声地痛哭起来，泪水不断打在母亲的脸上。母亲的死，似乎让他痛彻心扉，他哭得浑身颤抖。他的身后站着的太太也小声地哭泣着，时不时还用手揉着眼睛，悲痛在她的手里拿捏得恰到好处。她的丈夫哭着哭着，脸肿了起来，看起来非常难看，头发也乱糟糟的了。突然，他站起来问舍奈"医生"："医生，您确定我母亲不在了？您会不会看错了？"

舍奈"医生"听了这话后，有些生气，迅速走过去，翻开老太太的眼皮，让噶拉望看，并说："老兄，放心吧！不会有错的！你看看这眼珠，哪里是活人的眼珠。"他那神情就像一个商家大声地向顾客推销自家的商品一样。老太太的眼珠和平常人的眼珠相比，除了瞳孔有点儿大外，其余也没什么区别。

此时，噶拉望已经吓得直打哆嗦。接着，舍奈"医生"再次摆弄老太太的尸体。他先抓起老太太干瘦的胳膊，使劲儿掰开她的手指，对噶拉望说："您再看看这只手，都僵硬成这样了。放心吧，我行医多年，不会看错的。"他那架势似乎要把对方说得哑口无言。

舍奈"医生"说完后，噶拉望趴在床上边哭边打滚，哭声就像头牛的哀号一样。旁边的妻子一边假装哭泣，一边布置床头柜。她将一块台布铺在床头柜上，点上四根蜡烛，中间放上一个盘子，又把镜子后面的一根黄杨树枝搁在盘子里。该往盘子里倒圣水了，没有圣水，她干脆就用清水代替。稍稍思考后，她又捏起一点儿盐放进清水里。做完这些后，她认为已经为老太太做了最好的临终法事。

舍奈"医生"也过去帮噶拉望太太干这干那，忙完后，他告诉她，应该拉开噶拉望。噶拉望太太同意后，便与舍奈"医生"分别抬起噶拉望的两条胳膊，将他搀扶到椅子上。

噶拉望太太在丈夫的额头上亲了亲，然后开导他说："生老病死是自然规律，你得顺应天命，不必太伤心了。"这时，旁边的舍奈

"医生"也劝他说:"人死不能复生,您要节哀啊!您要坚强起来才行。"正在痛哭的噶拉望听到他们的劝说,反而哭得更厉害了。

两人见劝说并没有效果,于是重新搀扶起噶拉望先生,将他带出房间。他就像一个机器人一样迈着步伐,似乎连自己正在下楼梯都不清楚,胖胖的身体软绵绵的,两条胳膊在空中摇晃,两条腿也毫无力气。噶拉望太太和舍奈"医生"将他扶在餐桌前的椅子上坐下。餐桌上放着一个快要见底了的汤盆,里面还有一只浸在汤里的汤匙。噶拉望脑子一片空白,目光呆滞地看着酒杯。

噶拉望太太将舍奈"医生"领到角落里,问他办手续和丧事方面的事情。谈话后,舍奈"医生"似乎有什么期待,边拿帽子边说:"真是抱歉!我得走了,我还没有吃晚饭呢!"说完他行了礼,准备要走。这时,噶拉望太太惊讶地大声说道:"啊?难道您还没有吃饭吗?这样您在我家吃吧!您不必客气。我家吃饭一直很简单,您将就着吃点儿吧。"

"哦,不!这怎么好意思呢?"舍奈"医生"推辞道。

"这有什么?您还是留下吃饭吧。作为朋友您应该留下来陪我们,再说我丈夫他真的很需要吃点儿东西,您劝他,他或许会听的。"

舍奈"医生"笑着说:"既然这样,我只好恭敬不如从命了。"于是,他把帽子摘下放回家具上,坐到了餐桌前。噶拉望太太当着女佣的面说:"我一点儿胃口都没有,这不要陪陪医生嘛。我坐他旁边随便吃点,做做样子。"

吩咐好女佣罗萨莉去厨房做饭后,噶拉望太太也坐在餐桌前了。她和舍奈先生拿碗盛起桌上的凉汤喝,在舍奈先生添过一次汤后,凉汤被他们喝完了。女佣端上来一盘散发着洋葱味的里昂风味牛肚。美食面前,噶拉望太太也禁不住诱惑,决定品尝一番。旁边的舍奈"医生"吃了一口,赞叹道:"啊!真是太好吃了!"噶拉望太太笑着说:

"是吗？"接着，她又对丈夫说："可怜的阿弗雷特，你好歹吃一点儿吧。否则，你怎么熬夜呢？"

现在的噶拉望非常听话，无论谁让他干什么，他都会不假思索地去干，如果你要他睡觉去，他就会立即上床躺下。妻子让他吃饭，他立刻拿过餐盘，吃起饭来。

舍奈"医生"吃得很起劲儿，连续往自己盘里装了三次饭。噶拉望太太不停地将牛肚送进嘴里，却装出无心吃饭的样子。

很快，一盘通心粉上来了。舍奈"医生"再次赞叹道："哇！看着就有食欲。"噶拉望太太起身给所有人的盘里装了满满一盘，就连两个小孩儿的盘里都满得无法再装了。两个小孩儿胡乱地吃着，趁大人不注意偷喝点儿桌上的葡萄酒，还时不时在桌下踢对方的脚。

吃得正高兴，舍奈"医生"突然想起罗西尼也喜欢吃通心粉，就诗兴大发，说他做了一首诗。开头是这样：

伟大的音乐家罗西尼，
爱吃意大利通心粉……

噶拉望太太可没心思听这些，她认真地考虑着婆婆突然去世，家里会发生哪些变化。她旁边的丈夫却像一个白痴一样，从面包上揪下一个个小面块，搓成小面团，然后目不转睛地看着。他好像嗓子很干，于是接连不断地喝掉一杯又一杯的葡萄酒。巨大的打击使他的大脑变得昏昏沉沉了，再加上喝醉了酒，整个人也变得晃晃悠悠，就像一个人吃饱了饭后头晕想要睡觉时的样子。

舍奈"医生"也喝醉了，变得无拘无束，不停地端起酒杯往肚子里灌。虽然噶拉望太太只喝了点白开水，但是神经高度紧张之后，她也觉得头昏脑涨。

接着,舍奈"医生"对噶拉望夫妇讲起几户有人去世的人家。这几户人家在他眼里,都是冷漠无情的。巴黎郊区住的都是外省人,他们非常冷漠地对待死者,就连亲生父母也不例外。这种情况在乡下很常见,他们对死者态度不敬,也没有意识到自己的冷漠。但是,在巴黎这样的大都市就很少遇见了。他说:"上周我遇到的那家就更为罕见了。那天,普托街的一户人家里有人病重请我,我匆忙赶去,到的时候,人已经去世了。可是,这家人却在死者的床边喝着茴香酒,并把整整一瓶酒都喝个精光。这酒是那天的前一晚他们买给死者喝的。"

噶拉望太太一句也没听进去,她满脑子都在想遗产的事。她的丈夫还像个白痴一样,大脑一片空白。

这时,女佣为每人端来一杯香浓的咖啡,咖啡杯里还兑了点白兰地。喝完后,所有人的脸颊都泛红了,意识更加模糊了。后来,舍奈"医生"抓起白兰地酒瓶,给每个人的杯子里都倒了点儿,让大家涮涮杯子。咖啡杯底的糖融入白兰地酒中,杯中的液体变成淡黄色,它将人带进温馨的环境之中,也让人慢慢地沉沦进而忘记自我。此时,两个孩子已经睡着,女佣把他们送回了房间。

噶拉望看似和所有遭受不幸的人一样,接连不断地喝酒,想把自己灌醉,可是,他呆滞的目光却越来越有神了。

终于,舍奈"医生"要走了,他抓住噶拉望的胳膊说:"朋友,和我一起出去走走吧!心情不好应该出去散散心。"噶拉望点点头,戴上帽子,拿上拐杖,和舍奈"医生"一起出去了。夜里,天上满是星星,两人挽着胳膊一起往塞纳河走去。

透着丝丝温暖的晚风,不断吹来阵阵花的清香。附近有花园苗圃,这个时候都开满了鲜花。到了晚上,它们似乎才从沉睡中醒来,通过微风在黑暗中散发着香气。

大街上,没有一个人,非常寂静。从市区到凯旋门的路两旁,都有煤气街灯。那边，笼罩着红尘的巴黎市区，喧闹声不断，好像什么东西发出的隆隆声一样。远处和这隆隆声相呼应的是火车的汽笛声。这声音巨大，让人想到火车开足了马力，正疾驰在原野上，准备向大西洋海岸驶去。

外面清新的空气扑打在脸上，两人都有一种不一样的感觉。舍奈"医生"走路东倒西歪。从吃饭那时起到现在，噶拉望一直脑袋不清楚、全身无力，现在更像在梦中行走。大悲大痛之后，他变得麻木起来，伤痛过后，他也不觉得痛苦了。夜里阵阵花香让人觉得非常舒畅，心里没有重负后，他彻底地从痛苦中挣脱了出来。

他们走到桥头向右拐弯后，从河面吹来一阵清风。天上的星星映在河水中，随着河流不停地摇晃，像是在水里游泳。岸边有一排高高的白杨树，对岸的河堤上白色的雾霭轻轻飘荡着。此时，两人呼吸到一股潮湿的气息。突然，噶拉望停下了脚步，对岸的情景，让他想起以前的事情。

他好像看到了他童年时母亲的样子，在家门口，母亲弯着腰，跪在小溪边洗衣服。在寂静的山野上，他似乎听到母亲叫他的声音，她叫喊道："阿弗雷特，快去帮妈妈拿一块儿肥皂。"那时，他们还生活在遥远的故乡庇卡底。此时，他感受到的流水的气息以及看到的对岸的薄雾，与他故乡的都是那样相似，让他好像又回到了故乡，就这样，在母亲去世的晚上，他内心深处藏着的记忆，渐渐被唤醒。

他站在那儿一动不动，感觉自己被一股气流推向了悲痛的深渊，又感觉自己的不幸被一道闪光照亮，绝望占据了他的心头。他感到绝望，觉得心被撕碎，人生也被撕裂成两半：一半是母亲在的年少时期；一半是没有母亲的青年时期。随着母亲的去世，他的年少时期一去不复返，而青年时期也逐渐走向死亡。从此，没有人再陪他一起回忆过去，谈起他的家乡，谈谈他童年生活中的点点滴滴。

接着,往事不断地涌进他的脑海,年轻时的"妈妈"的形象再次浮现在眼前:她穿着一件旧衣服,因为没有换洗的衣服,她多年一直穿着那件旧衣服。大概是它经常和母亲一起出现,噶拉望早把它和母亲看作一个不可分割的整体,想起母亲自然会想起她穿的那件旧衣服。后来,他又想起过去被遗忘的一些事情。在这些情景中,他再次看到了妈妈,看到了她的样子,听到了她的声音,重温了她的习惯和癖好,想起她脸上的皱纹和她的手指头,想起她生气的样子及常摆的姿态。

想到这里,他便趴在舍奈"医生"的肩头痛哭起来,软绵绵的双腿不停地抖动,整个身体也不住地摇晃,他边哭边喊:"妈妈呀,我可怜的妈妈!"

舍奈"医生"本想去他常去的一个地方找点儿乐子,没想到出来不久,噶拉望就再次痛哭起来,他觉得非常扫兴。于是,他扶起噶拉望,让他坐在河边的草地上,然后假意说要去看一位病人就赶紧溜走了。

噶拉望独自坐在草地上大哭,哭得眼泪都干了,才停下来。他感觉痛苦减轻了,舒服多了,还体验到了一种从未有过的安宁。这时,月亮出来了,暗淡的月光照着地面上的景物。对岸高耸的白杨树发出一闪一闪的银色光亮,远处的雾气就像是飘浮的白云。他看不到河里有游泳的星星了,在那流动的水面上,似乎有一层珍珠在月光下泛着点点亮光。在清新柔和伴有阵阵芬芳的空气中,大地已经进入了梦乡。噶拉望贪婪地享受着夜里的一切,他觉得呼吸到的新鲜空气连同这里的宁静和欣慰一起进入了他的体内,到达了身体的各个角落,甚至是每一条神经,他的心情变得舒畅起来。

不过,他觉得自己不该在这个时候心情变好,于是嘴上还不停地喊着:"妈妈呀!我可怜的妈妈呀!"

他心想一定要哭下去，不过，越是这样想，反而越哭不出来了，似乎任何事物都不能再唤起他的眼泪了。接着，他开始起身往回走。他感到世间万物的喜怒哀乐并不会影响到大自然，它依然是那样宁静，想到这里他的心也平静了下来。

到了桥头，他看到最后一班小火车闪着灯光，即将出发，还有经常去的那家环球咖啡馆背面的窗户透着亮光。他觉得自己伤心时，必须得到别人的理解和关心。于是，他决定把自己的不幸告诉别人。走到了咖啡馆门前，他摆着一副愁眉苦脸的样子，推开门看到了老板。原本以为，大家看到他这副样子会立即站起来，过去握着他的手说："老兄，怎么了？发生什么事情啦？"可是，似乎大家都没有注意到他的表情。为了引人注意，他抱起脑袋，自言自语地说："哎哟！我的上帝啊！哎哟！我的主啊！"

终于，老板注意到他，并看了他一眼，问道："噶拉望先生，您生病了吗？"

"不，我没有生病。我母亲去世了。"他伤心地答道。

"哦。"老板应了一声，并没有安慰他。这时，有顾客要啤酒，老板说："噢，好的。马上就到。"说着就急忙跑去送酒，留下噶拉望一个人在柜台那儿发呆。

老板让他失望了，他又走到那三个牌迷朋友的桌子旁。那三个朋友正投入地打着牌，似乎没有发现噶拉望。站一会儿后，噶拉望着急了，开口说："你们知道吗？刚才我家里发生了一件大事。"

这时，三个牌友才稍稍抬起头来，问："怎么了？出什么事了？"他们仍目不转睛地看着手里的牌。

"唉，我母亲不在了。"噶拉望悲伤地说。

其中一个人说："这真是糟糕啊。"他的表情并没有什么变化，一副满不在乎的样子。第二个牌友什么话也没说，只是摇了摇头，叹了口气，作为应答。第三个牌友没说一句话，继续打牌，他似乎在说："这有什么大惊小怪的？还以为是什么新闻呢！"

此时虽然没有了悲伤的感觉，但噶拉望还是希望得到别人的安慰。没想到，老板和牌友都没有一句安慰的话，这样冷漠，他气愤地走出了咖啡店。

回到家，他看到妻子穿着睡衣，坐在客厅窗户旁的椅子上等他。她正在考虑遗产的事情。

看到丈夫回来，噶拉望太太说："亲爱的，快把衣服脱了，咱们到床上说一件事。"

"楼上……不是没人吗？"他边说边抬起头来，朝上面望去。

"怎么没人呢？罗萨莉在楼上守着你妈呢，三点你去换她。"妻子说道。

他担心会有什么事情发生，钻进被子时，并没有把衣服全部脱掉，留下了衬裤，头上的围巾也留下了。他们坐在了床上。

天天戴帽子，似乎已经成了噶拉望太太无法改变的习惯。即使是睡觉时，她依然会戴一顶缀有粉红色蝴蝶结的睡帽。与她那天天戴帽子的习惯相似的是，每次她戴的帽子都会歪向一边。

突然，她转过身来问丈夫："你妈立过遗嘱吗？"

"啊……我……我觉得应该没有。"噶拉望说。

噶拉望太太盯着丈夫，低声埋怨道："瞧瞧吧！这还有没有天理？我们辛辛苦苦伺候她十年，管她吃，管她住，她倒好，一分钱都不留给咱们。早知道是这种结果，我才不伺候她呢！你看你妹妹，早就躲得远远的了。你妈妈真是无情无义，凭这点，她这一辈子就很不光彩了！"接着，她又看丈夫说："你是不是想说，她给咱们付了饭钱和住宿费？的确，她是给了，但是我们那样伺候她，这是用钱能还完的吗？她如果是个体面的人，生前就一定会立遗嘱回报后辈的。

哦，原来我这十年都是白忙了！哼！真是可笑！"

噶拉望被太太的话说得心乱如麻，一时也没有办法，赶紧劝她说："亲爱的，别生气了，我求你了。"

尽情大骂了一顿后，噶拉望太太情绪渐渐平静下来。接着，她用一种她经常使用的命令口气说："明天将你妈去世的事，告诉你妹妹。"

妻子一说，噶拉望立刻跳了起来说："哎呀！真是的，我竟然把这事给忘了。明天一早，我就去给她发电报。"不过，他妻子马上拦住他说："不能那么早，你妹妹从夏朗东到这里，只要两个小时。在她来之前，我们还有其他的事要做。等到十点到十一点，这段时间再发电报也不迟。她来了，我们就告诉她，早上你被吓蒙了，所以稍晚了一点儿通知。总之，她也没办法埋怨我们。"

噶拉望一拍脑门儿，用颤抖的声音说："我还没有跟部里说呢！"想起部里那个上司，他就不由自主地发抖。

"凭什么？凭什么告诉部里？这种事不用跟他们说。发生这么大的事，忘了很正常。听我的，不用理你那位上司，正好可以晾晾他。"

"好，就这么办。"噶拉望高兴地拍着手说："他如果知道我没有上班，一定气得火冒三丈。等我去了后，在所有人面前大声地宣布'我母亲不在了'，那时候他就乖乖地闭上嘴巴。"

噶拉望兴奋地搓着手，想象着科长被取笑后的狼狈样子。此时，女佣正在楼上老太太尸体旁睡大觉。

忽然，噶拉望太太又紧锁眉头，好像有什么烦心事，一副欲言又止的样子。终于，她开口问："你妈屋里的那个少女玩球的座钟是你的吗？你妈说过要给你，是吧？"

他想了一会儿说："对，对，我妈刚来我们家住的时候说过。她说，'你好好照顾我，将来我把座钟传给你。'"

噶拉望太太眉头舒展起来,脸上的愁云也不见了,她说:"既然你妈说过,那我们就该在你妹妹来之前把它搬下来,否则,她来了肯定要阻止我们搬的。"

"真的要这么做吗?"噶拉望犹豫不定。

噶拉望太太有些生气了,她说:"那当然了,我们搬过来,它就是我们的了。对了,还有她房间的那个有大理石面的柜子一起搬来。记得她说过要把它给我。"

"真的吗?亲爱的,这事可不能乱说啊!"噶拉望说。

他刚说完,妻子就怒气冲冲地说:"你就和狗一样,改不了吃屎的毛病。既然她已经答应给我了,那就是咱们的了。你妹妹要是不愿意,尽管找我来,我才不怕她呢!你是愿意去搬东西,还是愿意让咱们的孩子饿死?好了,不说了,我们这就去搬东西吧。"

噶拉望不敢再说什么了,他只好下了床,准备穿裤子。他妻子拦住他说:"不用穿了,这样就行。"他们悄悄地上了楼,打开老太太的房门。只见老太太直直地躺在床上。旁边为她守灵的罗萨莉已经睡着了,她嘴巴张开还不断地打着鼾声,两腿伸开地躺在扶手椅上,两只手交叉放在裙子上,身子一动不动,头已经歪向了一边。盘子旁的四根燃烧着的蜡烛,似乎只有它们在给老太太守灵。

噶拉望迅速抱起与帝国时代其他艺术制品一样怪异的座钟。座钟上有一个镀金少女铜像。这个少女头戴各色花朵,并做出接球的姿势,而那个球就是钟摆。

"好了,把座钟给我,你去搬柜子上的大理石面。"噶拉望说。

噶拉望不敢不听,迅速去搬,费了很大劲儿,才把大理石面的柜子扛到肩上。此时,他已累得气喘吁吁。

接着,夫妻俩搬好东西往外走。出门后,噶拉望弯着身子,小心翼翼地下楼。噶拉望太太一手抱着座钟,一手拿着烛台为他们照路,倒退着下楼。

他们把东西搬回房间后，噶拉望太太长舒一口气说："咱们已经把最难搬的东西搬下来了，把剩下的也搬过来吧。"

那柜子里放满了老太太的衣物，他们必须找个地方放这些衣物。

噶拉望太太稍微思考一下就想出一个好办法来，她说："门厅有一只杉木做的箱子，顶多值四十个苏，把你妈的衣物放进去正好。"

很快，噶拉望搬来了箱子，他们把柜子里的东西全部往箱子里转移。老太太的旧衣服，套袖，衬衣，帽子等一些东西都搬到了箱子里。夫妇俩将它们整整齐齐放在木箱子里，这样好不让第二天来奔丧的噶拉望的妹妹，也就是布罗太太看出破绽来。

整理好老太太的衣物后，两人先把抽屉搬下去，然后将柜子也抬了下去。东西搬好后，夫妻俩不知道将它们摆放到哪里比较合适，考虑了很久才决定搬到他们的卧室去。于是，五个抽屉的柜子被他们摆放在两扇窗子之间，与他们的床相对。

摆好后，噶拉望太太立刻将自己的衣物放进去。夫妇俩又将座钟摆放在餐厅的壁炉上。最后，他们看看摆放后的效果，都觉得很合心意。"这样摆放很自然。"噶拉望太太说。"对，这样很好！"噶拉望点头附和着。这样两人才放心地上了床，蜡烛被吹灭不久后，两人都进入了梦乡。

第二天，天已经很亮了，噶拉望才睁开了双眼。一开始他的脑子有点儿不清醒，几分钟后他才回忆起昨晚家里发生的一切。突然，他觉得胸口被什么东西打了一拳，跳下床来，又难受得想要大哭一场。他立刻跑到楼上母亲的房间。屋子里，罗萨利竟然还保持着昨晚的姿势，到天亮都还没醒。他叫醒罗萨利，让她去干活，自己拔下快要燃尽了的蜡烛，放在母亲面前，仔细地看着她的脸。他是一个普通人，面对去世的母亲，脑子里产生了一种宗教的和哲学的凡俗见解，这种看似高深的思想困扰着他。

这时，从楼下传来太太叫他的声音，他赶紧下去。他太太给他一张列好的清单，上面写了上午该做的一些事情。他看到那张清单，上面密密麻麻的，心里不由得紧张起来，只见上面写着：

1. 去区政府登记；
2. 请医生来家里验尸；
3. 找人定制棺木；
4. 联系教堂；
5. 联系殡仪馆；
6. 印讣告信；
7. 发电报，通知妹妹和其他家属。

下面还有好多事情，噶拉望来不及看完，赶紧戴上帽子，出去办事了。

老太太逝世的消息很快就传开了，附近的居民纷纷前来吊唁。

楼下理发师的太太得知这事后，一边织袜子，一边小声说："唉！这下又少了一个人间少有的小气鬼。我其实很讨厌她，但是人都死了，还是应该去看看的。"

正在给顾客刮脸的理发师，一边给顾客的下巴上打肥皂，一边嘟哝着说："你说，这女人啊，可真是奇怪，人家活着的时候你和人家纠缠个没完没了，死了你还不让人安宁。"

他太太听了话后，并不生气说："早上我知道这事后，就一直放心不下，觉得非得去看看不可。我怕要是不去的话，这辈子也就看不着了。我去仔细地看看，记住她的模样，我就安心了。"

她的丈夫拿着剃刀，不解地耸耸肩，对修脸的人说："请问先生，这些该死的女人，脑袋里到底在想些什么，换成是我，才没心思去看一个死人呢。"

丈夫的指责，并没有让理发师的太太生气，她只是说："没办法，我就是这样的人！"说完，扔下正在织着的袜子，就跑到楼上噶拉望太太家去了。

在理发师太太到来前，已经有两个邻居太太先到了。噶拉望太太给她们讲述了这件意外事情的发生经过后，带着三位太太轻轻地走进灵堂里。她们挨个沾了点盐水洒在被单上，跪下去，一边用手画着十字架，一边念着祷词，最后都瞪着眼盯着老太太的遗体，张着的嘴过了好久都没有合上。噶拉望太太用手帕捂着脸，似乎哭得很伤心。

等她转过身要出去的时候，才看见女儿和儿子穿着衬衣站在门口，好奇地看着她。她也顾不上要假装伤心了，伸长手，扑过去，生气地说："你们俩这小捣蛋鬼，还不快滚！"

十分钟后，又来了一批吊唁的女邻居。噶拉望太太按照尽孝应有的样子，和她们一起往老太太身上又是挥洒黄杨树枝，又是祈祷、哭泣一番。这时，她发现两个孩子还站在门口看着她，非常生气，迅速走过去，狠狠地打了他们每人一巴掌。可是，等第三次发现两个孩子站在她身后时，她也懒得管他们了。每遇到有人来吊丧的时候，这两个小孩就跟在母亲的后面，随着她跪在一个角落里，然后煞有其事地哭起来。母亲的每一个动作和神情，他们都模仿得极为相像。

快到中午的时候，几乎没有什么人前来哭丧了。再过了一会儿，完全没有人来了。楼上放着老太太的尸体，旁边没有一个人。而噶拉望太太则为了准备出殡事宜，早就跑回了自己的房间。

摆放尸体的那间屋子里，窗户敞开着，外面的热浪随之涌进来。老太太的灵床附近点着四支蜡烛，一闪一闪的。她的尸体平躺在那里，双手伸出来，放在被子的上面。有几只苍蝇在尸体的手上转来转去，不知道在寻找着什么。这些可恶的生灵哪里知道，它们的生命也濒临死亡。

此时，两个孩子早就跑到大街上找乐子去了。不一会儿，一群孩子将他俩团团围住。这中间有几个聪明伶俐的小姑娘，很快就知道他们家发生了一些事情。"你的奶奶过世了吗？"这几个小姑娘摆出一副大人的神气，不断地向他们问道。"是啊，她是昨天晚上死的。"玛瑞·路易斯开始有声有色地讲起来。其中，她还讲到那些黄杨树枝、蜡烛以及尸体的面孔。周围的孩子们很好奇，都想去那里看一看。

就这样，五个小姑娘和两个小男孩在玛瑞·路易斯的指挥下，壮着胆子向那间屋子走去。他们俨然一个有组织的参观团。为了避免被人发现，组织者要求大家把鞋子脱掉。他们准备好之后，一个个便小心翼翼地爬上楼梯，偷偷摸摸地活像一只只小老鼠。

他们悄无声息地来到那间屋子。玛瑞·路易斯带领大家跪在地上，一边在胸前划着十字，一边口中振振有词。接着，他们又站起身来，往床上洒一些圣水。这些哀悼仪式都是从她母亲那里学到的。孩子们的好奇心不限于此，他们还想看一看死者的脸庞和手。一个个怀着激动而又恐惧的心情，在老太太的床前挤来挤去。玛瑞·路易斯则站在一旁，开始假装哭泣。她用手巾遮着自己的脸，不住地抽噎。不过，当她想到楼下还有其他的参观者等待，便迫不及待地送走了第一批参观者，准备迎接第二批。她蹦蹦跳跳地忙碌着，丝毫看不出有任何的悲伤情绪。送走了第二批参观者，继续迎接新的一批。一批接着一批，三三两两的参观者们接连不断。这样的好奇心经由参访过的孩子们迅速传播，周围其他的孩子都闻讯赶来，连大街上衣不蔽体的小乞丐也都赶来凑热闹了。每一次接待参观者，玛瑞·路易斯都会把那些仪式重新扮演一遍，简直与她母亲的动作如出一辙。

这群孩子玩了大半天，大部分都已散去。这位辛苦的组织者也累了。老太太身边又没有一个人了。

她躺在床上，一动也不动。屋里的蜡烛还在闪烁着，周围的影子晃来晃去。她那枯黄的老脸，布满了皱纹，在烛光和阴影相互交替间若隐若现。

快要晚上8点了。噶拉望先生走进老太太的房间，关上了窗户，又换了几支新蜡烛点上。他已经没有白天的那种不安了，心平气和地做着一切，仿佛老太太已经死去好长时间，而他对这一切早已麻木。他仔细看了看尸体，发现没有腐烂的迹象。过了一会儿，在吃晚饭的时候，他汇报了一下最新的视察结果。噶拉望太太补充道："是啊，你说得太对了，她就像一根完好无损的木头，起码能保存一年的时间。"

他们继续吃着饭，喝着汤。两个孩子在白天疯狂地玩闹，这时早就累得呼呼大睡了。夫妻两个也不多问，饭桌上一片沉默。

突然之间，屋子里的灯光暗了下来。

很快，噶拉望太太挑了一下灯芯，结果那油灯的灯芯嗤嗤响了一下。原来，灯芯下面的油快没有了。这样响了几下，油灯就彻底熄灭了。这家人忙碌得连灯油都忘记买了。这个时候再要去杂货铺买灯油，晚饭恐怕是吃不成了。不过，还好楼上老太太的床头还有几支蜡烛，先凑合一个晚上吧。

噶拉望太太的主意已定，马上就喊醒玛瑞·路易斯去楼上拿两支蜡烛去。饭桌上的人们只好在漆黑中等候。

小姑娘上楼梯的声音回荡在周围，接着，没有了声音。转眼间，她突然从楼上跑下来，张皇失措地打开餐厅的门，冲着在座的几个人喊道："不好了，不好了，爸爸，你知道吗？奶奶她活过来了，正在穿衣服。"小姑娘的声音中充满了恐惧之情，似乎比前天晚上更甚。

噶拉望先生"噌"的一声蹦起来，接着身后的椅子向后倒去。

一家人

"什么？你说什么？你奶奶她……"

玛瑞·路易斯的惊恐还未离去，说起话来断断续续："奶奶……奶奶她……她在穿衣服，马上就要下楼来了！"

噶拉望先生简直不能相信自己的耳朵，听完女儿的话后，早就失去了常态，快步跑上三楼。不过，等他到了那间屋子的门口，却又止住了脚步。显然他有些胆怯了，他不知道里面将会是什么情景。一直尾随在他后面的妻子，胆子比较大，毫无顾忌地扭动了门把手。房门一开，他们走进去了。

屋里似乎比从前变得更加昏暗。中间有个身影不住地晃动。那身影又高又瘦，原来是老太太在穿衣服。她从昏睡中苏醒过来，此时已经下了床。她看到床头点着四支蜡烛，便吹灭了其中三支。她不住地寻找衣服，却发现自己的衣柜不见了，心中感到很奇怪。不过幸运的是，她在一个木箱里摸索到了自己的衣服，便从容地穿起来。一旁还有黄杨树枝和装满水的盘子，她就倒掉水，把那树枝挂到镜子的背后。她还把床周围的椅子放到了原位，正准备下楼的时候，儿子和儿媳上楼来了。

噶拉望先生冲过去，一把抓住母亲的手亲吻起来，而且眼中还闪着泪花。站在他身后的妻子的神情为之一变，赶紧装腔作势地说道："这可真是喜从天降啊，喜从天降！"

不过，对于他们的欢天喜地，老太太不予理睬，好像并不知道周围发生了什么事情。她直挺挺地站在那里，面无表情，只是冷冷地问道："晚饭准备好了吗？"儿子还沉浸在欣喜之中，含糊其辞地答道："已经准备好了，就等您下去吃饭了！"说完，儿子就搀扶着母亲的胳膊，准备下楼。这时候儿媳妇抢先一步，手中拿着蜡烛，一步一步从楼梯上退下来，照亮着面前的楼梯。昨天半夜里，她丈夫往下扛大理石板的衣柜时，她也是这么做的。

下到二楼的时候，又有一群人走上来，差点与噶拉望太太相撞。原来是老太太的女儿布罗太太来了。女婿紧跟其后。他们住在夏朗东，闻讯后赶了过来。

　　噶拉望的妹妹身材高大，体形臃肿，挺着一个大肚子，上身竭力向后仰着，就像是生了什么病似的。看到老太太正往下走，她吓得差点转身就跑。她的丈夫倒是很镇静。个头不高，一脸的胡子都快埋没了鼻子，看起来就像一只猴子。他是一个信奉社会主义的人，靠做鞋为生。这位胆大的女婿见到岳母走下楼来，不禁奇怪地说道："怎么又活过来了？简直太不可思议了！"

　　噶拉望太太看到他们，连忙垂头丧气地摆着手，向他们示意。她扯开嗓门说道："哎呀，你们怎么来了，真是想不到啊！"

　　此时的布罗太太早就吓破了胆，脑子更是混沌不清。她没有明白噶拉望太太的话，随口轻声地说道："咦？不是你们发电报让我们来的吗？我们以为母亲快要不行了！"

　　站在她背后的丈夫狠狠地捏了一下妻子，示意她不要再说了。接着，他那满嘴的胡须下面抖出了一个微笑，看起来相当奸诈，随即说道："收到你们的邀请，我们就火急火燎地赶来了。"这句话明显地验证了两家的关系并不融洽。老太太还在下楼梯，还有两个台阶就到楼底了。女婿慌忙迎上去，用他那布满胡须的嘴靠近老太太的脸，碰了几下。接着，他又冲着老太太的耳朵大声喊道："母亲，最近身体还好吧？我看您的身板还是那么硬朗！"

　　布罗太太原本是收到消息前来奔丧的，结果到这里一看，发现母亲起身走动，心里自然吓得要命，更不敢上前亲吻老太太。她挺着一个大肚子，站在楼梯口一动不动，旁边的人也无法随意走动。

　　老太太始终一言不发，瞪着一双小眼睛，一会儿瞄一瞄这个，一会儿看一看那个，露出敏锐而又冷酷的眼神，仔细地打量着在场的每一个人。虽然她刚开始的时候并不知道发生了什么,甚至有点疑惑,但是此刻看着周围人的神情,倒也猜出了八九不离十。她的这些儿女被她看来看去,反而有些尴尬了。

噶拉望先生主动站出来,想要解释一番,于是对老太太说道:"母亲原本身体不适,不过现在已经完全好了!是不是啊,母亲?"

老太太并不怎么理会他,兀自向前走去,口中喃喃地说道:"有一阵子,我好像昏过去了。不过,后来你们做了些什么,说了些什么,我却一清二楚。"虽然那声音极其微弱,像是从很远的地方传来,但是在场的每一个人都听到了。

之后,周围是一片困窘的场面。大家一起走进餐厅,坐下来准备吃饭。不过餐桌上的东西不怎么丰盛,好像临时拼凑起来似的。

餐桌上围了一圈子人。大家都不怎么说话,只有布罗先生若无其事地坐在那里。他凶神恶煞似的脸庞时不时露出古怪的模样,东扯一句,西扯一句,倍显轻松自在。不过在场的人听到他的冷嘲热讽,心中却别有一番滋味。

这个时候,门铃接二连三地响起。噶拉望太太不知所措,却三番五次地要丈夫查看到底是谁来了。丈夫不好推却,只好硬着头皮跑出去。坐在一旁的妹夫不怀好意地问他,今天是不是宴请宾客的日子。他吞吞吐吐地不知如何回答,嘟囔着说:"没什么……可能,可能是送货来的吧,不是你说的那样!"

过了一会儿,有人送来了一个包裹。噶拉望先生鲁莽地拆开包裹,却发现是一个讣告。那讣告的四周还印着黑框。他登时满脸通红,手忙脚乱地包起来,胡乱地塞进了自己的马甲。

壁炉上摆放着一个座钟,镀金的钟摆不断地晃来晃去。老太太一直盯着它看,并没有注意到刚才发生的一切。大家谁也不说话,窘迫不堪的局面越来越严重了。

老太太的脸早已布满了皱纹,活像一个老巫婆。突然,她把脸转向女儿,慢慢地说道:"下周一,把你的小女儿带过来,我想看看她。"

布罗太太听到这句话后极度兴奋,高兴的神情溢于言表。她痛快地答应道:"放心吧,妈妈!"而坐在一旁的噶拉望太太立时脸色煞白,差一点昏死过去。

这个时候,饭桌上的两位男性绘声绘色地聊起来,不多一会儿,就为了一些小问题大张旗鼓地辩论起来。布罗有些激动,两只骨碌碌的眼珠在长满胡须的脸上不断地打着转。他信奉共产主义和多种革命学说,趁此机会宣扬了一番他的高调:"说到财富,那都是劳动人民用血汗换来的。谁要是据为己有,就是在剥削劳动人民。……还有土地,那是属于所有人的财产,谁要是抢着继承这样的财产,那就是蛮不讲理、粗俗无赖!……"说到这里,他突然噎住了,没有继续往下说,就像一个愚蠢透顶的人口不择言却又忽然意识到自己的失误。接着,他的语气一变,用极其平和的口吻说道:"不过,讨论这些问题的时机还不成熟。"

门铃又响了。接着,舍奈"医生"进来了。他一看到屋里的情景,先是有些吃惊,随即平静下来。老太太还坐在那里,他走上前去,说道:"啊,老大妈,今天的天气不错啊!我早就知道您会没事的。刚才在路上我还想着,您一定下床活动了,看来果真没错!"他热情洋溢地说着,同时用手轻轻地拍打了一下老太太的后背,接着说道:"瞧您这身体,硬朗得很,就像巴黎的大桥那样屹立不倒。说不定,以后我们这些人都不在人间了,您还得参加我们的葬礼。"

他顺势坐在餐桌旁,接过一杯咖啡,很快加入了刚才的辩论中。对于布罗的意见,他表示十分赞同。因为巴黎公社事件曾经牵涉到他。

老太太此时已经疲倦了，想上楼休息。噶拉望先生连忙站起身来去搀扶，但是她却没有理会，只是直愣愣地看着他，紧接着说道："你赶紧把我的柜子和座钟给我搬到楼上去！"儿子吞吞吐吐地说道："嗯，我知道了，母亲……"老太太抓起一旁女儿的胳膊，起身就走，似乎不想再听到他的任何言语。

噶拉望夫妇面对老太太的这番神情，不禁大惊失色，更不知怎么办才好，只是呆呆地站在那里。他们心里明白，这下事情全都搞砸了！他们的妹夫此时神气十足地坐在那里，继续喝着咖啡，不时地搓搓手，显出一副高兴的样子。

突然，噶拉望太太再也忍不住了，疯狂地朝布罗扑过去，怒不可遏地大声骂道："你这个泼皮无赖，真不是东西……你这个无耻的家伙，我真想啐你一脸唾沫……我呸……"她气得浑身发抖，上气不接下气，大声呵斥却又不知道该骂些什么。可是布罗还坐在那里，纹丝不动，并且嬉皮笑脸地喝着咖啡，浑然不把这些放在眼里。

这个时候，小姑子从楼上走下来了。噶拉望太太又冲着她大声乱吼。这两个女人，一个身材高大，挺着大肚子，气势逼人；另一个人矮小泼悍，气焰嚣张。双方你一言我一句，争执不下。

一旁的舍奈"医生"和布罗上来劝架。布罗拽着自己的老婆走出门外，不住地朝她大声喊道："快走，别在这里丢人现眼了，你这个蠢货！"

那两口子走在大街上，还在不停地拉扯争吵，声音慢慢地消失了。

舍奈"医生"不久也告辞了。

噶拉望和妻子相视而望，默不作声。

后来，丈夫若有所思地想到了什么，便瘫坐在一旁的椅子上。他的头上渗出了冷汗，自言自语地说道："唉，这可怎么办啊？叫我怎么向科长答复呢？"

菲菲小姐

------- ✦ -------

  这篇小说讲述了一个战争狂人受到了应有惩罚的故事。性情残暴的普鲁士军官蔑视法国,在一次宴会上被一个法国的妓女杀死。

德·法安斯堡伯爵是一名普鲁士少校。他刚刚收到一封来信,并认真阅读着。此时,他仰靠在扶手椅上,一双穿着皮靴的脚踏在壁炉的台面上。那是用大理石砌成的台面,光滑而又精致。虽然如此,三个月以来,他靴子上的马刺已经把那里的大理石磨出了深坑。有两条清晰的刮痕赫然映入眼中,并且随着时间的推移,它们越来越深。三个月之前,于维勒城堡被他带领的军队胜利占领了。

　　身边不远处有一个小圆桌。它是用细木镶嵌而成的,上面放着一杯咖啡。杯子里冒着热气。一些被雪茄烧过的黑色斑点在桌面上随处可见。滴落的水酒晾干后在上面留下了痕迹。这位军官在削铅笔的时候,一时兴奋也会在桌上已有的刀痕旁边刻下一些图案或者数字。

　　看完了这封来信,他又查看了一份德文报纸。这是负责部队邮寄的下级军官刚刚送过来的。忙完这些,他随即起身走向壁炉,捡起几块青木柴,扔了进去。然后,他转过身子,走到窗户跟前。天气很冷,军队里的人们想方设法地取暖,因而花园里的林木正在慢慢消失。

　　外面下着倾盆大雨。雨点随风倾泻,就像又厚又密的帘布。地上的水影模糊,飞溅起来的泥浆到处乱蹦。远远望去,那密如帘布的斜面仿佛构成了一堵坚实的墙壁,挺立在天地之间。

　　这场大雨正席卷着法兰西鲁昂地区,简直就像打翻的尿盆一样。

　　窗外的草坪早被雨水淹没了。远处的昂黛勒山的河面急剧上涨,已经越过了堤岸。少校长久地注视着窗外的一切。他心里默记着那首莱茵河华尔兹的鼓点,不由自主地在窗户的玻璃上敲打起来。突然,门响了一下,他扭头望去——一位军官走了进来。他是副官克尔万恩斯坦男爵,在部队中拥有上尉军衔。

　　德·法安斯堡少校身材魁梧,长着一副宽阔的肩膀。他的脸上留着大胡子，就像扇子一样，铺在自己的胸前。他不怒而威，总是让人联想起一只竭力展开尾巴的好斗孔雀！有一次，在奥地利战争中他被砍伤，脸上不幸留下了一个伤疤。他长着一双蓝色的眼睛，看上去有些冷漠，不过并不敏锐。听人们说，作为一个军官，他勇猛无比；而作为一个男人，他为人正直，血性方刚。

克尔万恩斯坦上尉的个头不高，挺着一个大肚子，脸蛋绯红，腰间的皮带总是系得很紧。他脸上的胡须留得很短，赤色的胡须根在光线的反射下，映衬得他的脸格外绯红。他有两颗门牙不知什么时候弄丢了，不过人们大概知道这是他晚上放纵的恶果。因此，他说起话来口齿不是很清晰，听起来含含糊糊。就像头顶的一块地方被剃光的教士一样，他头顶秃了一块儿，但是周围却分布着茂密的金黄色头发，一卷一卷的，时不时在光线的映射下闪闪发光。

少校今天早晨起床后，这已经是第六杯咖啡了。他猛地一灌，喝得一干二净。接着，这两个人向前走去，相互握了握手。这个时候，有人进来汇报值勤时发生的一些事情。他们两人一起走到窗户跟前，相互抱怨这里的生活并不如意。克尔万恩斯坦男爵天生就是一个酒色之徒，不过自从他来到这个偏远的哨卡之后，寻欢作乐的习性已经压抑将近三个月了，他心里也不是滋味。而德·法安斯堡少校与他不同。少校是一个成家的人，心地清净，几乎没有什么欲念。

有人在门外轻轻地敲了几下，少校应了一声，这个人便出现在门口。与其他的士兵一样，他的行为举止刻板生硬。此时他的到来，说明该吃午饭了。

少校和上尉走到大厅，恰巧碰到了几个人。他们是奥托·德·格罗斯林中尉以及两个少尉弗里兹·肖依瑙伯格和威廉·德·埃里克侯爵。威廉·德·埃里克侯爵是一个残暴的人，金黄色的头发，身材矮小。他不仅对战场上的敌人毫不留情，还把这种暴虐的脾气用在自己的下属或士兵身上。无可置疑，他在公众中的形象简直就是一个炸药桶。自从他们占领这一地区以后，周围的同事们就给他起了一个外号——菲菲小姐。说起这个外号，可不是空穴来风。他长得白净，脸上没有一点胡须，并且喜欢刻意打扮自己。他个头不高，在一般的男性中间算是苗条的人了，这使得他好像穿了女人的紧身衣一样。还有最重要的一个特点，他总是喜欢用"菲、菲"①对谈及的事物或人表示极端的轻蔑，之后就是一阵嘻哈的口哨声。

于维勒城堡的餐厅别具特色，一间长方形的房间，布置得非常华丽。房间里的窗户是水晶玻璃，周围的墙壁上还装饰着弗兰德挂毯。不过，在短短的三个月时间里，玻璃上就爬满了弹孔。挂毯上到处是一道道口子，有些地方破损得很严重，散落出来的条条悬在半空。破坏这里陈设的无聊之人正是菲菲小姐。

墙上还挂着几幅画像。有法院的院长、红衣主教和满副武装的军人，他们都拿着瓷制的大烟斗抽着烟。最有意思的是一幅贵妇画像，被镶嵌在一个褪色的黑色画框内，看起来年代久远。画中贵妇富有女性气质的脸上，流露出傲慢的情绪，不过就是嘴上多了两大撇胡子，显得不伦不类。那胡子是被人用炭笔画上去的。

餐厅里的地板由橡木制作而成，看上去也有些年头了。在这样的大雨天里，地上到处是泥泞，感觉像是一间低级的饭馆。外面的大雨继续肆虐着大地，占领地区的景象让人看起来颇感心碎。这群军官就在这间杂乱无章的餐厅里，默默地吃着午餐。

吃饭完，他们接着喝酒。这已是彼此间心照不宣的惯例，今天也不例外。一瓶瓶白兰地和一只只烧酒摆放在每个人的面前，大家东倒西歪地喝起来，接着开始谈论近日来的郁闷与空虚。他们每个人的

---

① fi，这是一个法语感叹词，意思相当于汉语中的"呸"。

嘴上都叼着一个瓷斗，往前就是一只烟斗柄。那瓷斗被涂抹得花花绿绿，烟斗柄又长又弯。每个人一会儿呷一口小酒，一会儿吞吐一阵烟雾，好像是在引诱霍屯督人。

菲菲小姐也在这堆人中间。每次喝完酒，他总要把杯子狠狠地摔在地上，然后旁边的士兵看见了，再给他拿一只新杯子。其他的军官喝完酒，都是无奈地重新添满。其实他们对喝酒早就失去了兴趣，但总这样无聊地继续下去。

餐厅里到处弥漫着呛人的烟雾，军官们一个个喝得烂醉如泥。虽然他们看上去吵闹不已，但是每个人都沉浸在一种意兴阑珊、索然无味的郁闷当中。

克尔万恩斯坦男爵再也忍不住了，"倏"地站起来，冲着其他人大声喊道："我的上帝啊，我们再也不能这样沉醉下去了，必须找一些玩乐的事情做才行！"他的语气中饱含着激动，似乎对眼前的处境十分不满。

"上尉，你在说什么啊？"中尉奥托和少尉弗里兹一起向他问道，这两个德国人的脸上露出一副压抑而又刻板的神情。

"我觉得咱们应该搞一次聚会，如果长官同意的话。你们说呢？"上尉略微思考了一下，接着说道。

"你打算搞一次什么样的聚会啊？"少校拔出嘴中的烟斗，对着他问道。

上尉激动地走到少校跟前，说道："长官，我知道鲁昂地区哪里有女人，我想让勤务兵过去，搞一批女人回来。我们这里的伙食应有尽有，咱们再准备一顿丰盛的大餐，就着那些女人玩乐一番。我可以向您保证，这一切都由我来全权负责。这样，我们就可以度过一个美好的夜晚了！"

少校并不赞同他的意见，耸了耸肩膀，面带笑容，回答道："我的兄弟，你可真是异想天开，简直就是一个疯子。"其他的军官听到后，都纷纷走上前来，将他们的少校团团围住，异口同声地说道："长官，您就同意上尉的意见吧，这里的生活实在太无聊了！"

面对众人的请求，少校有些为难了。过了一会儿，他还是做出了让步，随口说道："那就这样，随你们弄吧！"一个老兵随之被喊到餐厅。这是一个年老的士官，他站在那里，一脸的木然，平日里很少见他笑过。他是一个乐于执行命令的人，无论上级给他分派什么任务，都能认真地完成。上尉吩咐了他几句，他明白后就迅速退了出去。大概过了五分钟，在餐厅外的大雨中，有一辆军车急速行驶着，不一会儿就冲出了城堡的大门。

看到远去的军车，餐厅的这群人神情焕然一新，个个都面露喜色，兴高采烈地谈论起来。

外面的大雨似乎从来没有停过。餐厅里的少校若有所思地推断，阴暗的天气可能会好转。一旁的奥托中尉赶紧搭腔，连连表示天气肯定会变晴的。菲菲小姐此时坐着也不是，站着也不是。他不断地在餐厅里走来走去，冷酷无情的眼珠在寻觅着什么，似乎手头没有什么可以摔碎的东西了。他就这么晃荡了一会儿，突然双眼死死地盯住墙上的那幅贵妇肖像。瞬间，他便掏出了手枪。

"你们马上就看不到她的眼睛了！"说完，他迅速坐在椅子上，用手枪瞄准了那个贵妇肖像的眼睛。两颗子弹相继而发，肖像的双眼立时就被打穿。

"现在我们一起玩爆破吧！"打穿肖像的眼睛之后，他急不可耐地喊道，餐厅里谈话顿时戛然而止。他的这一声喊叫回荡在房间里，人们对他口中说出的新鲜玩意儿抱有浓厚的兴趣。

"爆破"在军营中算是他的首创吧，也是他经常玩的破坏游戏。这家伙最喜欢玩这个了。

在他们占领这座城堡之前，这里原先的主人费尔南·达莫瓦·杜维勒伯爵就早早地撤离了。他家财万贯，并且穷奢极欲，因而家中随处可见价值不菲的物件。他的那间餐厅与客厅连接相通，到处摆满了物品，简直就是一个博物馆。不过由于仓皇逃走，他来不及带走或者隐藏大部分东西，只是把一些银器悄悄地藏匿在墙壁上的空洞里。

大厅里摆满了一些稀奇古怪的玩意儿。油画、素描和水彩画几乎挂满了墙壁，不计其数的小玩意摆满了家具、架子和玻璃橱窗等处。随意往那里的任何一个地方瞥一眼，你就会看到产自日本的瓷缸、仅有半身的雕像，来自中国的小人像、萨克森的玩偶和象牙制品以及产自威尼斯的玻璃器皿。

不过，自从他们占领这里之后，那些东西就所剩无几了。这里的东西并不是被他们抢走的，当然少校也决不允许出现这种情况。这是由于菲菲小姐总是喜欢显摆他的爆破游戏，而其他的军官根本不加阻拦，反而任由他胡作非为，并从中汲取短暂而又无聊的趣味。时间一长，这里的珍贵物品都被毁了。

这个低矮的菲菲小姐从客厅里带出一个茶壶。那茶壶是玫瑰色的，产自中国，颜色有些清淡，看上去十分小巧精致。他把火药塞了满满一壶，并安了一条火线，从茶壶嘴里拉出来。他毫不犹豫地点燃火线，飞快地跑向隔壁的一个房间，然后扔了进去。

很快，他就返回餐厅，关上隔壁那间屋子的门。餐厅的所有人都静静地等待着，那神情就像是满怀好奇心的小孩子一样。过了一小会儿，一阵爆炸声传来，连整个城堡都为之晃动。他们疯狂地冲进去，想要看个究竟。

菲菲小姐一手导演了这场恶作剧，自然他跑在人群的最前面。这间屋子的有些地方是以往破坏造成的。这一次的爆破显然又有新的成果。有一个陶制的维纳斯雕像，被炸掉了整个脑袋，菲菲小姐得意扬扬地站在那里拍手称快。他们每人捡起一块破碎的陶瓷片，脸上流露出诧异的神情。原来，那些被炸毁的碎片边缘形成了锯齿状的花纹。少校注视着这间屋子，被炸东西的碎片密密麻麻地铺在地上，就像当年尼禄洗劫时的惨景一样。看到这些，他的脸上显出父亲般的温柔，一边走回餐厅，一边满口称赞道："这一次可算是大获成功！"说话的语气中分明饱含着褒扬之意。

餐厅里刚才人们抽大烟的残余气体还没有散去，紧接着爆炸所造成的烟雾和粉尘又一起飘到了这里。这下那群人有些受不了了，呛鼻的气味简直能把在场的每一个人窒息。少校随即打开了窗户。其他的军官把剩下的酒喝完，然后重新回到少校的身边。

窗外的水汽很快涌进餐厅，湿润的气体当中夹杂着灰尘，迎面扑打在这些人的脸上。不一会儿，他们的胡须上就沾满了水尘。远处的洪水到处肆虐，近处的树叶被雨水打压着，连树枝都弯了下去。站在餐厅窗前的这些人，望着远处的山谷。那里聚拢着一团雾气，附着在宽广而又低压的云层附近。远处的教堂早已模糊不清，只有那高耸的钟楼和建筑物的尖顶闪现在灰蒙蒙的大雨之中。

教堂的钟声已经有三个月没有敲响了。自从他们侵占这里以后，当地的教堂神父就以这种特殊的抵抗方式表达强烈的不满。不过，侵略者的其他要求并没有受到完全拒绝。他们起居饮食所需要的东西教堂的神父都提供给他们。鉴于此，这帮普鲁士军官曾经屡次邀请他一起喝酒，每次不是啤酒，就是波尔多葡萄酒。总之他们想要拉拢神父作为他们的中间人，试图让他恢复教堂的钟声。不过，这种请求无一例外地都被神父严词拒绝了。按照神父的说法，这是性情温和、不愿看到杀戮事件的人的唯一抗议方式，也是他们所特有的方式。神父通过这种非暴力的方式代表了周围民众的不满，以及对死去同胞们的哀悼。他的这种沉默抗议方式所展现出来的坚贞不屈已经得到了民众的支持和赞许。神父的英勇行为大大地鼓舞了整个村庄，无论出现什么情况，他们都义无反顾地支持神父。整个村庄的人无一不认识到，这种方式的反抗与贝尔斯福和斯特拉斯两个地方的战役具有同等重要的作用，事关整个民族的荣誉和气节。此外，在他们看来，村庄还有可能因为这一事件而永留青史。因此，他们表现出异乎寻常的强硬态度。当然除了这件事之外，他们很少拒绝普鲁士人的其他要求。

少校和他的军官们并没有对他们的这种爱国方式过多干涉，甚至在一定程度上默认了这种方式的存在。不过，这一地区人们的恭顺态度倒使得这帮普鲁士人对他们的勇敢表现出了极大的嘲讽。

在菲菲小姐看来，少校对神父的包容使得他大动肝火。他不止一次地想要迫使村民们敲响钟声，但都没有得逞。他每天当着少校的面，主动请求去敲一次钟。为了能使大家暂得乐趣，他请求只敲一次。但是少校始终没有答应他。有一次，他迫不得已，学着女人的样子向少校献殷勤，并用一种娇滴滴的声调不断请求少校。此时，他就像一个情妇，想要某件东西而始终不可得，便不住地向男人撒娇。但是面对他的"含情脉脉"，少校还是不动于色。无奈之下，菲菲小姐就在这座城堡里玩起了爆破游戏，以此来安慰自己。

五个军人在窗口那里站立了一会儿，呼吸了不少潮湿、新鲜的空气。"这些美女来这里，一定赶不上好天气喽！"最后，弗里兹少尉似笑非笑地说了这么一句。

他们几个人竞相散去，各自忙各自的事情去了。为了准备晚餐，上尉还得细心地筹备一番。

傍晚时分，这几个人又汇聚在餐厅里。每个人的脸上都挂着闪亮的笑容。少校早上的灰白头发这时候也不见了踪影。上尉的胡子也被剃掉了，只剩鼻子下面的一点，简直就是一个小火苗。所有的人都不约而同地穿上了整齐的着装，就像是要进行阅兵似的。他们一个个

"涂脂抹粉"，着实打扮了一番。每个人都与早上的形象大为不同。

虽然外面的大雨还在继续，但是他们还是打开了窗户。这空当儿，总是有人焦急地凑到窗前，听着远处的动静。快到六点十分的时候，上尉慌忙声称他听到了车轮的响声。这一下所有的人都着急地跑了出去。果不其然，有四匹马拉一辆大马车，不停地狂奔，连地上的泥浆都溅落到马匹的脊背上。等它们到了跟前，一个个气喘吁吁，背上升腾起一股白热之气。

有五个年轻漂亮的女人相继从马车中走了出来，来到台阶上。上尉在鲁昂地区有一个朋友。勤务兵到了他那里，就把上尉的名片交给了他。之后，他就帮忙精心挑选了五个女人。

这五个女人知道她们会有不少的收入后，便立刻答应下来。这帮普鲁士人占领这里已经三个月了。在这三个月的时间里，她们早对他们的所作所为一清二楚。还有一点，做她们这个行当，无论遇到什么样的人或者事情，都只是委曲求全。"我们既然做了这一行，就只能这样了！"一路上，她们不断地对自己这么说道。她们似乎对自己的行为也有所不满，用这样的话语来宽慰良心所受到的谴责。

她们走进了餐厅。房间里闪烁着灯光，随处都是遭到破坏的痕迹，总是让人感到一阵凄凉。城堡主人的那些银器被他们发现从墙壁的空洞中取了出来。此时，这些银器都被堆满了大鱼大肉，整整齐齐地摆放在餐桌上。在她们看来，这里俨然一群强盗作案后归来聚会的地方。

上尉的要求终于如愿以偿了。他早就迫不及待地把这几个女人搂在身边，就像他们之间很熟悉一样。他仔细地打量着她们，并不时地凑上去亲吻她们。那三个年轻的军官此时也按捺不住内心的兴奋，每人都想从中挑选一个看得上的女人。但是上尉并没有同意他们的主张。他按照惯以常用的标准把这个几个女人分成几等，并声称要按照军衔大小依次分配。

为了显示公正和避免不必要的争执，他把这几个女人喊到一起，要求她们按照个头儿大小排成一队。之后他扫视了一番，就用命令的口吻对着个头儿最高的那位喊道："你的名字叫什么？"

她听到后，斩钉截铁地大声回答道："帕梅拉。"

于是，上尉做出了自己的裁决："一号帕梅拉，与少校一起走。"

接下来，他走到第二位的身边。排在第二位的这个女人叫布隆迪娜，他在她的脸上吻了一下，表示她应该跟他走。然后，他把体型较为肥胖的阿曼达分给了奥托中尉，把爱娃分给了弗里兹少尉。最后，他把个头儿最小的那个分给了菲菲小姐。这位名叫拉切尔的年轻姑娘，是一个犹太人，长着一头褐色的头发，眼珠非常黑，看上去像两点墨迹一般。她还长着一个高高隆起的鼻子，一看就是犹太民族典型的相貌特征。

这五个女人算得上青楼里最有姿色的几个了。她们的身材都很匀称，体形丰满。单从外貌上分辨她们，如果不仔细看的话，几乎没有什么差别。还有，由于她们长期苟存在同一种生活环境中，共同的生活经历使得她们身上的言谈举止大同小异。

那些年轻的军官即刻就想离开餐桌，与心爱的女人一起上楼。他们的理由是，她们风雨颠簸了一路，身上的衣服和身体都很脏，需要上去清理一下。对于他们的那点小心思，少校早就了然于心。于是，他根本不同意他们的说法，说她们本身就已经很干净了，并明确指令他们就地吃饭。如果一会儿上楼去的人下来想要调换口味的话，势必会影响其他的几对人。这样一来，他们只能一一入座，在餐桌上亲吻起来。

这时候，菲菲小姐故意狠狠地吸了一口烟。在与拉切尔接吻的时候，他又把烟喷进了她的嘴里。顿时，一股青烟从拉切尔的鼻孔中冒出来，她被呛得喘不过气来。她的两只眼睛直冒泪花，不由自主地咳嗽起来。她没有说一句抱怨的话，更没有表示反抗，只是瞪着黑色的眼睛，怒火中烧地望着菲菲小姐。

餐桌上的少校看起来神采飞扬。他的右边坐着帕梅拉，左边坐着布隆迪娜，一边熟练地铺着餐巾，一边对上尉说道："看来，你出的这个主意真是不错！"

奥托和弗里兹此刻陪伴着身边的女人，言谈举止与之前大为不同，显得有些温文尔雅。他们两个人估计都把这当成是与上流社会的贵妇人一起聚餐。不过，这样一来，倒使得他们身边的这两个女人忐忑不安。旁边的上尉却不是他们这般行为，原本他对这些就很在行，说了一些挑逗的话儿，顿时便恢复了往日的风采。他绯红的脸色在红色头发的映衬下更加显眼，就像一堆燃烧的火苗一样。他对莱茵河畔一带的法语比较熟悉，便用生硬的口气对着心爱的女孩儿说了几句讨好的话。牙齿上的漏洞使得他的口音更加含糊，口中不时地喷出一阵唾沫星子。就这样，它们一道灌进了周围女孩们的耳朵里。

实际上，由于口音的关系，这个军官到底说了些什么，女孩儿们并不是很明白。不过，当他说出那些淫秽的话语时，女孩儿们似懂非懂地听进了一些，接着便扑进各自的男人怀中，哈哈大笑起来。上尉不时地说着一些下流话，女孩们也跟着学起来。于是，他费尽心机地把知道的淫秽语言都一股脑儿搬出来。他们一边说笑着，一边喝着酒，不一会儿几瓶酒就被他们喝完了。这个时候，女人们恢复了她们往日的神态，一边凑着所有的酒杯分别喝起来，哼唱着法兰西小曲和几段刚从德国人那里学来的小调，一边抱着两边男人的胳膊，不断地亲吻着他们的胡须，还发出阵阵的狂喊。

这些男人很快沉醉其中，被眼前的美女迷得魂不守舍。他们又是大声喊叫，又是摔东西。站立在一旁的士兵漠然地服侍着他们。

此刻，只有少校一个人还没有迷乱。

拉切尔早就被菲菲小姐拉住，并把她压在了他的大腿上。他这个人虽然表面上看起来很冷静，但是内心却异常兴奋。他有时候兽性大发，使劲地拧着她身上的肌肉。虽然隔着衣服，但是他使劲较大，疼得她不禁呼喊起来。他有时候亲吻着她的头发，为了感受她的体温和气味，还把鼻子贴到她的肉体上。在她的裙子和身体之间，到处留下了他亲吻的痕迹。为了体验与她融为一体的感觉，他拼命地把她抱住，紧紧地贴在自己的身体上。他长时间地亲吻她的嘴，使得她根本喘不过一口气来。更为过分的是，他还在亲吻的最后狠狠地咬了她一口。顿时，这个犹太女人的下巴上冒出了鲜血，顺着肌肤慢慢地流到她的胸前。

这次她终于忍不住了，低声呵斥道："你一定会为此付出代价的。"她一边说着话，一边恶狠狠地瞪着他。他朝正忙着擦拭伤口的她露出满脸的轻蔑，之后就放声大笑道："不用担心，一定奉陪。"

该上饭后的甜点了。餐桌上的人都斟满了酒。少校第一个站起来，用敬祝奥古斯塔皇后的口吻说道："来，大家起来，为在座的女士们干一杯！"说着，他就喝完了手中的酒。

接着，大家都纷纷向身旁的女士敬酒。他们每个人的嘴中都不时冒出讨女人欢心的字眼儿，同时还掺杂着一些低三下四的玩笑。那些讨好女人的话大多出自市井粗人或酒鬼之类，而那些玩笑则由于语言的隔膜更加显得不堪入耳。

在女人们面前，他们故意卖弄幽默，接二连三地站起来，又是说笑，又是摆弄动作，尽量表现出一副滑稽的形态。女人们此时喝得酩酊大醉，都快站立不住了。她们两眼直愣愣地看着，嘴中感到黏糊糊的。看着眼前的男人不住晃动，她们只是尽情地鼓掌欢呼。

"为取得我们心爱女人的芳心干杯！"也许是为了给这种场面再添加几分风趣，上尉再一次举起了酒杯。

这个时候，奥托中尉也喝得烂醉如泥，就像大森林中的一只狗熊一般，他摇摆不定地站立起来。这个醉鬼受到心中那份爱国心的驱使，猛然间说了一句："来，为了征服法国，我们一起干杯！"

旁边的女人们虽然已经喝醉，但是此时却并没有理会。拉切尔气得身体不住颤抖，她转身说道："你别说大话，我就认识一些法国人，你在他们面前就不敢这么说话！"

听闻此言，一直搂抱着她的菲菲小姐忍不住了，他呵呵大笑着。早被酒精迷昏头脑的他，看上去精神很愉悦。他随即说道："是吗？你别说大话了，我们这些人一出现，他们早就逃得无影无踪了！"

这个犹太姑娘并不气馁，愤怒地大声呵斥道："你这个混蛋，不要撒谎！"

时间差不多过了一秒钟，他就一边望着周围墙壁上的杰作，一边用骨碌碌的眼珠盯着她，然后笑声说道："啊，你既然这么说，那么我很想请教你一个问题，假如他们真的很勇敢，那么我们是怎么待在这里的呢？"他继续说着，越来越慷慨激昂："法国最终是我们的，而我们将成为你们的主人！"

不等他说完这句话，拉切尔就怒不可遏地从他的怀中站立起来，顺势坐到自己的椅子上。"所有这些，法国的树木、房屋和森林、法国的人、法国，统统都是我们的！"菲菲小姐也站立起来，手中端着酒杯，一直送到餐桌的中间。

虽然这些野蛮的普鲁士人都已经大醉，但是当他们听到菲菲小姐的一番话后，顿时心头又被那种疯狂的军人情结所攫住，异口同声地大声喊道："普鲁士万岁！"说着这些，他们又是一杯猛酒下肚。

女人们默不作声，静静地站在那里，没有表示异议，似乎内心十分害怕。拉切尔也一声不吭，好像没有办法应对这一场面似的。

菲菲小姐端起斟满香槟的高脚杯，走到拉切尔的身旁，肆无忌惮地把那酒杯置于她的头上，高声喊道："还有，像你们这样的法国女人也是属于我们的！"

拉切尔无法忍受这种侮辱，不等菲菲小姐说完，就站起身来。顿时，头顶上的酒杯翻了，她的黑色头发被杯中的酒水灌了个透顶，像是在接受圣水的洗礼一样。酒杯顺势落在了地上，破碎了！她的嘴角不住地抽搐着，两只黑色的眼睛死死盯住露出奸笑的菲菲小姐，似乎哽咽得说不出话来，不过最后还是使劲儿地蹦出了几个字："你，你说的那不是真的。你就是没有办法得到法国的女人。"

他重新坐到椅子上，似乎准备开怀大笑，生硬地用巴黎的口吻说道：

"是啊，是啊！那你怎么到这里来了呢？"

她起伏不定的心还没有镇定下来，对于他说的话并没有完全理解，只是一言不发地站在那里。后来，她突然领悟到他的意思，就怒气冲天地向他吼道："我，我，我根本不是一个法国女人，我只是一个妓女。你们普鲁士人需要的就是妓女！"

不等她的话说完，菲菲小姐就动手打了她一巴掌。他还要打她第二次，但是等他扬起的手还没有落到她的脸上时，怒气冲冲的她就已经从餐桌上拿起了一把餐刀，狠狠地捅进了他的咽喉。那是一把吃点心用的银色餐具，看上去有些锋利。谁也没有注意到她的这一举动。瞬间的动作实在太快了。

他诧异地瞪着她，眼神中充满了恐惧。他似乎还有话要说，但是这会儿喉咙间已经吐不出半个字眼儿。

这时候，餐桌上乱作一套。在场的每一个人都纷纷站立起来，并发出尖锐的喊叫。拉切尔抡起一把椅子，砸向身边的奥托中尉。他躲闪不及，腿被椅子砸中，顺势倒在地上。趁此机会，她迅速地跑到窗口，推开窗户，头也不回地跳到窗外。餐厅里的这群普鲁士人还没有反应过来，她就已经消失在大雨滂沱的夜色之中。

一眨眼的工夫，菲菲小姐倒在地上，没有了声息。奥托和弗里兹火冒三丈，执意要求杀死地上所有的女人。少校坚决不同意他们的做法，费了半天周折才平息这场即将到来的杀戮。最后，剩下的四个女人受到严重的惊吓，她们被押到一个屋子，囚禁在那里。少校派了两名士兵负责把守。做完这些之后，少校就调动所有的人马搜捕逃窜的拉切尔。这帮普鲁士人像是参加一场战斗一样。少校毫不怀疑，他们一定能抓到那个女人。

两百个士兵冲进了森林和山谷，挨家挨户地搜查。另外，原地留有五十个士兵，在城堡附近的花园里严密查找。他们已经接受少校的命令，无论如何都要抓捕到那个女人。

餐厅里这四位军官的醉意早就散去，他们把桌上的饮食全部撤掉。菲菲小姐的尸体被抬到桌上。那张餐桌顿时成了死者的灵床。此时，这四个人神情肃穆，站在窗前，凝视着外面无尽的黑夜。他们每个人像正在执行战场上的命令一样，露出满脸的严峻与残酷。

外面的漆黑夜空中，大雨哗哗而下。急速的雨点敲打着地面上的水沟，传来一阵窸窸窣窣的水声，就像是在窃窃私语。

突然，远处的某个地方有人开枪。过了一会儿，更远的地方又是一声枪响。已经搜寻了四个小时了，人们总是能听士兵们被召集的呼喊声，忽远忽近的枪声以及他们嘴里的吵嚷声，好像是搜捕的人们在彼此示意。

第二天早晨，所有参与搜捕行动的人都回来了。整个雨夜，他们肆无忌惮地追踪，并且在慌乱中不明其因地开枪。最终，他们中的几个人出事了。有三个人严重受伤，两个士兵丢掉了性命。

但是，那个逃窜的女人并没有被抓到。

整个村庄的住宅都被一一搜查过。他们挨门逐户地恐吓、盘问当地的民众。附近地区到处都是他们留下的痕迹。但是，他们并没有发现那个犹太女人的任何蛛丝马迹。

关于这一事件的来龙去脉,将军知道了。他不想让事态扩大,以免败坏军风。少校最后得到的指令是,最大限度地将此事件封锁起来。因为这件事情,少校得到了应有的纪律处分,而他的下属们自然也得到了他的惩戒。当着少校的面,将军亲口说道:"我们来这里并不是为了寻欢作乐!"少校听到将军的训斥后,羞愧难当而又怒不可遏,痛下决心要让当地的人屈服。

菲菲小姐的葬礼按期举行。少校以此为借口,召唤来教堂的神父,强硬地要求他在葬礼上敲响钟声。

这一次,教堂的神父答应了。他的态度不像以往那么固执,反而表现出一副恭敬顺从的样子,这使得少校颇感意外。出殡的那一天,菲菲小姐的尸体被众士兵们抬着,缓缓地走出于维勒城堡,走向下葬的地方。这个时候,教堂的钟声敲响了。轻松欢快的声调回荡在送葬的队伍中间。菲菲小姐的尸体沉浸在这种调子中,就像有一只和善的手掌在安抚着它。

到了晚上,钟声再一次响起。第二天,教堂的钟声照响不误。以后,每一天都是这样。教堂的钟声从此开始活跃起来,随时都可以响起。甚至在晚上夜深人静的时候,当地的人们偶尔也会听到黑夜中传来的几下叮当声,那声音中分明饱含着几分雀跃和欢喜。此时教堂的大钟就像是被什么东西弄醒了似的。

钟楼里的大钟,除了教堂的神父和圣职人员,一般人是无法靠近的。因此,村庄里的居民大为困惑,并认为一定是发生了什么稀奇古怪的事。

原来,在那高高的钟楼顶部,有一个姑娘藏匿在那里,还有两个男人悄悄给她提供生活所需。每一天对她来说都是无比的寂寞和阴郁。

普鲁士的军队后来撤离了这里。有一天晚上，教堂神父把这个躲藏许久的姑娘从钟楼上接下来，然后从面包师那里借来一辆马车，与她一起回到了鲁昂。等他们到了那里，神父深情地拥抱了她，她就下车返回了妓院中。她的归来，令那里的老板娘惊讶不已。

又过了很长时间，一个胸怀坦荡的爱国人士来到妓院，为这个姑娘赎身。她的勇敢行为深深地感动了他。后来，他对她渐生爱意，便娶她为妻。最终，这位杀死菲菲小姐的犹太女人过上了体面的生活。她同她周围的每一位夫人一样，受到了人们的尊敬。

附录　莫泊桑大事年表

1850年8月5日，出生于巴黎。

1870年，在巴黎攻读法学；普法战争爆发，主动应征入伍。

1872年，退役，进入海军部门任职。

1879年，转入教育部门任职。

1880年，发表《羊脂球》，一举成名。

1881年，辞去工作；发表《一家人》《在一个春天的夜晚》《戴丽叶春楼》。

1882年，发表《菲菲小姐》《一个儿子》《修软椅的女人》《小狗皮埃罗》《一个诺曼底佬》《月光》《遗嘱》。

1883年，发表《骑马》《在海上》《我的叔叔于勒》《米隆老爹》《漂亮朋友》《勋章到手了》《绳子》；出版《一生》。

1884年，发表《烧伞记》《项链》《幸福》《遗产》《衣柜》等。

1885年，出版《漂亮朋友》。

1886年，发表《珍珠小姐》；出版《温泉》。

1887年，发表《流浪汉》；出版《皮埃尔和让》。

1889年，发表《港口》；出版《像死一般坚强》。

1890年，发表《橄榄园》；出版《我们的心》。

1891年，因病停止创作。

1893年7月6日，精神病发作去世。